LA PEAU DE CHAGRIN

[法] 巴尔扎克 著

魏映雪 译

驴皮记

HONORÉ DE BALZAC

山东画报出版社

济南

目录

符咒

去年[1]十月底，根据当时的法律法规，赌场均已开门营业，有位青年跨入了皇家宫殿[2]。赌博这种嗜好，受到法律保护，主要还是因为能带来税收。青年略微迟疑，而后便踏上了前往36号赌场的楼梯。

　　突然，一道生硬、带着责备的喊声传来："先生，请把帽子给我。"一个身影幕地站起来，是个瘦小、苍白的老人，刚刚蹲在栅栏后的阴影之中。那模样活脱脱是个市井无赖。

　　一进赌场，你要守的第一项规矩就是脱掉帽子。这是《福音书》的指示和神的旨意吗？难道不更像是某种手段，迫你抵押点儿什么，诱你签订险恶的契约？抑或是为了让你面对赢走你钱的人，还能谦卑恭敬？又或是那些行走于社会边缘的秘密警察，不择手段地要弄清给你做帽子的店家姓名，以及你的姓名？前提是你在帽子里写了名字。还是说有人要测量你颅骨的尺寸，统计

---

[1] 根据图书已有版本和书中情节推论，"去年"应当指的是1830年。

[2] 巴黎皇家宫殿（Palais-Royal），位于巴黎第一区，1633年作为缁衣宰相黎塞留的官邸而修建，随后赠予法国皇室。19世纪，它曾是巴黎的著名欢场。

指导性的数据，以便研究赌徒的脑容量？不过就这点，当局可没透出半点风声。不管怎么说，你须得知道，当你朝那绿色的赌桌迈出第一步起，你的帽子便不再属于你自己，如同你也不再是你：赌博控制了你。你，你的钱，你的帽子，你的手杖，你的大衣，都属于它。在你离开时，还能拿回自己的行头。赌神正是通过这残忍的挖苦，好让你知晓，它还给你留了点儿东西。只要你戴着一顶新帽子去了赌场，便能吃一堑长一智，悟出就该置办专门上赌场的服装。

　　一个年轻人递出帽子，帽子的边沿已有了轻微的磨损。当他换回一张写着数字的牌子时，惊讶溢于言表，充分说明他的灵魂尚且纯洁。看门的老人瞥了他一眼，眼神空洞又无情。那老人无疑从青春年少起就沉迷于赌场的纵情狂欢，他那一眼，能让哲人从中解读出医院中的悲痛愁苦，破产者的流离失所，抑郁者的咨询笔录，以及终生苦役和流放夸察夸尔科斯[1]的折磨。这人大概全靠达塞[2]的骨胶汤过活，拉长的面孔上毫无血色，正是嗜好这口的惨白形象的具体呈现，再直白不过。他的每一条皱纹之中都留有经年累月的痛苦痕迹，可以肯定的是，每当他拿到微薄的薪水，转手就会赌光。他就如同一匹驽马，鞭打已不起作用，他也不会被任何事情触动；输光了的赌徒们离开时沉重的叹息，无声的咒骂，呆滞的目光，都不能激起他一丝波澜。他就是赌神的化身。要是年轻人细看这悲惨的看门人一眼，或许就会想到：他心里除了赌牌，已经啥也装不下了！可惜陌生的青年没从这活生生的例

[1] 夸察夸尔科斯，位于墨西哥的法属殖民地。夸察夸尔科斯是一条河流，河流两岸当时是法国的领土，常用于流放犯人。
[2] 法国化学家。他发明了一种胶质的食物，主要原料是骨头，以及一些其他的原料，专供贫民食用。在当时的慈善机构和医疗场所都有分发。

子中得到警示。将老人安排在此处，定是上帝的意思，他总会在藏污纳垢之地的门口设置令人作呕的标识。年轻人断然踏入赌场，在那儿，贪欲正炽的人被金币的碰撞声迷得头晕目眩。他被逼到这里来，或许正是应了让-雅克·卢梭[1]那些雄辩的话语中最合逻辑的一句。就我理解，此话中沉痛的思考如下：是的，我料想，如果当人身上就剩最后一个子儿，求生无路之时，他是会去赌博试试运气的。

晚上的赌场不过是首庸俗的诗，但它呈现出的效果却保准如同流血的悲剧一般。赌场的厅堂中，有赌徒和围观的人群；有穷酸的老头，他们为了取暖，走来走去；有一张张狂热的面孔；有狂欢的宴席，从饮酒开始，将以栽进塞纳河告终。满堂的欲望涌动，然而投身其中的人实在太多，让你无法面对面地看清"赌博"这一恶魔的真貌。赌场的夜晚真算得上一曲大合奏，众声部齐唱，乐队中的每一样乐器都在奏鸣。你在此处能见到许多显赫之人前来消遣，他们花钱，就如同花钱看戏和宴饮，也如同花钱去某家阁楼寻欢作乐，用低廉的价格买来之后三个月的悔恨。然而，你可知道，一个迫不及待地等着赌场清晨开门的人，会有多么冲动和疯狂啊！赌徒在夜晚和清晨判若两人，其区别之大，就如同厌倦懒散的丈夫和才到窗下便神魂颠倒的情人一般。只有在清晨，挠心抓肺的欲望和相当可怕的渴求才会出现。在这种时候，你将不得不佩服真正的赌徒，他可以不吃、不睡，不要生活、不做思考；他输了之后，压下双倍的赌注，并遭其驱策；他为了赢一局"30-

[1] 让-雅克·卢梭（Jean-Jacques Rousseau，1712—1778），法国18世纪启蒙思想家、哲学家、教育家、文学家。

40点"[1]，甘受折磨痛苦。在这种受到诅咒的时候，你会看到冷静到可怕的眼睛，让你难以忽视的面孔，还有仿佛能够翻开并吞噬卡牌的目光。是以，赌场最辉煌的时刻就是每天开门时。如果说西班牙有斗牛，古罗马有角斗士，那么巴黎就有皇家官殿。这里，刺激的轮盘带给人类似观看血流成河的欢愉，却不必担心在血泊中脚底打滑。你要是想迅速地瞧一眼这个竞技场，那就请进吧……这里是多么简陋啊！墙上贴着一人高的沾满油污的墙纸，上面没有一幅能涤荡灵魂的画作；上面甚至连颗方便人上吊自杀的钉子都没有。陈旧的地板肮脏不堪。赌厅的正中摆着一张长方形桌子，桌垫已被金币磨损，四周密密麻麻放着草垫椅子。椅子是如此简朴，显示出这些人对环境是否奢华有种奇异的漠然，要知道，他们正是为了追求财富和奢侈的生活，才来到这儿，甚至烂在这儿。凡在放任人自身灵魂为所欲为之处，人性的悖论便四处可见。多情的男人让他的情人遍身罗绮，穿着来自东方的柔软丝绸，但大多时候，却在硬床上占有她。野心家梦想站在权力之巅，然而为达目标，只能奴颜婢膝。商人从潮湿脏污的商店起家，建起豪华的宅邸留给儿子。然而因为兄弟失和，家产被拍卖，他那不成熟的继承人将会被赶出家门。难道还有比赌场更让人厌恶的地方吗？真是个奇怪的问题！人总是自相矛盾的，一面因当下的苦厄而不抱希望，一面又希望以不属于自己的未来抵抗当下的苦厄，人的一切行为，都被打上了纠结和怯懦的烙印。在人间，唯一完满的，只有不幸而已。

　　当青年踏入赌场时，里面已经有了几个赌徒。三个秃顶的老

---

[1] 棋牌游戏，也称作"红与黑"，因为赢家的积分在30—40分这个范围内，所以被称为"30—40点"。

头无精打采地围坐在绿色的桌垫旁边，他们那如同石膏像般苍白的面孔跟外交官似的，没有丝毫表情，说明他们的情感已经迟钝，心也早就不会再跳动，即便是押上了老婆的嫁妆，他们也仍无动于衷。赌桌的一端，有个黑色头发、橄榄色皮肤的意大利青年，他的胳膊肘支着桌子，安静地坐着，仿佛是在倾听回响在赌徒耳边的、命定般的隐秘预感："就是它。"——"哦不！"那张南方的面孔上写满了对金钱和爱欲的渴求。七八个看客，站成一排，像在画廊似的，等待着一幕幕场景上演：命运的重击、赌徒的脸色、钱币的流转，还有庄家的钱耙子移动的轨迹。这些游手好闲的人在旁边一言不发、一动不动、全神贯注，就像是挤在沙滩广场[1] 上，观看刽子手砍头的人群似的。一个高大枯瘦的男人，穿一身破旧的衣服，一手拿着登记簿，一手拿着图钉，记录红牌和黑牌的点数。他是当代的坦塔罗斯[2] 们中的一位，始终活在其时代的欢愉之外；是贫穷的守财奴，靠想象中的赌注囤积钱财；是理智的疯子，投身虚无的幻想，以抚慰自身的苦痛；总之是喜欢与邪恶和危险做伴之人，如同年轻的神父在做白色弥撒时，手握圣体[3]。在庄家的对面，有一两个老赌徒，他们最善见风使舵、投机取巧。他们就像是古代的苦役犯，早就对苦差事麻木了。他们来碰三下运气，要是赢了钱，马上就带走。他们就靠这笔钱生活。大厅中有两个老伙计双手抱在胸前，漫不经心地踱来踱去，时不时朝窗外的花园看一眼，像是有意让过往行人看到他们那平板

---

[1] 沙滩广场，即今日的巴黎市政厅广场，曾经是行刑的地方。

[2] 坦塔罗斯是希腊神话中宙斯之子，起初甚得众神的宠爱，因获得别人不易得到的极大荣誉：能参观奥林匹亚山众神的集会和宴会，而变得骄傲自大，侮辱众神，后被打入地狱，永远受着痛苦的折磨。

[3] 弥撒时分发的圣餐，正代表着基督耶稣的圣体。

的脸，好招徕生意。

庄家和他的帮手阴冷又尖刻地看了一眼这些赌徒，尖声喊道："开局。"正在此刻，青年推开了大门。赌场变得更加安静了，众人都转过头，好奇地打量着新来的客人。真稀奇！看到这位青年，情感迟钝的老人、神情恍惚的员工、围观的看客，连同那位充满激情的意大利人感受到了一种难以名状的恐惧。在赌厅之中，悲痛表现为沉默，凄惨伴装成欢愉，绝望都要显得体面。在这样的地方，想要得到怜悯，这人该要多么不幸？想要引起同情，又该多么怯懦？想要让这里的灵魂战栗，又得是副什么鬼样子？好吧！那青年进来的时候，这些早就封冻的心灵被扰动了，在他们所感到的新奇的情绪中包含着上述所有感受。毕竟，就连刽子手在砍掉因为革命[1]获罪的金发处女的脑袋时，也会偶尔流几滴眼泪。

只消一眼，赌徒们就从这个新手脸上读出了他的可怕秘密：他年轻的面貌雅致，却覆着一层阴霾，他的目光更是说明了他的失败，无数希望皆已落空！想要自杀的人总是郁郁寡欢、面无表情，这使得他的前额有种病态的惨白，苦涩的笑容挂在嘴角，挤出了浅浅的褶皱。那副心如死灰的模样让人不忍直视。然而在眸子深处，还闪烁着隐秘的天才光辉，不过或许是被纵欲享乐的疲惫掩饰住了。这张高贵的面孔曾经纯净又光彩，而今却颓丧不堪，这是放荡的生活留下的痕迹吗？他的眼睑周围发黄，双颊泛红，医生肯定会将这些表征同心脏或是肺部的病变联系起来，而诗人却会认为这是追求知识，在微弱的灯光下度过数个长夜的结果。然而，一种比疾病更为致命的欲望，一种比钻研学业、发挥

---

[1] 此处应当指的是 1789 年爆发的法国资产阶级革命。

才能更为消磨人的疾病，使得年轻的面容委顿，紧致的肌肉萎缩，那颗只被酒精、学业和疾病轻微磨损的心扭曲变形。若要打个比方，就像是臭名昭著的罪犯来到监狱，其他犯人充满敬意地迎接他。这些披着人皮的恶魔，久经折磨的惯犯，全都俯首称臣。因为他们面前是闻所未闻的痛苦，他们用自己的眼睛发现的是深重的伤痕。他们认出了众人中的王子，因为他那无声的嘲讽中有威严存在，寒酸的衣着也难掩优雅。那青年还真穿着一身优雅的燕尾服，但领结和马甲衔接得严丝合缝，让人怀疑他是否真的穿了内衬。他那双如女人一般纤秀的双手却似乎不怎么干净，事实上他已有两天没戴手套了！他那纤细优美的身形，稀疏的自然卷金发中都还残存着不可忽视的天真。如果说有什么让庄家的助手和赌场中的伙计都为之战栗的话，就是这种天真的魔力。他看上去大概二十五岁，他沾染的恶习似乎只是逢场作戏。淫乱纵欲的伤害尚且不深，青春的活力也仍在与之对抗。光明和黑暗、毁灭和生存正在他体内斗争纠缠，是以他身兼优雅和可怖两种面貌。来到此处的青年，就像是失去光辉的天使，正走在堕落的路上。而赌场中这些久浸罪恶、寡廉鲜耻的人，都表现得像为即将沦落的漂亮女孩感到于心不忍的、掉光了牙齿的老妇人。他们几乎要对这位新来的人喊道："你快出去！"

然而，这人却径直走向赌桌，站定了身子，毫不犹豫地将手中拿着的一块金币扔到桌垫上。金币滚到了黑花区。接着，他冷冷地看了庄家助手一眼，目光中隐含催促，就好像强势决绝的人憎恶夹缠不清的诡辩者似的。这把赌得太大，老人们没有加注；然而那个对赌博充满激情的意大利人突然想到了什么，他露出笑容，将大量的金币压在了和陌生青年相反的决定上。庄家竟然忘记了说:"开局——下注了——买定离手!"这些话他重复了无数遍,声音已经变得沙哑而含糊。庄家助手分发好纸牌。他似乎暗自希望新来的人能有好运,对于利用这些下流趣味来牟利的老板们是赚是亏却毫不关心。周围的看客都在等着瞧一出好戏,最后一枚金币会带来怎样的命运,这个高贵的灵魂将会有什么样的结局。数双眼睛都黏在预示命运的纸牌上,目光炯炯。然而,不管他们多么留心地轮流注视纸牌和青年,都没办法在后者冰冷和灰败的脸上瞧出一点儿情绪。

庄家的助手正式宣布:"红花赢,偶数,收注。"

庄家将一沓钞票一张一张地扔在意大利人面前,他不禁抽了口气。当象牙质地的钱耙子薅走最后一枚拿破仑金币时,青年才明白过来,自己已经破产。象牙碰到金币,发出一声脆响。金币如同飞箭,一头栽入庄家前的金币堆中。陌生的青年缓缓闭上眼睛,嘴唇的血色褪尽。但是他很快又睁开双眼,嘴唇也重新泛起珊瑚红。他装出一副见惯世事的英国人样子,没有露出令人心碎的眼神以求安慰,要知道绝望的赌徒常向围观的众人投去那种眼神。他就这样离开了。在一刹那,有万相生;而掷一把骰子,则无数命运由此而定!

一时赌厅陷入沉默,庄家用拇指和食指捏起青年的金币,向众人展示。然后他笑着说:"这肯定是他最后一枚子弹了。"

一位常客瞅着周围熟识的赌徒,附和说:"他肯定是脑子发热,这下要去投水咯。"

一个赌场的伙计朝鼻子里抹了点儿鼻烟,叫道:"嗯!"

一个老头儿指着意大利人,对他的同伴说:"要是我们跟他一样下注就好咯!"

所有人都看向那位欣喜若狂的赌徒，他正双手颤抖着清点赢来的钞票。

意大利人说："我听到有个声音在我耳边对我说，'这年轻人太绝望了，赌神是不会垂青他的'。"

庄家接过了话头："这人根本不会赌，不然他就会把钱分成三份，赢的概率会大些。"

青年离开时没有要回自己的帽子，然而那位看门的老人注意到帽子已经破旧，一言不发地将帽子还给了他。青年机械地归还号码牌，一边吹着口哨，哼着《我心悸动》，一边走下楼梯，但他的声音小到连他自己都听不清那美妙的旋律。

很快他就来到了皇家宫殿的长廊中。他走上圣奥诺雷大街，又选了杜伊勒里宫[1]里的一条小路，脚步虚浮地穿过杜伊勒里花园。他仿佛行走在沙漠中央，看不见同他擦身而过的行人，听不见人声喧哗，耳中只有死亡的召唤。总之他沉浸在令自己麻木失神的冥思中，仿佛是挤在双轮马车上、从法院被运往沙滩广场的囚犯，运往自 1793 年以来便被鲜血染红了的断头台。

自杀有一种难以形容的既伟大又可怕的特质。绝大多数普通人落魄是没什么危险的，就像孩子个矮，摔了也不大会受伤；但要让高贵的人沉沦，他须得从至高处坠落，他曾经到过接近天空的位置，瞥见过常人不可接近的天堂。人生中的风暴一定猛烈暴虐，逼得人要借枪口寻找灵魂的平静。有多少青年才俊，没有朋友，没有女人的安慰，被圈禁在阁楼之中，日渐消瘦、萎靡。他身处茫茫人海，所见的都是焦虑的、被金钱所累的人。想到这儿，自杀的念头就更强烈了。蓬勃的希望曾召唤青年来到巴黎，而他

---

[1] 杜伊勒里宫（Palais des Tuileries）曾是法国的王宫，位于巴黎塞纳河右岸。

最终走向自愿的死亡，只有上帝知道，这期间交织着多少雄心构想，多少被废弃的诗行，多少绝望的情绪和窒息的呐喊，多少徒劳的努力和夭折的杰作啊！

每一次自杀都是首卓绝的哀诗。在浩如烟海的文学作品中，你能找到一本书，它展露出的才华可以和这句话一比吗：

昨天，下午四点，一位少妇从艺术桥上投塞纳河自杀。

在这简洁的巴黎文风的句子前，所有戏剧和小说都黯然失色。甚至那本古老图书扉页上写着的"被孩子们囚禁的、尊贵的卡尔纳瓦国王的痛诉"，也无法与之比较。此书已经失传，这是唯一剩下的词句。这话却让抛妻弃子的斯特恩[1]潸然泪下。

陌生青年被诸如此类的千思万绪裹住了，碎片般的思绪从他的心头掠过，就像战场上一面面破碎的旗帜在飘扬。他暂时放下意识和记忆带来的负担，驻足在被大片苍翠包围着的几朵花前。微风拂过，花冠轻柔地摇晃。他突然感到了一阵战栗，源自在和强烈的自杀念头对抗的生的意志。他抬眼看向天空：阴云密布，悲风呼啸，空气凝重，这一切再次助长了他想死亡的念头。他一边想着自杀的先辈们在最后时刻的种种奇行，一边走向皇家桥[2]。他想，卡斯尔雷子爵[3]在割断自己的喉咙前，满足了些最基本的需求；奥格[4]院士为了在自杀的路上能吸鼻烟，到处寻找他的鼻

---

[1] 劳伦斯·斯特恩（Laurence Sterne, 1713—1768），英国感伤主义小说家。

[2] 皇家桥（Pont Royal），位于法国巴黎，是一条横跨塞纳河的桥梁。

[3] 即罗伯特·斯图尔特（Robert Stewart, 1769—1822），英裔爱尔兰政治家，在担任英国外交大臣期间自杀。

[4] 法兰西学院院士，尸体发现于塞纳河边，因其身边的鼻烟壶得以确认身份。

烟壶。想到这儿，他笑了出来。他分析着他们的行为，同时也在检视自己。他为了给搬运工让路，紧靠着桥栏杆，于是袖子沾上了白灰。而他竟然仔细地抖掉了衣服上的灰尘，他也不明白自己这是在干什么。他走到了拱形桥的最高点，阴沉地望着河水。

有位衣衫褴褛的老妇人笑着对他说："这坏天气可不敢投河。塞纳河又脏又冷的！"他露出一个天真的笑容以做回应，充分证明他已经勇敢到了疯狂的程度。然而，当他看见远处杜伊勒里宫的码头上有一栋木屋，屋前竖着一块木指示牌，上面用斗大的字写着"急救窒息人员"时，却不由得打了个寒战。

他眼前出现了达梭[1]先生的模样，他满怀仁慈，雷厉风行，奋力划动着救死扶伤的双桨。但正是这双桨，有可能将不幸浮出水面的溺水者的脑袋打破。他仿佛看见达梭先生将围观的人召集起来，找来医生，准备进行熏蒸[2]；他仿佛读到了记者在欢宴席间和舞者的笑容前抽空写下的讣告；他听见了船夫数钱的声音，那是塞纳省[3]的长官对打捞起了他的尸体的奖赏。他若死了，能值五百法郎；他活着，空有才华，却没有保护人，没有朋友，没有一席之地可以安身，没有一句颂扬之辞，在社会上没有一点存在感，之于国家毫无用处，国家也不会对他有半点关心。大白天求死对他来说实在耻辱，他决定晚上再死，留给这个不识得他生命的伟大之处的社会一具难以辨认的尸体。所以他继续朝伏尔泰堤岸走去，为了打发时间，他像个游民似的，迈着懒散的步子。他沿着桥上的人行道向下，当走下最后一级阶梯，朝伏尔泰堤岸

---

[1] 达梭（Dacheux）是和巴尔扎克同时代的法国塞纳河救溺委员会的督察。
[2] 对于溺水者的一种疗法。将烟草烟雾充满溺水者的直肠从而刺激人的胃肠和肺，进行救治。
[3] 塞纳省是法国历史上的一个省份，得名于塞纳河。该省成立于 1790 年，于 1968 年撤销。

上转时，注意力被河堤上鳞次栉比的旧书摊吸引了。他差点儿便要和人讨价还价，买上几本书。他笑起来，冷静地将手放回了口袋，又恢复成那派无忧无虑、睥睨众生的模样。就在这时，他惊讶地听见口袋深处有钱币碰撞、发出声响，神奇极了。充满希望的笑容点亮了他的面庞，笑意从嘴角扩散至全脸，前额也泛起了活色，继而眼神和黯淡的双颊也有了欢乐的光彩。这种幸福的火光，就像是在燃尽的纸灰上跳动的火星。只可惜这张脸的命运同烧尽的黑灰一样。当青年激动地抽出口袋中的手，发现只是三个粗劣的苏[1] 时，脸色又变得悲伤。

"啊！好心的先生！发发慈悲吧，发发慈悲，看在卡特琳娜的份上！[2] 给我一个苏吧，让我去买面包。"一个清扫烟囱的小工人向青年伸出一只手，想要抢夺他最后的几块钱。烟囱清洁工的脸灰黑浮肿，身体被烟炱染成褐色，衣衫破败不堪。

在这个来自萨瓦省的小工旁边，还有个畏畏缩缩、年迈病弱的穷鬼裹着不堪蔽体的破毯子，用粗重喑哑的嗓子对他说："先生，随便给点儿吧，我会向上帝祈祷保佑你……"但当青年看向他，他闭上了嘴，没再开口乞讨。或许，他从这张如丧考妣的脸上，辨认出了比他自己更为深重的苦难。

"发发慈悲吧！发发慈悲！"乞讨声仍在继续。青年将手头的零钱扔给了孩子和赤贫的老人，离开人行道，向路边的屋子走去。他实在不忍继续看到塞纳河畔的悲惨景象了。两个乞丐齐声说："我们会向上帝祈祷，保佑你长命百岁的！"

当来到一家版画商店的柜台前时，这奄奄一息的男青年遇到

---

[1] 一法郎约为二十苏。

[2] 原文为意大利文："La carita! La carita! Catarina!"

了一位从豪华马车上下来的年轻女人。他贪恋地凝视着这位美人。她戴着一顶时髦的女帽，帽子的缎边包裹着白皙的面庞，赏心悦目。他被那苗条的身形和优雅的举止迷住了。裙摆垂在踏脚凳上，被掀起一角，让他看见了一截小腿，洁白而富有弹性的长筒袜勾勒出小腿优美的线条。年轻女人走进商店，买了几本画册，几套石版印刷的画集。她拿出几块金币来付账，钱扔在柜台上发出碰撞的声响，闪闪发亮。青年站在门槛处，看上去是在全神贯注地欣赏橱窗中陈列的版画，实际上是在热烈地向那美丽的陌生女人递送眼波。作为一个男人，他已拿出了最露骨的眼神。然而回应他的，却是漠不关心的一眼，无异于偶然投向路人的一瞥。他将这个眼神当作是对爱情、对女人的告别！但他竭尽全力的最后探询并没有得到理解，更没能打动这轻浮女人的心。她既没有羞红脸，也没有垂下眼。对她来说，这个眼神算得了什么呢？不过是又一份倾慕，又一次被挑起的情欲罢了。到了晚上，她能因此甜蜜地说出："我今天看起来真不错。"青年赶快将目光转到另一幅画上，一直到陌生女人上了马车，他才转过身。马拉着车远去，这最后的富贵荣华的景象渐渐消逝，就像他即将消逝的生命一样。他拖着沉重忧郁的脚步沿一排商店前行，意兴阑珊地打量店中的商品。走到了没有商店的街上，他便观察卢浮宫、法兰西学院、巴黎圣母院的钟楼、法院的塔楼，还有艺术桥。这些标志性的建筑似乎都沾染上了天空的铅色，显得沉郁，黯淡的光线让巴黎弥漫着不祥的气息。城市如美人，人很难去解释评判其美丑的标准是什么。她就是拥有一种天生的特质，能让人沉醉在忧伤的迷乱中。这是种邪恶的力量，在流过我们神经系统的流体中找到了介质，从而发挥了它溶解的功能。青年感到自己不知不觉地逐渐溶解了。在他看来，痛苦的煎熬仿佛是涌动的浪潮。透过飘忽的薄雾，房屋和行人一波又一波涌向他。

他想摆脱生理上的不适给心灵造成的不安，许是为了找点儿东西刺激知觉，许是为了在买卖艺术品中消磨时间、挨到晚上，他走向一家古董商店。此举相当于在寻找勇气和支撑，就像罪犯总会怀疑自己有没有力气走向断头台。不过，意识到马上就要死了，青年就像贵妇拥有两位情人般安心。他神色自若地走进满是珍奇古玩的商店，嘴角一直挂着笑容，就像醉酒的人似的。他难道不正是沉醉在了生命，或是死亡里？他再次陷入恍惚，落入眼中的物件都有奇异的色彩，又或是在微微晃动。不用说，都是因为他那不规律的血液流动，一时沸腾如激荡的瀑布，一时又平静乏味得如同温水。他来逛商店，其实只是为了看看有没有合意的珍玩。有个胖乎乎的年轻伙计，精神得很，一头红发，戴着水獭皮的鸭舌帽，他让一个农村老妇人在店里看着。她就像是女版的卡利班[1]，此时正在擦拭一只精美的炉子，那一看就是贝尔纳·德·帕利西[2]的作品。伙计漫不经心地对陌生来客说："随便看，先生，您请随便看。一楼都是些普通玩意儿，不过您要是愿意移步二楼，我能给您看些好东西：来自埃及的漂亮的木乃伊，一些镶嵌瓷器，还有几个乌木雕塑，保证是文艺复兴时期的真家伙，最近刚刚到货，精美得很。"

沦落到青年这样的可怕境地时，这种商贩的套话，这些空洞无用的商业辞令，就他听来，简直像是庸人用来谋杀天才的卑鄙嘲弄。但他只能忍受这种折磨到底，他装出在听向导介绍的样

---

[1] 卡利班（Caliban）是威廉·莎士比亚的戏剧《暴风雨》中的重要角色。为人阴险狡诈，十分丑陋。

[2] 贝尔纳·德·帕利西（Bernard de Palissy），16 世纪著名陶艺家。

子，回以手势或者单音节的哼声。然而不知不觉间，他竟然获得了保持沉默的权利，能够放心大胆地沉浸在最后的、骇人的沉思中。他是一位诗人，他的灵魂意外地进入了一片广阔的空间：他应该有机会提前观看世界的残骸。第一眼望去，商店里的景象让人困惑，所有的作品，人道主义的，或是表现神圣的，都堆放在一起。被制成标本的鳄鱼、猴子和蟒蛇对着教堂的彩绘玻璃窗微笑，看上去想要撕咬半身像，追赶漆器，攀上吊灯。一个由雅科托夫人[1]在上面绘制了拿破仑像的塞夫勒瓷花瓶，就放在上贡给赛索斯特里斯法老[2]的狮身人面像旁边。创世之初和昨天发生的事情被混在一起，既怪诞，又好笑。用来烤肉的铁叉被放在圣体盒上，共和国的军刀放在中世纪的火枪上。还有一幅拉图尔[3]画的杜巴利[4]夫人的粉彩肖像画，夫人头上是一颗星星，赤裸的身体被云遮雾绕。画中的夫人像是在用勾人的眼神盯着根印度长烟筒，似乎在猜测那朝着她的方向伸出的螺旋形部件到底有何用处。那些杀人的凶器，像是匕首、造型奇特的手枪、神秘的武器和生活用具，比如说瓷制的汤碗、萨克森瓷盘和来自中国的东方式样的瓷杯、古董盐盅、古董糖果盆，全都乱七八糟地堆在一起。一只象牙雕成的船张满了帆，航行在一只一动不动的乌龟背上。肃穆威严的奥古斯都[5]皇帝雕像被一只水龙戳瞎了眼睛。几幅大革命前的法国市政长官和荷兰市长的肖像画就挂在这堆乱七八糟的古玩之上。画中的人神情冷漠，想必在世时也是如此，他们以冷

---

[1] 雅科托夫人（Madame Jacotot，1778—1855），瓷器艺术家。
[2] 即埃及的辛努塞尔特法老。
[3] 莫里斯·昆汀·德·拉图尔（Maurice Quentin de La Tour，1704—1788），法国著名画家。
[4] 即玛丽·让娜（Marie-Jeanne Bécu de Cantigny，1743—1793），国王路易十五的情妇。
[5] 奥古斯都（Augustus，公元前63—公元14），古罗马帝国第一代皇帝。

淡无情的目光投向周围。全世界的国家似乎都把他们做实验剩下的残渣和艺术样品送到这里来了。这里就像是哲学的堆肥，里面什么都有，有印第安野蛮人的烟斗，有奥斯曼帝国宫廷中穿的绿色和金色的软鞋，有摩尔人的弯刀，还有鞑靼人崇拜的偶像，甚至还有士兵的烟袋、教士的圣体盒以及王座上的羽毛。变幻莫测的光线，尖锐的明暗对比，和不拘一格混合出的种种色调，使得这光怪陆离的画面更加古怪。这感觉就像是，耳边响起了断续的叫喊，脑中浮现了未完的剧目，眼中见到了无法掩盖的火光。最后，一层难以清扫的薄灰像纱一般覆盖了所有物件，凸显出它们那众多的棱角和复杂的线条，使画面更加奇特。商店有三个厅，堆满了凝结着文明、宗教、神权、艺术、皇权、人欲的物品，或是闪耀理性，或是表现疯狂。青年人先是觉得这三个厅就像个多面镜，每张镜面都映射出不同的世界。有了大致的印象后，他准备挑选自己喜欢的好好看看。然而就在他不断观察、思考和畅想时，他竟然因无力发起了烧，或许是因为太饿了，他的肚子已经咕咕作响。

这些世俗的物件证明了昔日某些民族的，或是个体的存在，并作为证据留存了下来。见识这么多之后，青年人的感官都变迟钝了；那促使他走进商店的欲望得到了满足：他从现实生活中抽离，一步步拾阶向上，来到了一个完满的世界，一座令人心醉神迷的魔法宫殿。在此，他眼前的宇宙是由碎片和火花组成的，仿佛是圣约翰在帕特莫斯岛[1]上，见到人类的未来沐浴在光明之中。

---

[1] 帕特莫斯岛是爱琴海的一个希腊小岛，传说神学家圣约翰被罗马人流放到此，在这个岛上的山洞里得到了天启，写下了《启示录》，描述了一系列的大灾难，最后黑暗将尽，光辉永远照耀。

各色悲伤的人物成群结队地，成千上万地，一代接着一代地在他面前升起。他们的形象或优雅、或可怖，或模糊、或清晰，或远、或近。神秘而僵化的埃及从黄沙中升起，被黑绷带捆缚的木乃伊便是它的代表：法老为了给自己建造陵墓，将他的人民活埋；然后出现的是摩西，是希伯来人，还有沙漠：他看见了一整个古老而庄严的国度。一尊光洁优美的大理石雕像坐落在洁白得发光的螺旋形石柱之上，正在向他诉说古希腊和伊奥尼亚[1]人那些骄奢淫逸的故事。啊！在伊特鲁里亚[2]的陶土花瓶上，在红色的背景画着棕色皮肤的年轻女孩，她在向天神普里阿普斯[3]献舞，向他致敬。有谁看了不会露出像青年一样的笑容吗？另一处，一位古罗马的皇后正在爱抚她的奇美拉[4]。在那儿，古罗马帝国那些天马行空的奇闻逸事仿佛得到了重现，朱莉亚[5]的浴室、床榻和妆台都被描画了出来，她正慵懒又满怀遐思地等待着属于她的提布鲁斯[6]。凭借着阿拉伯符咒的力量，西塞罗[7]的头像唤起了关于自由罗马的记忆，提图斯·李维[8]撰写的篇章在青年眼前展开，他凝视着罗马共和国与罗马帝国[9]的种种：执政官、侍从官、紫红色绳边的长袍、议会广场上的争论，民众们在他面前缓缓地

---

[1] 古希腊时代对今天土耳其安那托利亚西南海岸地区的称呼。

[2] 古代城邦国家，位于现代意大利的中部。

[3] 古希腊神话中的生殖之神。

[4] 古希腊神话中狮头、羊身、蛇尾的吐火怪物。

[5] 朱莉亚（公元前39—公元14），古罗马女性政治家，奥古斯都的女儿。

[6] 提布鲁斯（公元前55—公元前19）。古罗马诗人之一。他最喜爱的主题是浪漫爱情诗和田园生活之趣。

[7] 马尔库斯·图利乌斯·西塞罗（Marcus Tullius Cicero，公元前106—公元前43），古罗马著名政治家、哲学家、演说家和法学家。

[8] 提图斯·李维（Titus Livius，公元前59—公元17），古罗马历史学家，著有《罗马自建城以来的历史》。

[9] 原文为拉丁文"Senatus Populusque Romanus"，译为"元老院与罗马人民"，是罗马共和国与罗马帝国的正式名称。

游行，就像是梦境中那些遥远模糊的人影似的。基督教成为国教时期的罗马更换了这些景象。一幅图画推开了天堂的大门。他能于其中见到被天使包围的圣母玛利亚，她置身金色祥云之中，比太阳更加耀眼。这位复活的夏娃朝不幸的人们露出温柔的笑容，聆听他们的哭诉。

他触摸着一幅镶嵌画，这幅画是用来自维苏威和埃特纳[1]两座火山的岩浆石颗粒制作而成的。于是，他的灵魂飞到了炎热的黄褐色的意大利。他参加了波吉亚家族[2]的狂欢宴会，在阿布鲁佐大区[3]游荡，渴望着意大利佳人的垂青，为她们白皙的面庞和狭长漆黑的眼睛颠倒。他看见一把中世纪的短剑，握柄上雕刻着花饰，上面的铁锈仿佛斑斑血迹，突然便想到一场被丈夫的冰冷利剑中断的夜晚幽会，不禁打了个寒战。一尊来自中国的佛像，头戴菱形尖顶帽，帽檐挂着铃铛，身穿金丝绫罗，让他想到了印度和它的宗教。佛像旁边，有一张精美的织席，像是印度寺院舞女曾在上面翻滚，至今依然散发着檀香的气味。他又看见一只日本的怪物塑像，一下子清醒了。这怪物双目突出、嘴巴歪斜、肢体扭曲，彰显出这个民族正如他的创造所展示的那样，已经厌倦普世之美，追求难以言表的、千奇百怪的丑陋带来的趣味。一个从本韦努托·切利尼[4]的工坊流出的盐罐又将他拉回了文艺复兴时期，那是个艺术和人欲都同样蓬勃的时代，统治者们以酷刑为

---

[1] 都是位于意大利的火山。

[2] 波吉亚家族是欧洲显赫的贵族世家，发迹于西班牙的巴伦西亚，在意大利文艺复兴时期开始壮大。先后有两位家族成员登上教皇宝座，即教皇加里斯都三世和亚历山大六世。这个家族在中世纪的意大利过着奢华放荡的生活。

[3] 阿布鲁佐大区位于意大利中部，其中有三分之二是山地。

[4] 本韦努托·切利尼（Benvenuto Cellini，1500—1571）是一位意大利文艺复兴时期的金匠、画家、雕塑家、战士和音乐家。

乐，睡在高等女人怀中的主教却颁布命令要普通教士清心寡欲。他在一面玉石浮雕上看到了亚历山大大帝[1]的征伐，在一把火神枪上看到了皮萨罗[2]的屠杀，在一顶头盔上看到了狂乱、动荡、残忍的宗教战争。接着，出现了骑士们包裹在华贵的金银丝嵌花米兰式铠甲中的身影。勇士们欢欣鼓舞，虽然全副武装，但面甲下的双眼熠熠发光。

这片汇集了家具、发明、服装、艺术品和文物的海洋，在他眼中，就像一首未完成的诗歌。形状、色彩、思想，都鲜活可感，只可惜在他的精神世界中，没能形成完整的体系。伟大的画家只勾出了草图，他在巨大的调色盘上，傲慢地将各种人间的悲欣颜色混杂在一起，而完成这幅作品，就是诗人自己的事了。在被大千世界震慑过心神，在注视过不同国家、时代和王朝之后，青年人又回到了个人的生活上。他想象出一个个具体的人，沉浸在生活的细节当中，将民族的命运抛到了脑后，毕竟对个人来说，那太沉重了。

他看到了一尊从勒伊斯[3]陈列馆中抢救来的蜡铸儿童睡像，这甜美的造物唤起了青年对自己美好童年时代的回忆。他接着又被塔希提岛[4]上处女的缠腰布给迷住了，他那滚烫的幻想为塔希提赋魅，那里有大自然中的简朴生活，真正端庄的、贞洁的裸体，还能满足人类天性中对安逸懒惰的爱好，可以在清凉怡人、如梦似幻的溪流旁，在不经人工种植便能提供满筐美味的香蕉树下，

---

[1] 亚历山大大帝（Alexander the Great，公元前356—公元前323），古代马其顿王国国王，世界古代史上杰出的军事家和政治家。

[2] 弗朗西斯科·皮萨罗（Francisco Pizarro，1478—1541），西班牙殖民者，秘鲁印加帝国的侵略者。

[3] 弗雷德里克·勒伊斯（Frederik Ruysch，1638—1731）荷兰著名解剖医学家，他开办了一家博物馆，陈列自己制作的标本。

[4] 塔希提岛，法属波利尼西亚向风群岛中的最大岛屿，位于南太平洋。

过着命运安排的平静生活。但突然，他又变成了个海盗，仿佛诗歌中的莱拉 [1] 附体。那万千闪耀珍珠般亮色的贝壳，让他的灵感更为充沛；那石珊瑚散发出海草、海藻和大西洋飓风的气味，让他的心情更为激昂。他又看见稍远处有些精美的细密画 [2]，欣赏起来。天蓝和金色的阿拉伯纹饰将珍贵的手抄本经书装点得更加华丽。于是他将大海的喧哗抛了脑后。他在平和的冥思中放松下来，又重新投身于学业和科学，他希望能借由僧侣简朴的生活，摒除尘世的苦乐。他可以屈身斗室之中，抬头从拱形窗户向外凝望着属于修道院的草原、森林和葡萄园。他在几幅特尼尔斯 [3] 的画作前驻足，自己像是也穿上了士兵的外套，或者担负起了工人的悲惨命运。他想戴上弗拉芒人 [4] 那脏污、烟熏火燎的软帽，靠啤酒买醉，和同胞们玩牌，与丰腴诱人的农妇调笑。他瞧见米里斯 [5] 画笔下的一场飘雪，打了个寒战；他看见萨尔瓦多·罗萨 [6] 绘制的战争场面，自己仿佛也在战斗。他抚摸着一柄来自伊利诺伊州的战斧，感受着这把切诺基人 [7] 用来开膛破肚的刀，觉得自己的头皮正在被剥下来。他被一张列贝克琴打动了，仿佛看见一位领主夫人正弹着琴，为他演唱一首如泣如诉的长诗，而他向她倾诉着自己的爱慕。傍晚时分，他们坐在哥特式的壁炉前，火光照得室内半明半暗，让他看不明白她眼中的意味。他沉迷在这些

---

[1] 拜伦同名诗歌中的人物。

[2] 波斯艺术的重要门类。16 世纪之后，普遍出现为《圣经》和祈祷书《古兰经》的边饰图案。

[3] 大卫·特尼尔斯（David Ⅱ Teniers，1610—1690），比利时画家，画作常表现人们的世俗生活。

[4] 比利时民族。

[5] 弗兰斯·范·米里斯（Frans van Mieris，1635—1681），荷兰画家。

[6] 萨尔瓦多·罗萨（Salvator Rosa，1615—1673）是 17 世纪意大利巴洛克最狂野的创新派画家。

[7] 印第安部族。

欢愉和痛苦当中，拥抱每一种存在的方式，他慷慨地将自己的生命和感受挥洒在这些变幻莫测、虚无缥缈的幻影中。在他心中，自己的脚步声遥远得仿佛从另一个世界传来，就像是在圣母院的钟楼上听到的来自巴黎的喧嚣。

他走上店内通往二楼厅堂的楼梯，一路看到了用来还愿的盾牌，全套的甲胄，雕花的圣体盒，还有木雕人物造像。有的放在楼梯上，有的挂在墙上。他好像在被这些稀奇古怪的物品、游离于生死边界的神奇造物追逐，如坠梦境。最终，他怀疑自己是否真的存在，他变得像这些奇异的东西一样，既不能说已经死亡，也不算真正活着。当他走进新的厅堂时，看到金币和钱财堆叠如山，天光已经开始黯淡，但光线的变化并不会让财富的珠光宝气失色。那些曾家财万贯，最终却将其挥霍一空、死在阁楼中的人，将他们那代价高昂的纵情任性留在了这个展示人间荒唐的大集市中。一个文具盒，曾被人用十万法郎买入，贱卖时只值一百个苏。它旁边放着一把防盗锁，而那把锁曾经的价值，能赎回一位国王的性命。看啊！这便是人了，穷奢极欲终会变得一贫如洗，尊荣尽头也不过是微如草芥。有一张乌木桌子，绝对会受到艺术家的推崇。它的雕花是照着让·古戎[1]的浮雕来的，肯定要耗费好几年的时间才能完成。但或许，古董店只用了买柴火的价钱，就把它买进来了。那些珍贵的盒子、由能工巧匠亲手制作的家具，全都被随意地堆在一起。

青年走过一连串的房间，来到最后一间时，忍不住嚷道："您这些东西可要值几百万吧！"在这间拥有数个相连房间的巨大套

---

[1] 让·古戎（Jean Goujon，约1510—1566），16世纪法国著名的雕塑家，法国文艺复兴雕塑的代表人物。代表古戎最高艺术成就的是其浮雕作品，其中最著名的是为《无辜者之泉》所作的浮雕，并以其中的《仙女》最为出色。

房中，镀金的手法和浮雕的风格一看就出自 18 世纪艺术家之手。

那胖乎乎的伙计回答："怕得有几十亿。不过这些都不算什么，您再到三楼瞧瞧。"

青年跟随着他的向导，来到三楼的展厅。展品一一从他酸涩的眼前掠过，使他目不暇接。几幅普桑 [1] 的画作；一尊米开朗琪罗 [2] 的精妙绝伦的雕塑；一些克劳德·洛兰 [3] 绘制的令人愉悦的风景画；一幅热拉尔·陶 [4] 的画，欣赏他的画就好像在阅读斯特恩的作品；伦勃朗 [5] 的画；穆里罗 [6] 的画；委拉斯开兹 [7] 的画，他的画作就和拜伦的诗歌一样，深沉又多彩。然后他看到了古代的浅浮雕，玛瑙制成的高脚杯，美不胜收的缟玛瑙。最终，一件又一件的工艺品，让他看到工艺品就觉得倒胃口；一幅又一幅的传世之作，让他恨上了艺术，丧失了热情。他来到一幅拉斐尔 [8] 画的圣母像前，然而他已经看厌了拉斐尔；当然，对柯勒乔 [9] 画的圣像他更是不屑一顾。一个用斑岩制成的珍贵古董花瓶，瓶身雕刻

[1] 尼古拉斯·普桑（Nicolas Poussin，1594—1665），17 世纪法国巴洛克风格的代表画家、17 世纪法国古典主义绘画的奠基人。

[2] 米开朗琪罗·博那罗蒂（Michelangelo Buonarroti，1475—1564），意大利文艺复兴时期伟大的画家、雕塑家、建筑师和诗人，文艺复兴时期雕塑艺术最高峰的代表，与拉斐尔和达·芬奇并称为"文艺复兴三杰"。

[3] 克劳德·洛兰（Claude Lorrain，1604—1682），17 世纪法国著名画家。

[4] 热拉尔·陶（Gerard Dow，1613—1675），17 世纪荷兰著名画家。

[5] 伦勃朗·哈尔曼松·凡·莱因（Rembrandt Harmenszoon van Rijn，1606—1669）17 世纪荷兰著名画家。

[6] 巴托洛梅·埃斯特班·穆里罗（Bartolomé Esteban Murillo，1617—1682），17 世纪西班牙著名画家。

[7] 委拉斯开兹（Diego Rodríguez de Silvay Velázquez，1599—1660），17 世纪西班牙著名画家。

[8] 拉斐尔·桑西（Raffaello Santi，1483—1520），常被称为拉斐尔（Raphael），意大利著名画家，也是"文艺复兴三杰"之一。

[9] 柯勒乔（Correggio，1494—1534），真名安托尼奥·阿来里，是 16 世纪早期的创新派画家。

着古罗马普里阿普斯狂欢节的场景，放荡至极，科琳娜[1]之流正在极乐之中，然而这些都不能勾起他的笑容。他被五千年的遗迹压得喘不过气来，他为人类的种种思想所苦，厌倦一切荣华与艺术。不断涌现出的事物，就像是某个邪恶的精灵在他脚下源源不断地释放出怪兽，将他拖入永无止境的战斗，几乎令他窒息。现代化学总是随意地使用瓦斯制造其他东西，人的灵魂难道不也是这样被塑造的吗？对享乐、力量和思想的追逐，迅速地累积起来，变成可怕的毒素，进而构成了人的灵魂。最终，他们灵魂中某种道德的酸性物质突然弥散开来，给了他们致命的一击。许多人不也正是死于此种原因吗？

"这盒子里装的是什么？"青年来到一个大房间，这是最后一堆代表着人类的荣誉、勤奋、创新和富有的物件了。在这堆东西中，他指着一个被银链挂在墙上的桃花心木方形大盒子问道。

"啊！钥匙在先生手上。"胖伙计神神秘秘地说，"如果您想看这张画像，我可以大着胆子去跟他讲讲。"

"大着胆子？"青年回道，"难不成您的主子还是位王子？"

伙计说："这个我可就不知道了。"

一时之间，他俩互相看着，两人都是一脸惊诧。学徒看出青年想要安静，于是将他一个人留在了房间。

你曾经有过在阅读居维叶[2]的地理学著作时，被带入广阔的时间和空间之中的经历吗？他的才华指引着你，像是有魔法师用手托着你，带你飞过往昔的无尽深渊。你感受过吗？人们在蒙马特高地的采石厂下，在乌拉尔河的页岩岩层中，一片又一片、一

---

[1] 科琳娜，公元前希腊女诗人。
[2] 乔治·居维叶（Georges Cuvier，1769—1832），法国著名的古生物学家。

层又一层地挖掘，发现了属于大洪水前文明的动物骸骨化石。他大为震撼，因为他窥见，由于人类糟糕的记忆和不容动摇的神圣传统，史前那数十亿年的时光，数百万的种族都被人们忘却了。然而它们的骨灰，却落在地球表面，变成了脚下的两尺[1]厚土，赐予了人类面包和鲜花。居维叶难道不是我们这个时代最伟大的诗人吗？拜伦勋爵用文字再现了人们精神的激荡，然而我们不朽的博物学家用白骨重塑了若干世界。他们像卡德摩斯[2]一样用牙齿重建城池；用几块碎煤，推测出数千座森林中曾有过哪些动物，几乎将所有神秘的动物学知识都包罗了其中；通过一只猛犸象的脚掌，便能重构一些巨型生物的存在。这些形象树立起来，变得越发高大，它们那伟岸的身躯填满了整个空间。居维叶是在用数字作诗，他将"0"放在"7"的旁边，真是浑然天成。他不用装腔作势地念叨那些咒语，便能起死回生。他反复研究一块石膏石，在上面看到了印痕，于是向人们高喊："看呀！"然后这些大理石便显出动物的样子，死去的东西复活了，过去的世界又开始运转！经历过无数个属于巨型生物的，属于鱼类和软体动物的世代后，终于来到了属于人类的时代。人类是某个高大物种退化的结果，而那个物种似乎是被造物主给灭绝了。在回溯往日的目光之下，那些出生在过去的孱弱的人们，便能透过重重混沌的迷雾，不断唱诵赞美的诗篇，将曾经的世界重现在人们眼前，就仿佛从末日开始往前回放。在无以命名的、属于全人类的、被我们叫作"时间"的永恒中，有一小块的使用权被转让给了当下的人们。然而

---

[1] 此处的计量单位应为法尺，约计 32.5 厘米。
[2] 卡德摩斯，腓尼基国王阿革诺耳的儿子，古希腊神话中的英雄。他遵照雅典娜的指示，与巨龙交战，拔下它的牙齿，播种在地里。从地里长出的武士，这些武士最后成了忒拜城的贵族。

面对着被一个人的声音唤起的、不可思议的往昔重现，这相当于只有一分钟的生，实在是让人类显得可怜。我们在无数个已成废墟的世界的重压下，质问自己，我们的荣光、仇恨和爱恋算得了什么呢？如果只是为了在未来留下一点虚无缥缈的痕迹，那当下为了活着所付出的艰辛又是真的值得吗？我们从当下抽离，便与死亡无异。直到贴身男仆走进来，对我们说"伯爵夫人回话，说她正等着先生您"时，才又活转过来。

刚刚青年见识到的人类已知世界的那些奇迹，使得他精神沮丧，类似哲学家在用科学的眼光看待未知世界时会有的那种心情。他比任何时候都更迫切地渴望一死。他瘫坐到一张象牙椅上，目光游离在这巨细靡遗地呈现了过往时代的幻景中。一幅幅画作亮起，圣母头像在向他微笑，雕塑也像是活了过来，让人难分虚实。由于暮色笼罩，加之磨人的高烧搅得他本就不太清醒的头脑更是发昏，这些作品都在他的面前跳跃，旋转，舞动着。佛像在朝他做鬼脸。画中人物的双眼一边放光，一边移动。按着它们各自的习性、性格和形体结构，这些形态各异的东西或是笨重，或是轻盈，或是优雅，或是鲁莽地颤动着、跳跃着，离开了原位。这简直是场巫魔夜舞，其魔幻程度，能与浮士德博士[1]在布罗肯峰[2]见到的那场媲美。然而，这些视觉现象是由疲劳、过度用眼造成的神经紧绷，或者黄昏时分光线的变换所造成的，并不能惊吓到青年。当一个人的灵魂已经习惯了死的恐惧，对他来说，生的恐惧就变得无足轻重了。他甚至抱着一种玩笑似的合谋心态，投身

---

[1] 歌德的作品《浮士德》中的主人公。书中曾描写过他在布罗肯峰见到女巫和信徒们狂欢作乐的场景。

[2] 布罗肯峰是德国哈茨山最高峰，也是德国北部最高峰。

于由于精神刺激而产生的古怪场景之中。此类奇景正好和他最后的所思所想扣合在一起，带给他仍旧活着的感觉。

他的四周实在太安静了，很快，他便进入了温柔的幻梦。梦中的景象像被施了魔法，一点一点地变黑，光线缓慢地暗淡下去。一缕即将消逝的天光，使天空中映出最后一抹红霞，正在抵抗黑夜的降临。此时，他抬起头，看到微光中有一具若隐若现的骷髅。那骷髅指着他，头骨疑惑地向左偏着，似乎在对他说："死者们还不想接纳你！"青年将手放在额头上，想要驱散睡意，他清晰地感受到了一阵凉爽的风，像是有什么毛茸茸的东西擦过他的双颊，使他一阵战栗。窗户发出轻轻的"咔嗒"声，他想象着自己正置身神秘的墓穴之中，而这冰冷的轻拂正是蝙蝠从他的颊边掠过。又过了一会儿，在落日余晖的斜照下，他隐约地看到自己被黑压压的影子包围了。接着，这些死亡的幽影也消失在了与之如出一辙的黑暗中。夜晚——赴死的时刻幕地降临了。

从这一刻开始，他度过了一段昏沉的时光。其间他对尘世之物没有半点清晰的印象，也许是因为他深深沉浸在幻想之中，也许是因为疲惫和各种令人痛心的思考，让他不由得昏昏欲睡。突然，他觉得有个可怕的声音在叫他的名字，他浑身颤抖，就像我们正在做焦躁不安的噩梦，梦见自己朝着深渊一跃而下，极速坠落时那样。从强烈的光源散发出的光线晃花了他的眼睛，他闭上了眼睛。他适才看见，在黑暗之中闪耀着一个红色的圆圈，圆圈中央站着一位瘦小的老人，朝着他的方向举着发光的灯。他听着动静，老人既没有走近，也没有说话和移动。他的出现仿佛是一场显灵。就算是最英勇无畏的人，从昏睡中被惊醒，见到这位仿佛是从身旁石棺中走出的非同寻常的人物，肯定也是会发抖的。

这双幽灵般的眼睛一动不动，但一种独特的青春气息让那双眼焕发出了神采，也驱散了青年脑子里那些怪力乱神的念头。尽管如此，在他半梦半醒的短暂间隙中，他感受到了笛卡儿[1]提出的那种哲学式困惑。尽管像他一样有学识，还是屈服在了不能解释的幻象的力量之下；虽然我们由于骄傲不愿承认它的神秘，我们想用自己那浅薄的科学解释它，却最终失败。

请您想象一下，那位干瘦矮小的老人，身穿黑丝绒长袍，腰间被一条丝绸宽腰带扎紧。他的头上戴着顶教士帽，同样是黑丝绒的。帽子下面的白色长发一绺一绺地披散在身周，而帽子紧紧压住头盖骨，妥妥帖帖地盖住了前额。长袍就像是块宽大的裹尸布一样包裹着他的身躯，让人除了那张瘦削苍白的脸，便再也看不见其他人类的形状。要不是那老人向前伸着瘦骨嶙峋的手臂，像在一根木棍上搭了一匹布，想让灯的光芒尽数照在青年身上，那张脸就真的像是悬浮在空中。修剪成长三角样式的灰白胡须遮住了这怪人的下巴，让他看起来就像是那类艺术家会找的、能够在塑造摩西形象时参考的犹太人。这人的嘴唇毫无血色，又过于单薄，人要集中注意力观察，才能在那张苍白的脸上大致描出上下唇的中线。他宽阔的额头布满了皱纹，惨白的脸颊向内凹陷，绿色的小眼睛中有不容忽视的威严，睫毛和眉毛都淡得看不见，青年人不由得以为，兑金者[2]从热拉尔·陶的画作中走了出来。他那弯弯曲曲的皱纹和鬓角周围的褶皱，充分显示出他有如同审判官一般的睿智，对生活中的各种事情洞若观火。不管为人

---

[1] 勒内·笛卡儿（René Descartes，1596—1650），法国哲学家、数学家、物理学家。他是西方现代哲学的奠基人之一，提出了"我思故我在"的原则。
[2] 热拉尔·陶的一幅著名画作。

如何谨慎，老人似乎都能洞察其内心隐秘的想法。想要欺骗他是不可能的。世上存在过的所有民族的习性和才智，都汇集在了这张脸上，就像是世上所有的产物都汇集在他这几间满是灰尘的店铺中。你也许能在这张脸上读出属于神的洞达安宁，因为他无所不知；或是读出属于人的骄傲强大，因为他历尽沧桑。要是给这位老人画像，画家或许会用两种不同的笔触，画出两副截然不同的神情，或是将他画得如圣父一般俊美，或是将他画得如摩菲斯托菲勒斯[1]般一脸戏谑，因为这老人拥有一个高贵而威严的额头，同时嘴巴还有挂着神秘嘲弄的笑容。在他巨大的精神力量之下，人间的艰辛对他来说已不值一提，但他同时也放弃了凡尘的趣味。垂死的青年意识到，这个老妖怪住在另一个世界，独自一人活着，他既体味不到欢愉，因为他没有幻想；也不会痛苦，因为他也感受不到何为乐趣。想到这儿，青年不禁颤抖起来。老人直挺挺地站着，一动不动，气定神闲，像颗居于发光云团中央的星星似的。他那绿色的眼睛中，有一种难以形容的平静的戏谑。如他的灯照亮了这神秘的房间般，他的眼神照亮了人的精神世界。

虽然年轻人之前一直沉醉在和死亡相关的念头以及魔幻的场景中，但等他再度张开双眼，面前这诡异的画面还是吓了他一跳。如果说他的行为像是个冒失鬼似的，如果说他竟然短暂地任由自己表现得像是个听乳母讲童话故事的孩子般轻信，那一定是因为他的冥想使得他的人生和智性都被笼上了一层薄纱、不够清明，是因为他那发炎的鼻子带来的混乱不适，是因为之前经历的一切有如大起大落的戏剧，一幕幕场景带给他如同吸食鸦片烟似的残忍的快乐。这些幻象，发生在 19 世纪巴黎的伏尔泰堤岸，不管是

[1]《浮士德》中的魔鬼，一般称为"摩菲斯特"，后文均译作"摩菲斯特"。

发生的时间还是地点，都意味着绝不可能有魔法的存在。法国的"无神论之父"[1]便是在旁边的宅邸中去世，作为一个盖－吕萨克[2]和阿拉戈[3]的信徒，他蔑视权贵用以欺骗世人的粗劣手段，所以当下，这青年人无疑只是受到了幻觉的影响，才屈服于诗意的幻境。我们为了逃避绝望的现实，想要试探试探上帝的力量时，常常会这么做。因此，面对这团光和这位老人，他才颤抖了。在某种奇异力量的驱使下，他莫名其妙地有了种让他深感不安的预感。不过这种心情就像是我们在见到拿破仑，或者其他才华横溢、荣耀加身的伟人时会有的那种。

老人谦恭地问道："先生您是想要看拉斐尔画的耶稣基督像吗？"他的声音清晰干脆，有金属般的质感。他将灯放在一根螺旋形石柱之上，于是灯光便照亮了那个棕色的盒子。

听见耶稣基督的教名和拉斐尔，青年人表现出了一些好奇。无疑，这正是商人想看到的。商人拨动了一根弹簧，突然，桃花心木的木板沿着沟槽滑开，无声地落下，让青年看到了里面的画，引起了青年的赞叹。在这不朽的艺术品面前，他忘记了商店中的幻象，摆脱了一波又一波的困倦，重又拾回了"人"的身份，意识到老人也不过是肉体凡胎，是个活生生的人，并非幻影。他又重新回到了现实生活中。很快，画中那张神明的脸上透露出的温柔的关怀，慈爱的安宁就感染了他。空中散发的某种芬芳驱散了灼烧着他骨髓的地狱般的苦痛。人类救世主的面孔像是从深邃的黑暗背景中浮现出来。他的头发周围有一圈光芒四射的光晕，那

---

[1] 指伏尔泰。

[2] 约瑟夫·路易·盖－吕萨克（Joseph Louis Gay-Lussac，1778—1850），法国化学家、物理学家。

[3] 弗朗索瓦丝·阿拉戈（François Arago，1786—1853），法国物理、天文学家，政治家。

光线似乎是从他的头发中穿透出来的。在他的面孔和皮肉之下，蕴藏着坚定的信念。信念契入了每根线条之中，呼之欲出。他那鲜红的嘴唇好像刚刚宣讲过关于生命的箴言。观赏画作的人在空中寻找着圣谕的回响，在一片寂静中探求令人陶醉的宣教，他在曾经的教诲中找到这些箴言，并在未来聆听它。那双让人崇敬的双眸中，蕴含着宁定淳朴，正是《福音书》上内容的体现，痛苦的灵魂能于其中寻到安宁。总之，主的全部教义都从那个柔美的、动人的笑容中流露出来，他正身体力行地表达着那句一言以蔽之为"你爱人人，人人爱你！"的训诫。这幅画作让人自发地祈祷，劝人懂得宽恕，使人抛却自私，唤醒了所有沉睡的美德。拉斐尔的此幅杰作还具有和音乐一般的独特魅力，能迅速地使人沉浸在曼妙的回忆之中。这幅画作的成功是无可置疑的，它甚至让人们忘记了作画的人。变幻的光线更增加了这幅画的神妙，有一瞬间，远远看去，耶稣的头似乎是从云雾中浮现出来的。

商人冷漠地说："我买这幅画可花了大价钱。"

"是时候去死了！"青年从沉思中回过神来，最后终于想起了命运安排给他的死亡。他没有意识到，他放弃了刚刚抓住的最后一丝希望。

"啊！我就觉得你有些不对劲。"老人的一只手像老虎钳似的，紧紧抓住了青年的两只手腕。

面对他的误会，青年忧伤地笑了笑，轻声细语地解释道："哎，先生，您别怕。我是说我要去死，不是针对您。我虽然骗了你们，但并无恶意，也没什么不敢承认的。"他看到老人担忧的神情，继续说，"我要投河，但不想惊动太多人，只能等到晚上。为了打发时间，我来看看您的这些珍宝。难道您不能原谅一个喜爱科学的诗人,在生命弥留之际,找点儿乐子吗?"

在他说话的时候,疑虑重重的商人一直用犀利的眼神打量着这位假顾客黯淡的面容。不一会儿,商人便被青年那消沉的语气打消了疑虑,也有可能是他从青年人毫无血色的脸上,看出了那注定的悲惨命运。那张苍白的脸,在不久前,甚至让赌场中的赌徒都颤抖。商人放开了青年的手。不过,他还是有一点疑心,于是充分展现出了一位至少有一百岁的老人的经验。他看似随意地伸展开双臂,撑住一个五斗柜,像是借着柜子支撑身体,一只手却拿起一把小刀,然后对青年说:"是不是因为您在国库做了三年的编外人员,却一笔钱都没领到?"

青年人摇头否定,忍不住笑了。

"那是因为您父亲后悔生了您,话说得很重?还是您做了什么让自己声名扫地的事?"

"我要是做得出那种事,说不定就能活下去了。"

"那您是不是在富南布尔剧院[1]被喝了倒彩?还是说您得靠着写那种押韵的对子来支付情人葬礼的费用?您难不成是想不再为钱发狂吗?还是永远摆脱焦虑?到底发生了什么,要让您去死?"

"您就别在大部分人寻死的理由里找我想死的原因了,那些都太普通了。我经历的那种伤痛,不仅常人闻所未闻,而且用人类的语言难以解释。您别为难我,非让我讲。我这么跟您说吧,我所遭遇的苦难,是最深重,最不堪,最为锥心刺骨的。"接着,他又加了一句,与他之前说话的语气截然不同,带着无礼的傲慢。"不过,我既不需要拯救,也不需要同情。"

"唔!唔!"老人发出两个音节,听起来就像是某种玩具发

---

[1] 巴黎曾经存在过的剧院,始建于 1816 年。

出的噪音，权当是对青年的回答。他又接着说："我不会让您求我，不会让您难堪，不会给您法国的一生丁、黎凡特 [1] 的一巴拉、西西里的一塔兰、德国的一海勒，不管是古罗马的小银币还是古希腊的奥波尔，又或是刚刚铸造的皮阿斯特 [2]，又或是任何金的、银的、铜的、纸的，可兑付的钱财，我都不会给您。但我会让您像宪法承认的君主一般富有、强大、受人尊重。"

青年觉得老人是老糊涂了，他呆呆站着，没敢回话。

"您请转身。"商人突然抓起了灯，举灯照亮肖像画对面的墙壁，接着道，"看看这张驴皮。"

青年突然起身，看见背后的墙上挂着一张驴皮，论大小和狐狸皮差不多，就在他刚刚坐着的椅子上方，他不禁露出惊讶的神情。在一团漆黑的店铺之中，那张驴皮就像是颗小彗星似的，放射出灿烂的光芒，只消一眼，就让人百思不得其解。不信鬼神的青年人走近这据说能使他远离不幸的符咒，暗自嘲笑自己。不过，出于在所难免的好奇，他倾着身子，变换着角度观察这张皮，很快就发现了产生这一神奇现象的原因，并非有什么超自然的力量。这张驴皮表面的黑色粗糙颗粒经过精心抛光，显得光泽饱满，皮上那些不平整的沟壑也被细致地清理过了，看上去就像是石榴石紫红色的结晶面。这张来自东方的凹凸不平的皮毛上有无数个可以聚焦灯光的点，于是映射出了一片灿烂。他一板一眼地将这个现象的成因告诉了老人，而老人却没有回应，只是狡黠地笑着。这个高深莫测的笑容让博学的青年相信自己定是遇上了什么江湖

---

[1] 黎凡特是历史上一个模糊的地理名称，广义指的是中东托鲁斯山脉以南、地中海东岸、阿拉伯沙漠以北和上美索不达米亚以西的一大片地区。

[2] 生丁、巴拉、塔兰、海勒、奥波尔、皮阿斯特都是货币名称。

骗术。他不愿再带着一个疑问踏进坟墓，突然迅速地将驴皮翻了个面，就像个孩子迫不及待地研究他的新玩具的秘密。

"看啊！"他喊道，"这里被戳了个章，东方人管它叫'萨洛蒙'。"

"那您知道它的来历？"商人问道。他用鼻孔发出两三声嗤响，比任何激昂的话语都更能表明他的态度。

青年人大声问道："这世上难道还有天真到会相信这种把戏的人吗？"他显然是被商人无声又辛辣的嘲笑刺激到了。他继续说道："您难道不知道，东方的古老传统，就是会将这类形状奇特、带有刻意塑造的特征的事物符号化、神圣化，赋予它虚构的力量吗？我要是在这当口跟您讨论这东西，简直比讨论斯芬克斯[1]和格里芬[2]还显得愚蠢，在某种程度上，它俩还算是有点儿研究价值。"

"既然您还是个东方学的专家，"老人回复说，"那您或许能读懂这句话。"

他将灯举得离被青年翻了面的符咒更近些，让青年能看清印在这张精美驴皮那网格状的肌肉组织之中的字迹。那字看上去就像是从动物自己身上长出来的。

青年说："我得承认，我确实想不出来用什么手段，能让字印入野驴皮这么深。"

青年突然转身，眼睛在堆着各种珍玩的桌子上逡巡，像是在寻找某样东西。

老人问："你在找什么？"

"找件可以割开驴皮的东西，这样就能看出字是印上去的，还是刻上去的了。"

---

[1] 源于埃及神话的狮身人面兽。
[2] 欧洲传说中的狮身鹰首兽。

老人将手里的刀递给了青年。青年接过刀，照着刻字的地方切去。但当他揭开薄薄一层驴皮之后，那些字迹又重新变得清晰，就像是本来就被印在这一表面似的。他差点儿就以为自己没有割过。

"黎凡特地区的工艺还真是令人称奇啊！"他一边说，一边忧心忡忡地研究那句用东方语言写成的话。

"是啊！"老人回复，"这确实更像是人的手笔，而不是神迹。"

那神秘的句子是这样的：

لو ملكتني ملكت الكل
ولكن عمرك ملكي
واراد الله هكذا
اطلب وستنال مطالبك
ولكن قس مطالبك على عمرك
وهي هامنا
نبكل مرامك اتقلّص كايامك
اتريد في
الله مجيبك
آمين

翻译出来，便是：

你拥有了我，就拥有了一切。但你的生命从此属于我。这是神的旨意。

许愿吧,你的所有愿望都将得到满足。但你得用生命许愿。

你的生命。

每许一个愿望,我便会缩减。一如你剩下的日子。

你想要我吗?那便拿去。

如你所愿!

"啊,您读起梵文[1]来可真流畅!"老人说,"您是不是曾经到波斯或者孟加拉国旅行过?"

青年回答说:"没有。"他好奇地抚摸着这块充满了象征意味的驴皮。它摸上去十分坚硬,倒十分像是金属薄片。

老人将灯放回了原来的那根柱子上,瞥了青年一眼,眼神饱含冰冷的嘲讽,似乎是在说:"他已经不想死了。"

青年人问道:"这是个玩笑,还是真有这种秘术?"

老人摇摇头,严肃地说:"我不知道怎么回答你。我曾向别人推荐过这个符咒,跟他们讲了其中蕴含的可怕威力,那些人看上去都比你坚定有力多了。但是,他们嘲笑着符咒对未来命运的影响是无稽之谈,却没人愿意冒险签下这个契约,毕竟条件这么致命,而我也说不清另一方是什么神力。至于我嘛,我跟他们的想法差不多,我很怀疑,所以克制着自己,而且……"

"难道您从来没有尝试过吗?"青年打断他问道。

"尝试!"老人说,"如果您站在旺多姆广场的圆柱[2]顶,您会试着往下跳吗?难道我们能控制生命的进程吗?人难道还能够

---

[1] 原文为阿拉伯文字,并非梵文。

[2] 旺多姆圆柱是法国巴黎市中心旺多姆广场上拿破仑为了纪念奥斯特里茨战役胜利而建的铜柱。

将死亡变成阶段性的任务？在走进这个房间前，您已经下定决心要自杀了。可突然间，您被一个秘密占住了心神，就无暇去想死的事了。孩子！我想在您的生命里，没有比今天您遇见的这个谜题更有趣的了。听我说，我曾见过摄政王时期[1]那淫乱的宫廷。当时我和您一样落魄，靠乞讨为生。然而看看现在，我活到了一百零二岁，成了百万富翁。不幸赐予了我财富，愚昧教会了我许多事情。我来告诉您一个有关人生的大秘密，几句话就能说清。人生来就被两种会耗光所有生存资源的行为所驱使，直至油尽灯枯。这两种致死的原因，用两个动词就可以总结到位：欲和行。然而除开这两种人类本能的行为，智者选择用另一种方式生活，正是这种方式让我获得了幸福和长寿。欲让我们备受煎熬，行让我们走入毁灭，然而知却让人脆弱的机体处在永恒的平静之中。正因如此，对我来说，愿望、或者说是欲望都不再存在，都被我的思考扼杀了；挣扎、或者说是求索也消弭了，只剩身体器官自然地运作。简而言之，我活着，并不依靠那颗脆弱易伤的心，也不依靠日渐麻木的感知，而是依靠我的大脑。大脑不会枯竭，比其他器官更为坚挺。于是，再没有什么过度的刺激来损伤我的灵魂和躯体。活着的时候，我见识过全世界，我登上过亚洲和美洲最高的山峰，我会说人类所有的语言，我在每种制度下都生活过。我借钱给一个中国人，而他将自己父亲的尸体作为抵押；我睡在阿拉伯人的帐篷里，安全只能凭他的口头承诺；我在欧洲的各个首府都签过合同；我毫不担心地将我的金子留在野蛮人的帐篷中。总之，我什么都得到过，因为我什么都不放在心上。我唯一的野心就是见识，见识难道不就是知识吗？哦！年轻人，

[1] 指代奥尔良公爵摄政时期。

知识本质上不就是享有吗？拥有知识，不就能得知事物的内在本质，并且从根本上占有它吗？那些物质的东西最终能留下的是什么呢？不过是个概念罢了。想想，若是一个人能将现实中的一切铭刻在他的思想中，将幸福之泉源源不断地输送给他的灵魂，同时，还能从中提炼出上千种超脱了世俗污秽的至臻快感，这个人的人生将有多么美好啊！思想，是打开世上所有宝库的钥匙。她能夺走吝啬鬼的财富，还不会让他们愁眉苦脸。像这样，我遨游在这世上，享受智识的乐趣。凝望大海、种族、森林和群山，便是我的放纵狂欢！我什么都看过了，但依然平和，不觉得疲惫。我再无所求，等待着一切自然发生。我在宇宙间漫步，就像是在自己家的花园中那么随意。人们称之为忧愁、爱恋、野心、沮丧和悲伤的情绪，对我来说只是些概念而已，我将它们变成了类似幻梦一样的东西。我并不去感受它们，而是解读、阐释它们。我不会让它们吞噬我的生命，而是将它们戏剧化，以之为基础展开想象，自娱自乐，就好像是在脑中阅读了几部小说似的。我从不让我的器官劳累，是以我的身体依然强健。我的灵魂接过了我从未滥用的精力，我头脑中装着的东西比这店铺中的还要多。"他拍了拍自己的额头，"这里才是真正的财富。我将智慧的目光投向过去，沉浸其中度过了快乐的日子，我在脑海中反复回想所有的国度，各种地区的风景，海洋的景色，历史上那些美好的人物！我拥有了想象的宫殿，妻妾成群，这在现实中从未发生过。你们的那些战争和革命都出现在我的眼前，让我做审判。哦！只因为肤色稍浅一点，或是身形稍微丰腴一点，便更为偏爱，这是一种多么疯狂和肤浅的审美啊！人怎么会宁愿出于荒谬的意志去制造灾祸，也不愿意使用如此伟大的能力，让整个宇宙出现在自己面前呢！要知道，这种能力能让人享受到巨大的乐趣，让人逃脱时间的死刑，卸下空间的枷锁，自由地行动；能让人见到一切，了解一切；能让人来到世界的边缘倾身向外，探看其余的星球，聆听天音！"

他指着驴皮，响亮地继续说："有了这件东西，行和欲便能合一。它里面包含着你们那些世俗的念头，过度的欲望，放纵的享乐，让人丢掉性命的欢愉和使人深刻地感受到活着的痛苦。或许，痛苦其实是一种暴虐的快乐罢。是快感变成了痛苦，还是说痛苦就是快感，谁能分得清楚？在理想的世界中，最明亮的光辉都能让人目眩神迷，得到安抚；然而在物理世界中，即便是最柔和的黑暗都会刺激人的视觉。智这个字不就是从知来的吗？那么，疯难道不是来自欲和行？"

"呃，好吧。我承认，我就是想要放纵地活着。"青年人说着把驴皮攥到手里。

"年轻人，谨慎点！"老人大声喊道，激动得都不像他了。

青年人回应说："我曾在学习和思考中消耗生命，但靠这些甚至都没法养活我。先生，现在什么都骗不了我了，不管是斯韦登堡的说教，还是您这来自东方的符咒，或者是您出于仁慈，想让我继续活在这世上而做的种种努力。我是不可能再活下去的。现在我们就来瞧瞧好了。"他用抽搐的手抓紧符咒，看着老人继续说道，"我想要一场如宫廷宴会般豪华的晚宴，人们既然认为这是个尽善尽美的世纪，那我就要一场配得上本世纪的狂欢盛筵！我要宾客都风华正茂、才华横溢，对谁都不带偏见，我要他们快乐得仿佛一群疯子！我要美酒一壶接着一壶，一壶比一壶更加浓烈、香醇，能让人大醉三天！我要整夜都有热情的女人做伴！

我想要从那狂热的、喧哗的盛筵中，驶出一辆四匹骏马拉着的车，接我们越过世界的边境，将我们扔在无人踏足过的海滩上。我们的灵魂或是升入天空，或是坠入泥土，我也不知道到底要升，还是要坠，无关紧要！总之，我要求这神秘的神力将所有的欢愉融汇在一场欢宴之中。是的，在这最后的放纵之中，我要体会到天上人间的所有快乐，然后死去。还有，我希望在饮酒之后，能够举行古老的普里阿普斯狂欢仪式，吟唱唤醒死者的圣歌，不停地接吻，无休止地接吻，亲吻的声音传遍巴黎，有如干柴烈火发出的声响，唤醒一对对夫妻，使他们欲火焚身，甚至让年过古稀的老夫妇也重拾青春。"

瘦小的老人嘴里传出了大笑声，在状若疯癫的青年人耳边回响，有如从地狱传来的响动，专横地阻止了他再开口说话。

商人说道："您难道觉得我这里的地板会突然打开，露出一个通道，摆满珍馐的餐桌和来自另一个世界的宾客就会在通道对面出现吗？不，不是这样的，年轻的冒失鬼。您既然已经签订了契约，事情肯定就会按照合约上的办。您的愿望一定会得到满足，而且包您满意，但必须以您的寿命为代价。这张驴皮就代表着您的寿命，驴皮会缩小多少，取决于实现您的愿望有多难，以及您愿望的数量。愿望简单，它就缩得少；愿望过于疯狂，它就缩得厉害。给我这张符咒的婆罗门僧人曾向我说明，符咒主人的命运和他许下的愿望之间，也存在着某种神秘的联系。您的第一个愿望很普通，我都能实现它，但我还是把它留着，让您获得新生自行处理吧。毕竟，您是想死的，对吧？唉！您只不过是推迟了自杀的计划而已。"

青年惊愕不已，几乎生气了，因为他觉得这个奇特的老人总在和他开玩笑。在他看来，老人最后的那句玩笑话，已经将他那带着几分仁善的意图表现得很明显了。于是青年大声说道："先生，在我走完堤岸的这段时间中，如果我的命运真有变化，我可是能看得到的。不过，如果您不是在嘲弄一个不幸的人，那么，既然您向我提供了如此致命的帮助，作为回报，我希望您爱上一位舞蹈演员！这样，您就能理解纵欲的幸福了。或许您还会变得挥霍无度，将您用哲人般的冷静积攒下来的财产花光。"

他说罢便离开，没有听见老人发出的一声长叹。他穿过厅堂，走下商店的楼梯，后面跟着那个脸胖乎乎的伙计，伙计想给他照明，但根本来不及，他溜得太快了，就像是被抓了现行的小偷似的。他被怒火蒙蔽了神智，甚至没能发觉，那张驴皮拥有惊人的延展性。驴皮变得如同手套般柔软，被他颤抖的手指卷了起来，甚至小到能够装进他的衣服口袋。他几乎可以说是木然地做了这一系列动作。他冲出商店的大门，来到堤岸上，撞上了三个互相挽着胳膊的年轻人。

"畜生！"

"蠢货！"

这便是他们撞见时对彼此"优雅文明"的招呼。

"啊！这不是拉斐尔吗？"

"正好，我们正在找你。"

"怎么是你们？"

一盏路灯被风吹得摇摇晃晃，灯光照亮了这群人惊讶的脸。于是，接着谩骂而来的，便是这三句友善的话。

那个差点儿就被撞翻的年轻人对拉斐尔说："亲爱的朋友，快跟我们来。"

"到底发生了什么事？"

"先跟我们走，边走我边跟你解释。"

也不知道是被强迫，还是出于自愿，拉斐尔被朋友包围着，拖着朝艺术桥走去。他们挽住了他的手臂，将他纳入这支欢乐的小队。

一位能言善辩的朋友继续说："亲爱的，我们都找了你一个礼拜了。在你住的那家尊贵的圣康坦旅馆，顺带一说，那家旅馆的招牌真是一成不变，还像是在卢梭的时代那样，一个红字一个黑字交替着，你的莱昂纳多[1]跟我们说，你六月就去乡下了。但是，我们哪里会有那些法庭的执达员、债主、警官之类有钱人的派头呢？不管怎样吧！拉斯蒂涅在前一天夜里还在滑稽剧剧院见到了你，所以我们便鼓起勇气，重新拾回自尊心，开始找你，看你是不是在香榭丽舍大道的大树上栖身，还是花两个苏去福利院睡，混迹在靠着绳子睡觉的乞丐中间。或者你再幸运一点，是不是将临时营地搭在了哪位贵妇的闺房之中。但我们找遍了所有地方都找不着你，甚至圣佩拉吉和拉福尔斯监狱的犯人名单上都没有你的名字！市政府、歌剧院、修道院、咖啡厅、图书馆，各位行政长官的官邸，新闻记者的办公室，还有餐厅、各家戏院，总之，我们把巴黎所有高档的下流的地方都翻了个底朝天。我们都在为失去这样一位既得皇室、又下得监狱的天才而叹息。我们正在讨论，应该将你列入七月革命[2]中的英雄！说实话，我们真的都在为你惋惜。"

---

[1] 作家勒萨日（1668—1747）的小说《吉尔·布拉斯》中老女仆的名字。

[2] 1830年7月，波旁王室的专制统治令经历过法国大革命的法国人民难以忍受，以致人民群起反抗当时法国国王查理十世的统治。

在他说话时，拉斐尔和朋友们一起走过了艺术桥，他没有听他们说话，而是看着哗哗流淌的塞纳河水倒映出巴黎的五光十色。他身处河流之上，然而就在不久之前，他还打算投身河中。老人的预言如今成真了，他死亡的时间肯定要往后推。

"我们真的很替你惋惜！"他的朋友还在强调自己的话，"我们有个计划，想让你来做领头人，你有能够服众的特质。兄弟，在今天，皇室的骗局可比从前多多了，打着宪法的幌子，为非作歹。被英勇的人民所推翻的臭名昭著的君主专制，就像是一位生活放荡的女人，我们可以和她调笑，带她参加宴会；然而祖国却像是脾气暴躁但品德高尚的妻子，不管我们愿不愿意，都得接受她拘谨的爱抚。所以，就像你知道的那样，权力从杜伊勒里宫转移到了报馆，同时，财富也转移了街区，从圣日耳曼近郊转移到了肖塞·当坦街[1]。但有件事你可能还不知道！政府，就是那个由银行家和律师组成的贵族政权，他们今天利用祖国做的事，就跟教士利用专制的君主政权做的一样。他们深刻地体会到，十分有必要用新的说辞套着陈旧的观念，去愚弄善良的法国人民，正如所有学院中的哲学家和古往今来的权贵所做。于是他们向我们反复灌输一个冠冕堂皇的国民性观点，向我们证明支付十二亿法郎三十三生丁的税给以某某先生为代表的国家，比支付给国王十亿法郎九生丁的税要幸福得多，毕竟国王口中只有我，而不是我们。总之，为了表达反对者的意见，让那些不满的人开心些，别对公民国王[2]的国民政府造成实质性的伤害，一份报纸最近被创立了，这份报纸拥有二三十万法郎的投资，绝对可靠。既然，我

[1] 意指财富从贵族阶层转移到了银行家的手中。
[2] 指十月革命后被加冕为法国国王的路易·菲利普。

们讽刺自由，也嘲笑专制，不相信宗教，也怀疑无神论。对我们来说，祖国就是这样一座首都，在这里各类思潮交锋，日日都有美味的宴饮和数不尽的好戏；这里挤满了放荡的女人，晚宴通宵达旦，爱可以按小时计算，就像是出租的马车一样；巴黎，将一直是所有国家中我们最可爱的祖国！它是快乐的祖国，自由的祖国，才华的祖国，漂亮女人的祖国，坏家伙的祖国，美酒的祖国。而且，在这里我们不太感受得到权力带来的压迫，因为我们就在手持权柄的人身旁。

"我们，真正的摩菲斯特信徒！我们要粉饰一番公共思想，让演员们改头换面重新登场，给这临时搭的草台班子政府门前钉上新招牌，给空论派[1]开出药方，让老的共和党人回炉，给波拿巴主义者[2]展示的机会，给中间派提供补给，只要我们能被准许小小地嘲笑一下国王和民众，准许我们早上的观点和晚上的不一致，准许我们像巴汝奇[3]，或者像东方人那样，躺在柔软的垫子上度过美妙的日子。我们都想让你来管理这荒唐可笑的滑稽诗帝国，这便带你去报纸创办人举办的晚宴。他是位退休的银行家，不知道该怎么花他的金子，现下想要把钱换成脑子。他一定会像接待兄弟一样接待你。我们会将你奉为勇敢无畏的批判者中的国王。正是这些敢于批判的人，在俄国、英国和奥地利都还没有打定主意的时候，便以自己的敏锐，洞察了它们的企图！是的，我们授予你统治权，管理这个智慧的王国。这个王国曾给世界贡献

---

[1] 活跃在法国波旁王朝复辟时期和七月王朝时期一个具有理性主义色彩的政治派别。
[2] 波拿巴主义是由拿破仑·波拿巴及其追随者和继承者产生的政治意识形态。这个词后来被用来指那些希望恢复波拿巴王朝及其政府风格的人，从这个意义上而言，波拿巴主义者是在19世纪的法国积极参加或倡导保守主义、君主主义和帝国主义政治派别的人。
[3] 拉伯雷《巨人传》的主角。

了像米拉波 [1]、塔列兰 [2]、小皮特 [3]、梅特涅 [4] 之类的人。这些机敏的'男仆'们，将帝国的命运作为赌注，就跟庸人们玩耍骨牌时以樱桃酒为赌注那么随意。我们都承认你是我们最英勇的伙伴，而且从未和名为'纵欲'的野兽贴身交战过，意志坚定的人总是想和这头令人敬畏的猛兽交交手！我们也都认为它还没能将你征服。我希望你能担得起我们的赞扬。我们的东道主塔耶菲向我们保证宴会肯定比当代的小卢库鲁斯 [5] 们举办的奢靡的狂欢宴要奢华得多。他足够有钱，足以在微小的细节中展露盛大的奢豪，让放荡的场面不失高贵和优雅。拉斐尔，你在听吗？"演说家终于打住了话头，向拉斐尔发问。

"在的。"青年回复说。比起愿望实现带来的惊讶，他更震惊于这一系列事件就这样自然而然地发生了。尽管他不可能相信真的是魔法带来的影响，但还是为人命运中的巧合而感叹。

身边的一个朋友说："虽然你说在听，但你的表情就像是想到了去世的祖父。"

"啊！"拉斐尔接着说，他语气中带着天真，让这群寄托着法国年轻人的希望的作家都忍不住笑起来。"朋友们，我是在想我们马上就要变成真正的大混蛋了！迄今为止，我们在半醉半醒时，发表过渎神的言论；我们在酩酊大醉时发表对人生的看法；我们在消化食物的时候还在臧否人物。我们的言论胆大包天，却

---

[1] 米拉波（Honoré Gabriel Mirabeau，1749—1791），法国大革命时期立宪派领袖之一。

[2] 塔列兰（Charles Maurice de Talleyrand-Périgord，1754—1838），法国主教、政治家和外交家。

[3] 小皮特（William Pitt，1759—1806），英国首相。

[4] 梅特涅（Klemens Wenzel Nepomuk Lothar von Metternich，1773—1859），奥地利外交大臣和宰相。

[5] 卢库鲁斯（Lucullus，公元前 177—公元前 56），罗马共和国末期将领。

从不付诸行动。但现在，我们被打上政治的烙印，将要进入这座宽阔的监狱，丢掉曾有的幻想了。当人们所能相信的只剩魔鬼时，才会缅怀青春时的天堂和纯真无邪的时光，那时候我们虔诚地向某位善良的神父伸着舌头，等着他分发我主耶稣基督的圣体。啊！我的好伙伴，如果我们之前犯下的罪孽为我们带来这样多的欢乐，是因为我们用悔恨美化了它们，让它们变得更加刺激和美味；然而现在……"

"噢！"第一个说话的人打断他说，"然而现在我们只剩……"

另一人问道："什么？"

"犯罪……"

拉斐尔回道："这个词的意思太多了，堆起来能有绞刑架那么高，或是塞纳河水那么深。"

"唉！你没懂我的意思，我说的是政治犯罪。从今天早上开始，我就只艳羡一种生活，那就是阴谋家的日子。我不知道明天我这些奇思妙想还有没有，但今晚，我们平淡的文明生活就像铁路的沟槽般千篇一律，使我心烦意乱！我现在充满了激情，想体验从莫斯科撤退时的狼狈，想感受《红海盗》[1]里人物的心情，想过走私犯的生活。既然在法国已经找不见查尔特勒修道院[2]的存在，那至少让我有个像植物学湾那样的地方。就是那种供小拜伦勋爵们疗伤的所在，他们将自己的生活搞得一团糟，仿佛晚餐后用过的餐巾，然后再没别的事可干，只能烧毁家园，一枪打爆自己的脑袋，密谋建立共和国或是挑起战争……"

---

[1] 詹姆斯·费尼莫尔·库柏的小说。

[2] 查尔特勒教会是一个封闭的天主教教会，提倡隐修，很少与外界接触，也不派遣任何传教士。在宗教改革时一度遭禁，加上后来的法国大革命等动荡，其教徒人数大幅下降。

"爱弥尔，"拉斐尔旁边的人气冲冲地对刚刚讲话的人说，"我发誓，如果不是因为七月革命，我就当神父去了，在乡野深处过顺应天性的日子。"

"那你会每天都念经吗？"

"会。"

"你真是个傻瓜。"

"我们还每天读报纸呢！"

"对一个新闻记者来说，这习惯还不错！但是你现在还是闭嘴吧，我们正走在一大堆报纸订户中间。你瞧瞧，新闻便是现代社会的宗教，而且相比起来还有进步。"

"怎么说？"

"'神职人员'不必真的相信，群众也不用……"

他们就这样聊着天，一副多年来熟读《关于尊贵的人》[1] 的正派人士的样子，走到了儒贝尔大街上的一家宅邸。

爱弥尔是个新闻记者，比起别的靠自己的成就获得名声的人，他什么也不做，就能更有声望。他是个大胆的批评家，充满激情，言辞辛辣，他有诸多优秀的品质，使得他虽然也有缺点，但瑕不掩瑜。他说话直接，总是面带笑容，当着朋友的面，会不停地挖苦他；然而当朋友不在的时候，他又会勇敢而忠诚地回护他。他什么都敢嘲讽，包括自己的前途。他总是荷包空空，而且就像所有拥有一技之长的人一样，懒得要命。他总能在那些写书时一句有用的话都写不出来的人面前，将一本书的内容凝结成一个好句，扔到他们的脸上。他总是许诺，却从不兑现，他成日躺在垫子上

---

[1] 原文为拉丁文 "De Viris illustribus"，4 世纪拉丁教会杰罗姆神父用拉丁文撰写的一百三十五位作者的简短传记集锦。

睡觉，想着赚得财富和名望，就像这样冒着年老时只能在救济院醒来的风险。另外，这个能为朋友两肋插刀的人，愤世嫉俗又喜好自吹自擂的人，单纯得如同孩童的人，只在心血来潮和迫不得已的时候工作。

"用阿尔科弗里巴斯[1]老爷的话来说，我们马上要迎来一场美味的盛筵[2]。"他指着将楼梯熏染得芬芳馥郁、装点得绿意盎然的花盆，对拉斐尔说。

"我可真爱这温暖的、铺着华贵地毯的前廊。"拉斐尔回答他说，"把前厅都布置得这么奢侈，在法国可不多见。站在这里，我感到重获新生。"

"我可怜的拉斐尔，在那儿上面，我们还要喝一场，开心一回。对，就是这样！"他继续说，"我希望我们是最后的赢家，将这里的脑袋都踩在脚下。"接着，他朝着拉斐尔，用带嘲讽意思的手势示意这些宾客。他们一走进这金碧辉煌、灯火通明的大厅，马上便有整个巴黎最杰出的青年才俊来迎接他们。其中的一位是刚刚崭露头角的画家，他的第一幅画几乎能媲美帝国风格[3]绘画的华丽。另一位，昨晚才出版了一本激进大胆的书，文辞尖刻，带着学者的傲慢，为当代学院派找到了新路子。隔得再远一些，是位雕塑家，从他粗犷的长相中透露出旺盛的才情。他正在同一位不甚热情的玩世不恭的人交谈。这类人，有的时候能将人贬得一无是处，有的时候又能将人夸得十全十美，一切全看场合而定。在这里，还有最有才华的讽刺画家们，他们眼神狡黠，说话刻薄，

---

[1] 即弗朗索瓦·拉伯雷，他曾用阿尔科弗里巴斯·纳西尔的笔名写作。
[2] 对《巨人传》的援引。
[3] 帝国风格是拿破仑帝国时期的官方艺术风格，非常强调帝权象征。

正窥伺着一幕幕值得讽刺的场景，准备将其变成笔下的画面。在那儿，有个年轻又放肆的作家，他能比其他人更好地提炼出政治思考的精华，也能拿著述丰富的作家调侃，将他的作品压缩成一两句表达其精神实质的话。他正在和一位诗人谈话。如果这位诗人的才华和他的仇恨一般汹涌，那么他的诗作将碾压当今时代所有的作品。这两人都在努力地既不说谎，也不要讲出真话，互相说些不那么过分的恭维话。一位著名的音乐家正在柔声安慰一个青年政客，然而他的语气中却带着嘲讽。青年政客最近政途不顺，不过并没有受到什么伤害。文笔糟糕的年轻作家挨着大脑空空的年轻作家，写诗歌的散文家挨着写诗写得像散文的诗人。有位可怜的圣西门主义[1]者，天真到真的相信那一套。他看到这些不完整的人，好心好意地将他们召集到一起，显然是想把他们都转化成自己信条的信徒。

终于，这些人中出现了两三个科学家，致力于在谈话内容中加入些科学元素；还有一些滑稽剧作家，随时准备写一幕短剧，绽放他们转瞬即逝的光彩，这光彩如同钻石的闪光，既没有温度，也无法照明。也有一些为人处事总是模棱两可的人，他们遮遮掩掩地嘲笑那些公开表达自己对人和事的喜好的人。他们将两面三刀的政治手腕发挥得炉火纯青，从不加入任何派别，总是密谋推翻一切制度。还有高谈阔论的人，他们总是一副波澜不惊的样子，在滑稽剧剧院的卡伐蒂娜[2]演唱中途擤鼻涕，或是在别人都没叫好的时候大声叫好，若是别人先说出了他的看法，他便要提出

---

[1] 圣西门主义是 19 世纪上半叶的法国政治、宗教、社会思想，以其创始人法国空想社会主义者圣西门命名。
[2] 音乐短剧，咏叹调的一种。

反对意见。此时，他正在找机会引用别的聪明人说的话，将其当作自己的原创。在这群宾客之中，有五位前程似锦，有十多位的声誉能让他们的后半生得到保障，至于其他人，就像所有的庸才那样，要用路易十八那句有名的谎言"团结一致，尽弃前嫌"来自我麻醉。

东道主就像所有花了两千埃居[1]的人一样，兴高采烈的同时又忧心忡忡，他的眼睛时不时便焦躁地看向大厅门口，寻找他所等待的客人。不一会儿，一个矮胖的男人在谄媚的奉承声中出现了。他是个法律公证人，今早创办的这份报纸正是由他签字承认的。一身黑衣的家仆打开了宽敞的餐厅的大门，所有人都不再客套，走到巨大的餐桌旁，纷纷落座。

离开之前，拉斐尔最后看了一眼大厅。他的愿望切切实实地实现了。丝绸和黄金装点着整座宅邸，华丽的支形大烛台上放置着数不胜数的蜡烛，使得檐柱上最细枝末节的镀金线条、铜器上精美的雕工，还有家具那艳丽的色彩都熠熠生辉。来自园林的珍奇花卉和竹子摆放在一起，造型十分具有艺术感，散发着淡淡的芬芳。连垂下的帷幔都有一种不显山不露水的矜贵。这里的一切，都有种让人难以形容的充满了诗意的雅致，散发着无边的魅力，让一文不名的人不禁沉醉在幻想之中。

"十万法郎的年息，一定是《基督教教理》最引人入胜的注脚，能很好地帮助我们实践道德。"他叹息着说，"对，就是这样！我绝不可能光着脚的同时保持良好的品德。对我来说，住在狭窄的阁楼、穿着褴褛的衣衫、在冬日里戴着灰不溜秋的帽子、欠着门房的租金才是真正的恶。哎！让我过一年这样的奢侈日子再死去

---

[1] 法国古货币的一种。

吧！半年也行！至少让我体会体会这种让人筋疲力尽、供人肆意挥霍的丰富多彩的人生。"

听见他这样说，爱弥尔回道："天！你居然把证券经纪人的追求当作幸福。真要如此，很快你就会发现财富夺走了你成为高尚之人的机会，并为此恼怒不已。艺术家难道不就是在贫穷的富人和富有的穷人之间来回摇摆吗？对我们这些人来说，挣扎不正是我们所需要的吗？话说回来，准备好大吃一顿吧，瞧！"他豪迈地一挥手，让拉斐尔看看这恢宏、高贵、圣洁、令人心生安宁的餐厅。餐厅属于那个慈眉善目的资本家。"那个人，"他继续说，"可以说是为了我们拼命敛财。他不正像是被自然学家遗忘了的、属于石珊瑚目的某种海绵吗？我们得趁他被继承人榨干之前，巧妙地挤点儿油水出来。你看，那些用来装饰墙面的浅浮雕，是不是独具一格？还有这些吊灯、画作，真是奢华啊！如果相信那些嫉妒他或是声称见证过他的人生的人，就会知道他曾在大革命时期杀死了一名德国人和其他几个人，据说其中包括他的挚友和其母亲。你能将这些罪行和拥有令人尊敬灰白色头发的塔耶菲联系在一起吗？他看起来着实像个大善人。看到这些锃亮闪耀的银器了吧，它们反射的每一道光线，对他来说都是一把刺出的匕首。别放在心上！听信这些还不如相信穆罕默德。如果传闻是真，那么在这里的三十位有良心、有才华的人将享用的是一个家庭，啖其脏腑，饮其鲜血。而我们俩，充满了激情的天真年轻人，便会成为他罪恶的帮凶！我真想问问我们的资本家，他是否清白。"

"可别现在问！"拉斐尔大叫道，"等他醉得不省人事时再问。我们先饱餐一顿再说。"

两个朋友笑着坐了下来。一开始，还没人说话，但都往长桌上迅速地扫了一眼，那丰盛奢靡的景象让所有宾客都不禁惊叹。桌布比刚落下的雪更洁白，桌面上对称地摆放着餐具，餐具周围堆着金黄色的面包。水晶杯如星星般闪耀，映得室内五光十色。蜡烛的火光交相辉映，灯火通明；银制餐盘盖罩着菜肴，引人好奇，让人垂涎欲滴。餐厅内几乎没有交谈声，宾客们都面面相觑。一杯接着一杯的马德拉葡萄酒被斟上。接着，第一道佳肴终于在万众瞩目中登场了。它会让已故的康巴塞雷斯[1]称赞，让布里亚·萨瓦兰[2]惊叹。仿佛是在皇宫里似的，来自波尔多和勃艮第的白葡萄酒和红葡萄酒不断地被端上来。从方方面面来说，宴会的第一阶段，就像是古典悲剧的第一幕。第二幕就变得颇为嘈杂了。每位宾客都适量地喝着酒，随性地换着不同产地的葡萄酒，等到第一道佳肴被撤走时，热烈的讨论便开始了。有些人苍白的额头已经泛红，有些人的鼻头涨成了紫红色，人人都容光焕发，目光炯炯。

在这微醺的时刻，宾客们的言谈都还守礼，不过嘲弄和警句已经时不时地从这些人的嘴里蹦出来了。接着，恶意中伤的流言被动听的声音娓娓道来，就像毒蛇伴着笛声缓缓抬起它的小脑袋一般。四处都埋伏着一些卑鄙小人，他们全神贯注地倾听着流言，希望能保持自己头脑的清醒。于是，第二道菜肴使得人们的精神更加亢奋了。人人都边吃边聊，边聊边吃，完全没意识到自己到底喝下了多少酒，更何况美酒浓烈又香醇，众人又不停地推杯换盏。塔耶菲更是得意扬扬地要让气氛更加热烈，他叫上了更好的

---

[1] 让·雅克·雷吉斯·德·康巴塞雷斯（Jean-Jacques-Régis de Cambacérès，1753—1824），法国司法大臣。他府邸的筵席在当时名噪一时。

[2] 让·安泰尔姆·布里亚·萨瓦兰（Jean Anthelme Brillat-Savarin，1755—1826），法国律师、政治家。现有奶酪以他的名字命名。

酒，来自罗纳河谷的红酒，托卡伊[1]的白葡萄酒，还有醉人的鲁西永陈酿。宾客们如同刚刚离开驿站、失辔的驿马般狂躁。他们像是被香槟化成的利箭驱策着，虽然大杯大杯地痛饮美酒，却依然迫不及待地找酒喝，然后，他们的神智迅速地飘走了，絮絮叨叨地说些没人听的空话。他们开始讲述故事，却没有听众；他们将一个问题翻来覆去地问，却得不到回答。

席间唯有酒神的声音清晰可辨，这声音是由千百种模糊不清的喧哗混合而成的，像罗西尼的渐强乐声般，越来越响亮。接下来便是不怀好意的祝酒，厚颜无耻的吹牛，还有相互较量。众人的荣誉感不再来自比拼学识，而是看谁喝得多。每个人都像两个人那么吵。宴会进行到这时，嘉宾们抢着同时开口说话，仆人只好微笑。在这些混成一团的话语中，有不太高明的奇谈怪论，还有披着荒谬外衣的真理。有人在大叫大嚷，有人在就不同的观点做出裁判，有人武断地下结论，有人纯粹在说蠢话，在这些声音中，言语彼此交锋，就像是在一场战斗中，子弹、火药和炮弹互相碰撞。然而，碰撞出的奇思妙想毫无疑问会吸引哲学家，又或是提出的古怪制度将会使政治家也深感震惊。这场面既是一本书，也如一幅画。产生于不同地区的截然不同的哲学、宗教、伦理道德，还有政治制度，总之所有这些人类智慧的伟大结晶都被一把镰刀收割，这刀甚至比时间的镰刀[2]更长。你或许会感到困惑，挥舞这把镰刀的，是醉醺醺的智慧，还是已经变得聪颖洞达的醉意。

宾客们像是被卷入了一场风暴，如同汹涌的海水冲击岩壁，

---

[1] 位于匈牙利的一个地区。

[2] 在古希腊神话中，常将时间之神和泰坦神克洛诺斯相提并论，克洛诺斯的武器便是一把镰刀。后来这个传统意象常见于西方的各种文学作品，比如，莎士比亚的十四行诗。

他们也想要动摇所有酝酿了文明的规则，浑然不觉这样正好遂了上苍的愿。上苍在自然之中留下了善，也留下了恶，然后为自己保留了使善恶无休无止地斗争的秘密。席间的争论热烈又滑稽，像是属于学者的巫魔夜会。这些大革命的孩子，在一份报纸的创立之初说出的悲凉的玩笑话，和当年高康大[1] 出生时那些醉鬼们所持的言论间，存在着巨大的鸿沟，分隔开了 19 世纪和 16 世纪。彼时那些人兴高采烈地准备破坏一切，当下的人却是在废墟中寻欢作乐。

"那边的那位年轻人，您叫他什么？"公证人指着拉斐尔问道，"我好像听见有人叫他瓦朗坦。"

"您怎么说话呢！怎么只有个瓦朗坦？"爱弥尔笑着说，"您听好了，他叫作拉斐尔·德·瓦朗坦！我们的家徽是黄金制成的沙漠之鹰，它头戴银制的王冠，拥有深红色的喙和爪，徽章上面还刻着拉丁铭文：不忘初心[2]！我们不是什么随便捡来的孩子，而是瓦伦斯皇帝的后裔。瓦伦斯皇帝是瓦伦斯人的始祖，还是法国和西班牙瓦伦斯城的建立者。我们是东罗马帝国合法的继承者。我们任由穆罕默德占据了君士坦丁堡的王座，只不过是出于好心，以及缺少钱和军队。"

爱弥尔用叉子在拉斐尔的头顶上比画出了一顶皇冠，公证人沉思了一会儿，接着又重新开始喝酒，还不自觉地比了个认证的手势，他像是借由这个手势在说，他完全无法将自己的客户和瓦伦斯城、君士坦丁堡、穆罕默德、瓦伦斯皇帝以及瓦伦斯家族联系在一起。

---

[1] 拉伯雷《巨人传》的主角。
[2] 原文为拉丁文 non cecidit animus.

"那些名为巴比伦、提尔、迦太基、威尼斯的蚁穴之所以崩溃，往往是由于被经过的巨人踩踏，难道这不正是爱嘲讽的神力对人类发出的警告吗？"克劳德·维尼翁说道。他是一名记者，也正是那类奴颜婢膝的人，十个苏就能买他一行字，让他如博絮埃[1]那样，为当权者歌功颂德。

一位巴兰奇[2]的追随者回复他说："摩西、苏拉[3]、路易十一[4]、黎塞留[5]、罗伯斯比尔[6]和拿破仑或许是同一个人，只是重复地出现在了不同的文明时期，就像天空中的彗星那样！"

"为什么要揣测上帝的旨意呢？"叫作卡纳利斯的吟游诗人说。

"得了，又扯到上帝那儿去了！"一个批评家打断他说，"这世上我就没见过比上帝更好用的玩意儿。"

"但是，先生，路易十四为了挖曼特农引水渠而杀的人，可比国民议会为了征收合理的税收、制定人人平等的法律、让法国成为统一的国家、制定遗产公平分配的法则而牺牲的人多多了。"叫作马索尔的年轻人如是说。他的名字前可没有专属贵族的那个"德"，所以后来加入了共和党。

"先生，您这个将人血当酒喝的人，"家产丰厚的莫罗·德·瓦兹回应他说，"这回能让我们的脑袋留在我们的肩膀上吗？"

"先生，说这些有什么用呢？这些是能维护社会秩序的原则，

---

[1] 博絮埃（Jacques-Bénigne Bossuet，1627—1704），法国作家、演说家。以讲道及演说闻名，他是路易十四的宫廷布道师，宣扬君权神授与国王的绝对统治权力。
[2] 皮埃尔-西蒙·巴兰奇（Pierre-Simon Ballanche，1776—1847）是法国作家和哲学家，他阐述了19世纪初在法国文学界具有重大影响的进步神学。
[3] 古罗马军事家，政治家。
[4] 法兰西国王。
[5] 法国政治家、军事家。
[6] 法国政治家。

难道不值得有人为之牺牲吗？"

一个青年对他旁边的人说："嘿，比西欧[1]！这些共和党的玩意儿打算将地主的脑袋作为牺牲呢。"

"不管是人，还是发生的事，都无足轻重。"那个共和党人继续在一片酒嗝声中讲他的理论，"从政治和哲学的层面上来讲，重要的只有原则和观念。"

"太可怕了！你难道不会为了杀害朋友而感到痛苦吗？就因为他可能会……"

"哎！先生，心怀愧疚的人才真的是在作恶，因为他的心中还有道德感。然而彼得大帝[2]和阿尔伯公爵[3]，心里就只有制度，海盗蒙巴尔[4]心里只有他的组织。"

"但是，难道一个社会就不能没有您说的制度和组织吗？"

"那是当然！"共和党人大声喊道。

"呃！你们这愚蠢的共和国真让我恶心！我们想安安静静地杀一只阉鸡都不行，还要看土地法是怎么规定的。"

"我那吃得脑满肠肥的小布鲁图斯[5]，你的那些原则都非常好！但你就像是我家的仆人，这个坏蛋想发财都想得疯了。如果我任由他按他的方式给我洗衣服，恐怕到最后我只能裸着身子。"

"你们太粗俗了！你们是在用牙签将一个国家整治干净。"支持共和国的人反驳道，"按照你们的说法，司法正义甚至比强盗更危险。"

---

[1] 出现在巴尔扎克小说《搅水女人》中的人物。
[2] 彼得一世（Пётр I，1672—1725），俄国沙皇。
[3] 阿尔伯公爵（Le Duc d'Albe，1508—1582），法国军事家，曾镇压过荷兰和葡萄牙的起义。
[4] 丹尼尔·蒙巴尔（Daniel Monbard，1645—1707），法国著名海盗。
[5] 布鲁图斯是罗马共和国晚期的一名议员。

"天啊！天啊！"诉讼代理人德罗什喊道。

"他们和他们谈论的政治一样讨厌！"公证人卡多特说，"都快闭嘴吧！不管是什么科学或美德，都不值得为它们流一滴血。如果我们真要清算真理，大概算到最后会发现它早就破产了。"

"啊！毫无疑问，以恶自娱的代价，要比为善争辩小得多。而且，我愿献出四十年来在讲台上发表过的所有讲话，只为换来一条鳟鱼，一则佩罗 [1] 的童话，或是一幅夏尔 [2] 的素描。"

"您说得有道理！劳烦把芦笋递给我一下。毕竟，自由催生混乱，混乱导致专制，而专制重又召唤了自由，周而复始。数百万人献出生命，却不知道所有的这些制度，没一种能永远胜利。人类的精神世界难道不是一直在这种老套的循环里打转吗？人们自以为让世道变得更好，其实只不过是将东西换了个位置罢了。"

"哦！哦！"滑稽剧作家居尔西说，"先生们，既然这样，那我要敬查理十世 [3]，他可是自由之父！"

"为什么不呢？"爱弥尔说，"当专制大行其道时，自由便在人心，反之亦然。"

银行家说："让我们为权力的愚蠢干一杯吧！正是这种愚蠢才让我们拥有了去统治蠢人的权力。"

一个从未驶出过布雷斯特 [4] 港湾的海军军官喊道："哎！亲爱

---

[1] 夏尔·佩罗（Charles Perrault，1628—1703），法国作家。

[2] 夏尔·菲利庞（Charles Philipon，1800—1862），法国画家。

[3] 查理十世，本名查理·菲利普（Charles Philippe，1757—1836），是波旁王朝第二次复辟后的第二位国王。由于他对君权神授说的强烈热情和对自由派的厌恶，引起人民的强烈不满，以至 1830 年引发七月革命，查理十世被迫逊位，流亡英国。

[4] 布雷斯特位于菲尼斯泰尔省西北部，大西洋海滨，是法国大西洋沿岸的重要港口，因布雷斯特城堡和当地的海军基地而闻名。

的朋友们，拿破仑至少留给了我们荣光！"

"呵，荣光，真是鸡肋般的存在。她代价高昂，又无法长存。她的存在，难道不只是为了满足那些大人物的私欲吗？就像幸福的存在，不过是为了满足平庸之辈。"

"先生，您可真是幸福……"

"第一个发明护城河的人肯定是个弱者，因为社会只对贫弱的人有益。然而作为伦理世界中的两个极端，野蛮人和思想家都同样厌恶财产私有制度。"

"说得漂亮！"卡多特高喊，"如果没有财产私有制度，我们要怎么订契约呢？"

"这豌豆也太美味了吧！"

"第二天，神父就会被发现死在他自己的床上……"

"谁在说什么死不死的？别开玩笑了！我有个舅舅……"

"不用说，您肯定会任由他完蛋。"

"没问题。"

"先生们，都听我说。杀死他舅舅的方法。嘘！（认真听！认真听！）首先要有个又肥又胖的舅舅，最好七十来岁，这种是最好的舅舅。（一片骚动。）不管用什么理由，劝他吃下油腻的鹅肝酱。"

"唉！可惜我的舅舅又高又瘦，饮食节得很，还很吝啬。"

"啊！这种舅舅简直是浪费生命的怪物。"

那个刚在谈论舅舅的人继续说道："然后趁他正在消化食物的时候，向他宣布，他用的那家银行破产了。"

"如果他扛住了怎么办？"

"给他介绍个漂亮姑娘。"

"那万一他……"一个人比了个无能为力的手势。

"如果是这样的话,那他就不是舅舅。舅舅的本性就是风流。"

"玛丽布兰[1]的歌声中少了两个音符。"

"不是的,先生。"

"是的,先生。"

"哦!哦!是或不是,岂非可以总结一切宗教、政治和文学争论的历史?人类就是个在悬崖上跳舞的丑角!"

"照你的意思,我就是个蠢货。"

"恰恰相反,是你没听明白我的意思。"

"教育,真是毫无意义的行为!海内费特马赫先生曾统计过,印刷的书已经超过十亿本,然而人一辈子顶多能读十五万本书。所以你们倒是说说,教育这个词到底指的是什么?对于有的人来说,它是为了让人知道亚历山大的马、贝雷西洛犬[2]和'阿科尔老爷'[3]的名字,同时不必知道伐木工人和烧瓷工人的名字。对另外的人来说,受教育是为了能够摆脱出身,活得体面,被爱,被尊重,而不是做个偷表的惯犯,由于再犯属于五种会被处以严刑的情况之一,最终只能在沙滩广场那样的地方死去,受人憎恨和唾弃。"

"拉马丁[4]会名垂青史吗?"

"哈,那他的誊写员得满腹经纶才行。"

"那维克多·雨果呢?"

---

[1] 西班牙歌手,19世纪最著名的歌剧歌手之一。

[2] 西班牙的犬种,曾用于作战。

[3] 文艺复兴时期,著名作家、诗人塔布罗的笔名。

[4] 拉马丁(Alphonse Marie Louis de Lamartine,1790—1869),法国著名浪漫主义诗人、历史学家。

"他可是位大人物，我们别谈论他了。"

"你们都醉了！"

"立宪直接造成了对智慧的糟践。艺术、科学以及一切伟大的作品都被我们自私的情绪吞噬了。自私就是当下的瘟疫。你们这三百位坐在议会长凳上的资产阶级代表，除了种白杨树，什么都想不到。专制虽然手段非法，但却干了许多大事；然而自由却连些合法的小事都懒得去做。"

"你们那种互助教育[1]制造出的都是些满身铜臭的人。"一位维护专制的人打断说，"当一个民族中的每个人都接受同等的教育时，个性就会消失。"

"然而构建社会的目的不就是为了让所有人都享有幸福吗？"那个圣西门主义者发问。

"如果你拥有五万法郎一年的收入，就没时间想那么多关于全民族的问题了。如果你对人类充满了可贵的热情，那就去马达加斯加吧。在那儿你能找到一个民风淳朴、人口稀少的种族，等着被圣西门化，被分类，等着被你装进瓶瓶罐罐中做实验。但在这儿，所有人都天生有自己的位置，一个孔一颗钉子。看门人就是看门人，笨蛋就是笨蛋，不需要教会学校来让他们提升。哈哈！"

"你是个卡洛斯主义[2]者！"

"我就是！我喜欢专制政体，它表现出一种对人类的蔑视。我不讨厌那些国王，他们都太逗了！比如说坐在一间距离太阳

---

[1] 从 1747 年开始，在法国发展起来的一种教育方式，有专门的互助教育学校供知识分子参加。

[2] 西班牙的政治运动之一，拥戴波旁王朝唐·卡洛斯王子支系为西班牙波旁王朝的正统世系。由于其支持者大多为旧封建贵族和教会保守派，卡洛斯主义的意识形态主要为极右的反动主义和保守主义，反对世俗主义、个人主义、平等主义和理性主义等启蒙思想。

三千万里[1]的房间里，自号太阳王[2]，这难道还不算了不起吗？"

"然而，让我们纵观人类文明，"为了教导心不在焉的雕塑家，一位学者开始了一场关于社会起源和原始种族的讨论。"在国家诞生之初，从某种意义上讲，其权力是物质的、集中的、粗糙的。不过随着国家规模的扩张，原始的政权被各级政府或是巧妙或是粗暴地分解了。而且，在上古时期，权力掌握在僧侣们手中，神父们一手拿着宝剑，一手拿着香炉。接着，出现了两种神圣的职位：教皇和国王。如今，来到文明的最新阶段，随着综合性的因素越来越多，我们的社会将权力分散到各个领域，进入了工业、思想、金钱和言论都拥有力量的时期。于是，权力不再是集中的了，而是持续不断地在社会中被分化了，除非有利益上的矛盾，不然没有任何东西可以阻挡这个过程。而且，我们不再将宗教或物质力量作为支撑，而是依靠智慧生存。书本能够取代宝剑吗？而探讨可以替代行动吗？这就是问题所在。"

"智慧把一切都杀死了。"那个卡洛斯主义者大叫着，"瞧着，绝对的自由将会带着各个国家走向自取灭亡。这些国家就像位英国的百万富翁似的，在胜利中感到厌倦。"

"您能跟我们说点新鲜的吗？现下您已经将所有的权力形式都奚落了一遍，这简直就跟否认上帝的存在一样平庸！您已经没有信仰了。同样，现在这个时代就像是位被放荡生活毁了的年迈苏丹！最终，您那拜伦勋爵，只能在最后的绝望诗篇中，歌颂导致犯罪的激情。"

---

[1] 法国的古代计量单位"里"，一里约为四公里。
[2] 指代路易十四。

"您知道吗？"烂醉如泥的毕安训[1]回答他说，"磷的多少，会导致人是天才还是混混，是才思敏捷还是蠢笨如猪，是品德高尚还是罪行累累！"

"我们应该这样看待美德！"德·居尔西嚷道，"美德是剧院里每一出戏的主题，是所有悲剧结尾所谈论的东西，也是法庭成立的基础。"

"嘿！闭嘴吧，畜生。要在你身上找出点美德，就像要在没有脚踝的阿喀琉斯[2]身上找到弱点。"比西欧说道。

"喝！"

"要打赌吗？我能一口气喝下一整瓶香槟。"

比西欧大喊道："这口气可真不小！"

一个年轻人，一本正经地将酒倒给他的西服背心，说道："他们都醉得跟马车夫似的。"

"是的，先生。当下的政府很懂利用舆论进行统治的艺术。"

"舆论？你们可真是些有道德的政治家，照你们看来，必须将法律法规置于人的天性之上，舆论置于良知之上。看吧，你们是对的，又都错了！如果社会给了我们羽绒枕头，它为了抵消这一福祉，又让我们患上痛风。就像它为了让正义不那么强势，制造了烦琐的手续；也像是在羊绒披肩风靡之后，便让人患上伤风感冒。"

"怪物！"爱弥尔打断了这个愤世嫉俗的人，"你怎么能对着这一桌子快堆到下巴的美酒佳肴时，还在诋毁文明呢？吃这只角

---

[1] 在《高老头》中曾出现过的人物。

[2] 阿喀琉斯是希腊神话中的英雄，海洋女神忒提斯和凡人英雄珀琉斯之子。传说中阿喀琉斯除了脚踝的致命死穴，全身刀枪不入，诸神难侵。

和蹄子都黄澄澄的狍子，别咬你的母亲……"

"如果天主教能将一百万个上帝装进面粉袋子里[1]，如果共和国总会诞生罗伯斯庇尔那样的人，如果皇权就存在于亨利四世[2]遇刺和路易十六[3]被处决之间，如果自由主义终将产生拉法耶特[4]，这些难道是我的错吗？都怪我？"

"你在七月革命的时候吻过他吗？"

"没有。"

"那你就闭嘴吧，你这个怀疑论者。"

"怀疑论者是最有良心的人。"

"他们才没有良心。"

"你这话是什么意思？他们至少有两颗良心。"

"指望老天先贴给你钱！先生，你这算盘打得可真响啊！古老的宗教只不过是在肉体的快乐上偶然发展起来的，然而我们却发明出了灵魂和希望，可以说是更进一步。"

"唉！我的好朋友们，在一个充满了政治斗争的世纪中，你们还在等待什么呢？"拿当说，"像《噩梦》[5]这么有趣的构思，命运却如此……"

"《噩梦》！"那位批评家的大叫声从桌子另一头传来，"那

---

[1] 是对天主教教义的解读。
[2] 亨利四世（Henri IV，1553—1610），纳瓦拉国王，继而成为法国国王，也是法国波旁王朝的创建者。1610年在巴黎被刺身亡，人民普遍同情哀悼这位把法国从废墟中重建起来的国王，赞誉为"贤明王亨利"，并追称为"亨利大帝"。
[3] 路易十六（Louis XVI，1754—1793），法兰西国王，1792年被废黜，并于次年被送上断头台。
[4] 拉法耶特侯爵（Maie Joseph Motier La Fayette，1757—1834），法国国民自卫军司令、政治家，同时参加过美国独立战争与法国大革命，被誉为"两个世界的英雄"。他一生致力于各国的自由与民族奋斗事业，晚年还成为1830年法国七月革命的重要推手。
[5] 夏尔·诺迪埃的代表作。

是偶然间从一顶帽子中得来的句子，是真正为疯人院写的东西！"

"你是个傻子！"

"你才是蠢货！"

"哦！哦！"

"啊！啊！"

"他们打起来了。"

"并没有。"

"先生，明天见分晓。"

拿当说："不，马上就来。"

"去吧，去吧！你俩都是好汉。"

"你也是位好汉。"挑事的人说。

"他们连站直身子都困难。"

"啊！我也许站不直了！"好斗的拿当继续说，他站起身，像只颤颤巍巍的风筝似的。他目光呆滞地看向桌面，然后就像是被这动作耗光了力气，重又倒在椅子上，垂着头，不再说话。

批评家对坐在他旁边的人说："非得为了一本我不仅没读过，连见都没见到过的作品，和我一争高下，这是多么可笑啊！"

比西欧说："爱弥尔，小心你的衣服了。你旁边那位脸色发白。"

"先生，你说的是康德吗？还不一样是个为了逗乐蠢货飞来飞去的球。唯物主义和唯心主义就是两支漂亮的球拍，穿着长袍的江湖郎中们挥舞着球拍，击打的都是同一个球。斯宾诺莎[1]说上帝无处不在，圣保罗[2]说一切都因为上帝……太蠢了！打开门，

---

[1] 巴鲁赫·德·斯宾诺莎（Baruch de Spinoza，1632—1677），近代西方哲学的三大理性主义者之一，与笛卡尔和莱布尼茨齐名。他最早提出"政治的目的是自由"，为启蒙运动的拓展奠定了思想理论基础。

[2] 罗马帝国时期的神学家。

或是关上门，难道不是同一个动作吗？鸡生蛋还是蛋生鸡？那啥，把鸭子递给我一下。这就是全部科学了。"

"傻子。"学者对他吼道，"有桩事实，已经能充分回答你所提出的问题了。"

"什么事实？"

"教授的讲座并不是为了哲学才建立的，事实难道不是有了讲座，才有了哲学思想吗？戴上眼镜，好好看看预算吧。"

"强盗！"

"傻瓜！"

"骗子！"

"笨蛋！"

"除了巴黎，你还能在哪儿找到思想交流这么活跃、这么迅速的地方？"比西欧，这位最有才华的艺术家，用低沉的嗓音大声喊道。

"来吧，比西欧，给我们表演个古典滑稽剧！看，这是小费。"

"要我给你们模仿下 19 世纪的模样吗？"

"大家快听！"

"安静！"

"小声些。"

"闭嘴吧，混蛋！"

"给他杯酒，他就安静了，这小屁孩！"

"比西欧，就看你的了！"

这位艺术家将他黑色外套的扣子一颗颗扣到领口，戴上黄色的手套，夸张地模仿《环球》[1] 杂志上的样子，扮出鬼脸。然而

---

[1] 1824 年到 1832 年在巴黎出版的一本杂志，其中有许多浪漫主义的作品。

环境过于嘈杂，他的声音被淹没了。他调笑的话一句都没被人听清。如果他展现的并不是这个世纪的模样，至少也表现出了这本杂志的精髓，因为他自己都不知道自己在说什么。

水果甜点变戏法似的突然上席。桌子被一个由托密尔[1]工坊出品的镀金青铜分层大托盘给占据了。托盘上的人物塑像是由声名远播的艺术家所塑造的，个个灵气四溢、高挑修长。按照欧洲的标准，这些人物塑像的造型可以称得上完美。塑像或是抬着或是挑着一堆堆草莓、菠萝、新鲜的椰枣和葡萄、淡黄色的桃子，从塞图巴尔[2]航运来的橙子，还有石榴，甚至是来自中国的水果，总之就是所有奢侈到令人惊叹的食物。还有妙不可言的奶油点心，制作精细的千层酥，以及各种诱人的糖果。美味的食物组成了一幅幅色彩缤纷的画面，而陶瓷器皿光泽饱满，镶嵌的金丝熠熠生辉，瓶瓶罐罐的线条造型优美，在这些器物的衬托之下，画面的颜色更加鲜艳了。普桑的风景画被复制在塞夫勒瓷器上，而青翠又轻盈的苔藓，则像是大海的水波纹那般优雅，被装点在风景画瓷器的周围。就算是位德国的王子的收入，也经不起这样肆无忌惮地花销。这一轮上菜，又用上了黄金、白银、珍珠、水晶制成的其他样式的器皿，不知道又耗费了多少珍贵的材料。然而众宾客都喝得上头，双眼迷离，废话连篇，只能朦胧地感受到这种在东方的传说中才有的仙境。饭后甜点时段端上桌的美酒香醇又浓烈，就像是强劲的迷药，又像女巫释放的迷雾，让大脑产生了幻象，直接导致人的双脚像是被套上了锁链，手也沉得抬不起来。堆成金字塔似的水果被一抢而空。众人的声音越来越大，环境也

---

[1] 指法国著名青铜雕塑家。
[2] 葡萄牙海港城市。

更加嘈杂。现在已经没有任何一句话能被清楚地听见。伴随着破碎声，酒杯乱飞；一阵阵刺耳的笑声爆发出来，就像是在点炮仗。居尔西抓起一只号角，开始演奏一首军乐。乐声仿佛是魔鬼下达的指令。这场已然陷入疯魔的聚会中只剩嚎叫、嘘声、高歌、大吼、咆哮和怒号。你要是看到这些天生开朗的人，变得像克雷比庸[1]的悲剧结局那样惨，又或是像坐在马车上的水手那样头脑发昏，也会忍不住发笑的。精明的人对着好打听的人诉说着自己的秘密，而包打听们却完全没在听。历来消沉的人笑得像是成功完成了旋转动作的舞蹈家。克劳德·维尼翁像是被关在笼子里的熊一样摇来晃去。本来亲密的朋友也打起架来。

生理学家们满心好奇地想要证明，同兽类的相似性深深地铭刻在人类的形貌中，此刻这种相似却从人们的手势和肢体习惯中重新隐隐地透露出来。对比夏[2]那样的人来说，这场景简直就是一本专为他而写的书，他要是在场，一定会又冷又饿。宅邸的主人感到自己醉了，不敢起身，不过他带着一个怪异的表情，欣赏着宾客的荒唐行为，努力保持住风度翩翩、热情好客的姿态。他那张大脸，涨得青红，近乎是发紫，让人不敢多看，而且他的整个身子都在费力地晃动，就像一艘上下左右颠簸的帆船。

"是你杀了他们吗？"爱弥尔问他。

"七月革命之后，抄家和死刑都被废除。"塔耶菲回答道。他一抬眉毛，显得既精明，又愚蠢。

拉斐尔接着问："你难道不会偶尔梦见他们吗？"

"都过了法律的追诉时效了！"这位富可敌国的凶手说。

---

[1] 克雷比庸（Crébillon，1674-1762），法国悲剧作家。
[2] 格扎维埃·比夏（Xavier Bichat，1771—1802），法国解剖学、病理学家。

"那在他的坟前，"爱弥尔高声挖苦道，"墓地的承办人会刻下这样一句墓志铭：'过路之人，为了纪念长眠于此的人，掉一滴泪吧！'"他接道，"如果有数学家能够用一个代数公式证明地狱的存在，我愿意给他一百个苏，一分不少。"

　　他将一枚钱扔向空中，大叫："如果是正面，上帝就存在。"

　　"别看。"拉斐尔抓住了那枚钱，"谁知道呢？通过偶然情况来判断，这太可笑了！"

　　"哎哟喂！"爱弥尔夸张地现出悲伤的表情，"我真不知道在无神论的几何学和神父说的我们的天父之间，应该站哪头？算了！喝酒！我相信，叮叮的响声是酒瓶之神的神谕，也是对《巨人传》的总结。"

　　拉斐尔回他说："我们的艺术、建筑，或许还有科学都要归功于我们的天父。甚至他的恩泽还更大，我们现代的政府也是拜他所赐。政府管辖着一个广阔而繁荣的社会，有五百名智者能恰如其分地作为社会的代表。在这样的社会中，相互对抗的各种力量被调和了，将所有权力都留给文明这位气势恢宏的女王。她替代了国王。国王只不过是个古老而可怕的形象，是人类在自身和天国之间，创造出的虚假的真命天子。在业已达成的伟大成就面前，无神论就像具不能生育的骷髅。你还有什么能说的？"

　　"我在想，都是因为天主教，才造成血流成河。"爱弥尔冷冷地说，"它抽干我们的血管和心脏，伪造了一场大洪水。但这都没什么！只要能思考的人，就应该行进在基督的旗帜之下。他是唯一能用精神的力量战胜物质的人；是唯一能诗意地向我们展示，那个隔开人与上帝的、中间世界的面貌的人。"

　　"你相信吗？"拉斐尔朝他露出个醉醺醺的、意味难明的笑容，

"呃！好吧，为了别让我们被这些破事纠缠，我们还是说那句有名的祝酒词吧：'敬未知的神明！'"

于是，他们便将这混着科学、碳酸气、香料、诗意和异端邪说的杯中酒一饮而尽。

管家说："如果这些先生想要去客厅，咖啡已经为他们准备好了。"

这时候，几乎所有的宾客都已经沉醉在这团美妙的迷雾中。身处其中，理性的光熄灭了，身体被从暴君的统治中释放，纵情于自由带来的狂喜之中。有些人已经烂醉，他们忧郁又心事重重，拼命想要抓住一丝思绪，证明自己仍然活着；其他的某些人，则因为消化负担过于沉重，一副萎靡不振的样子，一动也不想动。而那些勇敢无畏的演说家还在发表空洞的言论，然而他们已然不知道自己在说些什么了。一些话车轱辘似的反复回响，就像是没有灵魂的机器在执行人赋予它的命运时，发出的重复噪音。寂静和喧闹奇异地交融在一起。尽管如此，听见了仆人代替主人响亮地向他们宣告有新乐子之后，宾客还是纷纷起身，有的挽着旁边人的胳膊，有的勾肩，有的搭背，彼此扶持。

这支队伍走到门槛处，被眼前的景象迷住了，不禁停了下来。东道主给客人准备的是一幅诱人的画面，刺激他们的感官，挑起他们的情欲，与之相比，宴席上那穷奢极欲的享乐都显得逊色了。黄金打造的枝形大吊灯上燃着烛火，在烛火的光辉下，在一张摆满了镀金银器的桌子周围，一群美人突然出现在了迷迷糊糊的宾客眼前，她们的眸子如同钻石般明亮闪耀。她们穿戴的服饰已经足够华贵，但更为宝贵的是她们那惑人的美貌。在这等美貌之前，这座如宫殿般的府邸中的其他奇珍都黯然失色了。大片光辉倾泻而下，流淌在绸缎帷幔、洁白的大理石、精巧的青铜器凸面和波纹状的雅致垂帘之上，使得一切都熠熠生辉。然而这些像仙子一般能勾魂夺魄的女人，那含情脉脉的眼睛中蕴藏着比这片辉光更蓬勃的生气。她们满头珠翠晃动，尽态极妍，环肥燕瘦，各有特点。看到这些各不相同的美人，让人心痒难耐。这真是一面装点着红宝石、蓝宝石和红珊瑚的花墙。黑色的缎带包裹着雪白的脖颈，轻盈的披肩如同灯塔的火炬一样飘荡，头巾中透露着倨傲，宽松的长裙下有种含蓄的魅惑。这里就像是苏丹的后宫，将所有人的眼睛都牢牢吸住，能满足各式各样的幻想。一位舞女，摆出了销魂的姿势，在开司米的百褶裙下，似乎什么都没穿。那处是半透明的薄纱轻遮，这处是波光粼粼的丝缎半掩，美好神秘的玉体若隐若现。她们纤细的双足像是在诉说爱意，而娇嫩的红唇一言不发。其中有纤弱端庄的年轻姑娘，是群假冒的处女。她们的秀发散发着宗教般的纯洁，看起来像是一口气就能吹散的幻影。还有一些举止高雅的美人，她们的目光中透着傲气，然而姿态却懒洋洋的，身材也单薄瘦弱。她们优雅地垂着头，就像仍然受到皇家的保护，想要得到她们可大不容易。有位英国女人，皮肤白皙，冰清玉洁，身姿轻盈，就像是奥西安[1]歌唱的那种从云端降临的仙子，像是忧郁的天使，也像是忏悔的罪人。巴黎女人是不会缺席这种危险的聚会的。她所有的美都藏在一种难以形容的魅惑之中。她的穿着轻浮，精神空虚，却用无往不胜的娇弱武装了自己。她既柔软又冷酷，是没有良心也没有激情的女妖，但她却知道如何巧妙地将激情化为财富，能够伪装出真心实意的样子。在这里，外表文静，但在追求幸福时却执着坚定的意大利女人也闪耀着自

---

[1] 一位吟游诗人。

己的光芒。另外，聚会上还有身材婀娜的诺曼底富家女，以及头发乌黑、眼眸狭长的南方女人。你甚至会以为见到了被莱贝尔[1]弄进凡尔赛官的美人。她们一大早便布好了陷阱。她们来到这里，像是一队女奴，被人贩子的声音叫醒，在黎明时分准备出发。她们拘谨又害羞，围着桌子忙碌着，就像一群在蜂巢内嗡嗡作响的蜜蜂。她们这样惊惶和局促，混着抱怨和卖弄风情的意思，是对来客的嗔怪和引诱。这是因为她们不自觉地感到羞惭吗？或许这只是女人始终无法完全丢掉的情绪。此种情绪令她们将自己裹进道德的外衣，从而能散发出更大的魅力，让无度的荒淫变得更为刺激。因此，老塔耶菲策划的阴谋，看上去注定要失败了。这群放浪形骸的男人彻底被女人身上的神奇力量给征服了。低声的赞叹有如最温柔的乐声般传开。欢爱看来并不是醉酒的好旅伴，宾客们并没有投入激情四射的巫山云雨之中，而是怔住了，一时间感到虚弱无力，在极致的肉体享乐之前踌躇了。

艺术家们又听见了那总是驱使着他们的诗歌的声音，陶醉地研究着这些万里挑一的美人间微妙的不同。或许是因为香槟中含着的碳酸气突然往上冲，有位哲学家一个激灵，清醒过来，想到让这些女人沦落至此的应是种种不幸。从前的她们值得被致以更为纯粹的敬意。毫无疑问，她们中的每一位都有充满了血泪的悲惨故事可讲。或许她们所有人都曾经历过炼狱的折磨，每个人的身后都有背信弃义的男人，被违背的誓言，和以悲惨遭遇为代价的透支的快乐。宾客们彬彬有礼地靠近她们，由于各自的性格不同，他们之间的聊天也五花八门。于是，一个个小团体便这样形成了。你或许会觉得说这更像是一个高雅体面的沙龙，晚餐过后，

---

[1] 路易十五的侍臣。

年轻姑娘和妇人正在给客人提供咖啡、饮料和糖，帮助这些大吃大喝后消化困难的美食家消化食物。但没过多久，便传出了几道笑声，交头接耳的声音越来越响亮。一时被抑制的狂欢，仿佛不时便要苏醒过来。寂静与喧闹交替，竟然隐隐地同贝多芬的一首交响乐相似。

爱弥尔和拉斐尔两位好朋友坐在柔软的长沙发上，他们发现，一个高大的女人率先靠近了他俩。她身材匀称、姿仪优美，相貌很是奇特，但表情却鲜活动人、热情大方，这种生动的对比要将人的魂勾没了。她一头乌黑的卷发，淫靡地散着，像是刚刚才经历了一场爱情的对决，蓬松地垂在她宽阔的肩头，让人看见了便忍不住心神荡漾。波浪状的深色长发半掩秀美的脖子，灯光斑驳地洒在脖子上，更是勾勒出脖颈美不胜收的精致线条。她的皮肤，呈现出一种哑光质地的白皙，在这种肤色的衬托下，她身上那些鲜艳的色彩更有温度、更为生动了。她那长睫毛下的眼睛中燃烧着大胆的火焰，那是爱的火花；她的嘴唇火红、湿润、微微张着，像是在等待亲吻；她的体格健美，但坠入爱河时她却柔和而顺从；她的胸脯和臂膀都很丰腴，就像是卡拉齐[1]画中的美人。尽管如此，她看上去活泼、灵巧，身上的那种生机更是让人想到敏捷的雌豹。她的这种体型拥有带着雄性气质的优雅，意味着能给人带来强烈的肉体之乐。虽然这个女孩或许只会笑闹和调情，但她的眼睛和笑容还是让人感到惊惧。像是被魔鬼驱使的预言者，她令人震悚，而非讨人喜欢。她有许多种表情，一个接着一个、飞快地变换着，就像是在她那张生动的脸上，闪过的闪电。或许她曾经使麻木的人重获快乐，但年轻的人会畏惧她。她是一尊从古希

---

[1] 安尼巴莱·卡拉齐（Annibale Carracci, 1560—1609），意大利画家。

腊神庙的高处坠落下来的巨型雕塑，远看高贵，近看就过于粗陋了。不过，她那使人惊惧的美貌能让阳痿的人重振雄风，她的声音能诱惑耳聋的人，她的目光能令枯骨回生。爱弥尔将她和一出莎士比亚的悲剧进行了粗浅的比较，二者都如同令人赞叹的阿拉伯装饰画一般，能让人于其中感受到欢愉在嚎叫，感受到一种无法形容的野蛮的爱，还有在愤怒催生的血淋淋的骚乱过后，宽恕的魔力和幸福的火焰。她也像是一头会咬人，也会爱抚人的怪兽，笑起来如魔鬼，哭泣时像天使，只需要一个拥抱，便立刻就能施展女人所有的魅惑，当然，这里面不包括处女忧郁的叹息和含羞带怯。接着，她又突然间怒吼，撕裂两肋，毁灭她的情欲，杀死她的情人。最终就像是暴动的人民一样，彻底毁掉自己。她穿着一条红色天鹅绒的长裙，几朵鲜花从她的女伴头上掉落，她便毫不犹豫地一只脚踩了上去。她傲慢地伸出手，向那两位朋友递去一张银托盘。她像是自得于美貌，或许还为自己的放荡感到骄傲，她举着一只白净的胳膊，在天鹅绒的衬托下，分外夺目。她站在这里，就像是纵乐的女王，也像是凡尘欢喜的人形化身。这种欢喜能散尽三代人积累而来的财富，能让人在尸体上欢笑，嘲弄自己的祖先；它能拆散珍珠和王座；还能使年轻人变为耄耋老人，不过更为常见的，是让老人又重回青春。这种欢喜只属于那些厌倦了权势、历经了思想磨炼的人，或者是已将战争当作了玩物的人。

　　"你叫什么？"拉斐尔问她。

　　"阿奎丽娜。"

"啊！啊！你是从《被拯救的威尼斯》[1]里来的。"爱弥尔大喊道。

"是的。"她回答说，"就像教皇登基时为自己取了个新名字，表示凌驾于所有男人之上，我也给自己取了个新名字，说明我在一切女人之上。"

"那你是不是就像那位女主人似的[2]，有个高贵而可怕的同谋，他爱你，愿意为你去死？"爱弥尔激动地说。他被这种诗意的场景惊醒了。

"我曾有过。"她回答说，"但如今断头台已经成了我的情敌。所以我的衣服总会有些红色的料子，免得自己乐而忘形。"

"哦！如果你让她讲起拉罗谢尔的四个青年[3]的故事，她就没完没了啦！阿奎丽娜，你别再说了！不是所有女人都有一个需要哀悼的情人，也不是所有女人都像你那样走运，在断头台上失去了他。啊！我可更乐意我的情人睡在克拉玛的坟墓里，而不是躺在我情敌的臂弯里。"

说这话的声音温柔悦耳，来自一位最为纯真、俏丽、和善的娇小姑娘，她就像童话中仙女用魔棒一指，从魔蛋中走出来的。她悄没声儿地飘了过来，露出一张精致的脸。她身材苗条，蓝色的眼睛中含着喜悦和羞涩。她的鬓角梳理得干净清爽，看上去一尘不染。就算是从清泉中逃出来的水神仙女，也不会比她更羞涩、更无瑕、更纯真了。她看上去只有十六岁，未识苦楚，也不懂情爱，

[1] 托马斯·奥特维创作的戏剧。讲述了贾菲尔和妻子贝尔维德拉揭穿企图推翻威尼斯政府议会的阴谋的故事。阿奎丽娜是一名女人，和议员安东尼奥、贾菲尔的朋友皮埃尔都关系匪浅。

[2] 戏剧中的剧情。女主人是指贝尔维德拉。

[3] 1822 年在沙滩广场被处决的四名军官，罪名是谋反。

更没经历过人生的狂风骤雨。她像是从教堂过来，刚刚在那儿向天使祈祷，希望能被提前召回天国。你只能在巴黎遇见这样的人，表面天真无邪，然而在这如雏菊般甜美娇嫩的面容之下，却藏着最深的腐朽堕落，和精心修饰过的放浪邪恶。这个女孩身上有种种甜美的诱惑，仿佛能许诺给人一个天堂。爱弥尔和拉斐尔一开始被她迷惑了，让她将咖啡倒在了刚刚阿奎丽娜给他们的杯子中，然后就开始对她问东问西。不过，随后便因为她在她那高大的同伴的对比之下，显得阴险可怖，她在两位诗人眼中的形象也随之变化了。不知道他们现在看她，是看到了人间的哪一面。她的同伴表现得直率而热情，对比之下，她显得冰冷而腐朽，残忍和淫乱，肆无忌惮到可能犯罪的程度，又坚硬强悍到可能会将那些罪行拿出来谈笑。她就像是那类没有心肝的恶魔，她冷漠无情，却会让那些富有而又温柔的灵魂被情丝缠绕，从而惩罚他们；她总能逢场作戏，出卖爱情，也能在她受害者的送葬队伍中掉几滴眼泪，到了晚上，便满心欢喜地读他的遗嘱。诗人更欣赏美丽的阿奎丽娜，而全世界都该对诱人的欧弗拉齐 [1] 避之唯恐不及，因为前者有放荡的灵魂，后者是没有灵魂的娼妓。

爱弥尔问那个娇俏的姑娘："我真想知道，你偶尔会想想未来吗？"

"未来！"她笑着回答说，"您倒是说说什么是未来？我为什么要去想还没有发生的事情？我从不回顾过去，也不会展望未来。我忙忙碌碌一整天，如果还要想那些，怎么受得了？更何况，未来我们不是都看得到吗？就救济院里的那副样子。"

拉斐尔嚷道："你怎么现在就想着去救济院，而不是尽量避

---

[1] 基督教中有很多圣洁的修女叫这个名字。

免那样的命运呢？"

"进救济院值得这么大惊小怪吗？"阿奎丽娜尖刻地发问，"我们既不是谁的母亲，也不是谁的妻子，等我们老了，穿上黑色的长筒袜，额头上长满皱纹，身上的女性特质都枯萎了，那些'好朋友'看向我们时，眼中也再没有欢乐的神采，我们还能要求些什么呢？你们到时候看着我们，能看见的只是一抔穿着衣服、靠两只脚掌走路的烂泥罢了。那时候的我们变得冰冷、干瘪、腐败，行动时还会发出类似即将枯死的树叶的声响。最漂亮的衣服穿在我们身上都会像块破布，能将梳妆室熏染得馨香的龙涎香也会散发出死亡的味道，闻起来有如骨骸。要是在这团烂泥里还有颗心，你们也会一同羞辱它，你们甚至都不会记起还有我们这些人。所以，在生命的那个阶段，我们是在富丽堂皇的宅邸中抚摸小狗，还是在救济院中整理破布，对我们来说，生活难道有任何差别吗？那时候，将我们的白发藏在红蓝格子的粗布头巾里，还是藏在精致的花边丝网下；是用桦木扫把打扫街道，还是用丝绢擦拭杜伊勒里宫的台阶；是坐在镀金的壁炉前，还是靠红土陶罐装着的木炭灰烬取暖；是去沙滩广场上看杀头的好戏，还是去歌剧院，真的会有多大区别吗？"

"我的阿奎丽娜哟，你在讲你的绝望时，从没像现在这样振振有词过。"欧弗拉齐接过话头，"是啊，这些羊绒、羊羔皮、香料、黄金、丝绸，这些奢侈品，所有这些闪耀的、令人愉悦的东西，都只能趁着青春才能享受。也许只有时间能对抗我们的疯狂，但是幸福却在放纵我们。你们是在嘲笑我说的吗？"她高声喊道，并朝着两个朋友露出恶毒的笑容，"我说得不对吗？我宁愿死于享乐，不愿死于病痛。看看上帝都干了些什么！所以我既没有永

生的癖好，也没有对人类的崇高敬意。给我一百万，我能把它全
花光，我不会为明年留一分钱。我心脏的每一次跳动都在向我宣
称，活着就是为了享乐和占有。社会也赞成我的想法，它不是一
直在提供供我挥霍的费用吗？要不然好心的上帝为什么总是在第
二天清晨把我前一天晚上花掉的钱还给我？要不然你们为什么给
我们建造救济院？上帝又不是根据人善人恶，来决定赐福还是赐
祸的，如果这样我都不去寻欢作乐，那我就太傻了。"

爱弥尔说："那其他人呢？"

"其他人？哎！各人自扫门前雪！嘲笑他们的痛苦，总好过
为我自己的不幸掉眼泪。旁人哪怕对我造成了一点点伤害，我也
绝不放过他。"

拉斐尔问："你是因为曾经受过伤，才会这么想吗？"

"曾经因为一笔遗产，我就被人抛弃了。像我这样的人！"
她摆出一个姿势，彰显出身上所有迷人的地方。"而且，我曾经
为了养活我的情人，不分昼夜地劳作。不管是什么样的笑容、什
么样的承诺，都再也不能让我上当受骗了。我希望余生就是一场
为期漫长的享乐派对。"

拉斐尔大声说："但是，幸福不该来自灵魂深处吗？"

"哈！"阿奎丽娜接话道，"怎么说呢？被欣赏、被奉承，赢
过所有女人，甚至是那些品德最为高尚的女人，用我们的富有和
美貌将她们狠狠踩在脚下，这样难道还不够吗？更何况，我们活
一天，抵得上那些中产阶级的妇人活十年了，一切都是公平的。"

爱弥尔对拉斐尔说："没有道德的女人难道不该被憎恶吗？"

欧弗拉齐恶狠狠地瞪了他们一眼，用一种没人模仿得出的讽
刺腔调回应他们说："道德！我们还是把它留给那些丑人和驼子

吧。那些可怜的女人要是连这东西都没有，该怎么办呀？"

"够了，你别说了！"爱弥尔叫道，"别谈论你压根儿不了解的东西了。"

"哈！我不了解的东西。"欧弗拉齐接着说，"将一辈子都奉献给个讨厌的男人，养育终究会抛弃你的孩子。在他们伤你的心的时候，还要感恩戴德地说'谢谢'。这不就是你们要求女人有的道德吗？而且，为了补偿她的自我牺牲，你们还要想方设法地引诱她，强迫她痛苦难安；如果她拒绝引诱，你们便要朝她身上泼污水。多么美好的生活！简直就跟活得自由自在、爱那些能让自己开心的东西，然后早早地死去一样美好呢！"

"你难道不怕终有一天你会为这一切付出代价吗？"

"呵！这个嘛，"她回答，"与其在快乐的时候还想着痛苦的事，我会将生活分割成两个阶段：毋庸置疑的快乐的青春时期；我不知道会不会到来的老年时期，那时候不管受什么苦，我都认了。"

"她没爱过。"阿奎丽娜意味深长地说，"她从来没有跋涉千里，只为了品尝一个眼神和一声拒绝的千般滋味。她从来没有命悬一线地生活过，也没打算刺杀好几个人，只为了拯救她的主人、她的老爷、她的上帝。对她来说，爱只不过是位漂亮的上校。"

"哎哟喂！又是你的拉罗谢尔。"欧弗拉齐抵了她，"爱就像是一阵风，没人知道它从哪里来。还有，如果你曾经被个蠢笨的畜生爱过，你就会害怕那些聪明的人。"

"法律可不准我们和畜生相爱。"高大的阿奎丽娜反唇相讥。

欧弗拉齐大声笑道："我怎么觉得你对军人格外宽容。"

拉斐尔高声说："能够像这样丢掉理智，她们是多么幸福啊！"

"幸福？"阿奎丽娜露出鄙夷的冷笑，凉凉地瞟了两位朋友一眼，"啊！你们是不知道，心如死灰，还要被迫寻欢作乐是种什么滋味！"

　　如果这时候瞧瞧几间厅堂中的景象，你便能大致感受到弥尔顿的群魔殿[1]中的气氛。在潘趣酒蓝色火焰[2]的映照下，那些还在喝酒的人脸上呈现出地狱般的色彩。受到某种野蛮能量的驱使，舞蹈越发疯狂，刺激得人们又是笑，又是叫。笑闹的声音如同爆裂的焰火。一间卧室配间和一间小客厅中堆满了醉死的和就快醉死的人，看上去像是个战场。美酒、享乐和谈笑让气氛变得热烈。不管是藏在心里，还是露在脸上，人人都醉了、爱了、发狂了、忘形了。这些行为在地毯上留下痕迹，从一片混乱中表现出来，使得所有人的眼前都像是罩着层薄纱，看到空气中弥漫着如梦似幻的迷雾。仿佛有阳光照射进来，形成了一道道光路，而尘埃便在光路之中晃动着。透过这片灿烂的尘埃，能看到种种放诞的形态和光怪陆离的争斗。到处都是抱成一团的人，让人难以将他们同装饰厅堂的洁白高雅的大理石雕像分辨开来。纵使那两位朋友不管是神智还是身体器官，都还保留着一丝自欺欺人的清醒，但那只是丢魂前最后一次的战栗，是对活着的拙劣模仿。他们已经不可能分辨出诡谲的幻象中什么是真实的，那些在他们疲倦的双眼前不断闪过的一幕幕超自然的画面，又有哪些是真的能够发生的。空中飘荡着只在我们幻梦中才有的景象，目之所及，是一张张被欲火的甜蜜浸透了的面孔，最让人印象深刻的，是那些纠缠在一起的躯体竟有着意想不到的灵活。最后，睡梦中最荒诞不经的场面猛地扑向两位朋友，以至于他们将纵

---

[1] 约翰·弥尔顿史诗作品《失乐园》中地狱的首府。

[2] 潘趣酒点燃后有冰蓝色火焰。

欲的狂欢当成了不可捉摸的噩梦。在梦中，行动不会发出声响，甚至连尖叫也是无声的。

就在这时，备受信任的男仆花了大力气，好不容易将主人请到前厅。他在主人的耳边说："周围的邻居都被引到窗边来了，他们纷纷抱怨我们这里太吵。"

塔耶菲大声喊道："如果他们那么怕吵，干吗不用稻草把门堵起来？"

拉斐尔蓦地爆发出一阵大笑，笑声来得如此不合时宜，他的朋友便问他，到底是什么突然给他带来了欢乐。

"你可能很难理解我。"他回答说，"首先，我得向你坦白，当你们在伏尔泰堤岸拦住我的时候，我正准备去投塞纳河呢！你们肯定想要知道我寻死的原因。然而接下来我要告诉你的是，十分偶然地，甚至可以说是奇遇般地，这个世界最为诗意的遗迹，纷纷寄寓在象征着人类智慧的作品当中，呈现在我的眼前，让我能大概一窥全貌；而此刻，所有人类智性创造的珍宝所剩下的残羹剩饭，被我们端上餐桌，如此肆意残忍地挥霍，而且，这些剩余的渣滓最终使得这样的两个女人出现。她们就是人类的疯狂最鲜活和真实的体现。上述两者，皆是一幅幅浓墨重彩的画面，用浓郁的颜色勾绘着两种截然对立的生活方式。而像我们那样，对人事抱着深切的漠然，就是居于二者中间的过渡色调。我这么说，你明白了吗？如果你还没喝醉，你或许能从中看出一种哲学论述。"

"如果你不是像现在这样，两只脚都放在这位迷人的阿奎丽娜身上，而她鼾声阵阵，我都不知道用什么样的类比才能形容出她的鼾声，简直就像是雷鸣前那种风雨交加的声音，你肯定也会为你醉后的胡言乱语而脸红的。"爱弥尔回应说。他自己也不怎么清醒，感受不到自己正幼稚地玩弄着欧弗拉齐的头发，卷起来又散开，又卷起来。"你所说的两种生活方式，其实用一句话、一种思想便可以概括：在单调而机械的生活中，人们因为劳作而扼杀了智力，从而产生了荒谬的智慧；同时，在抽象的空虚中，或是在精神世界的深渊中度过的日子，又会将人导向疯狂的智慧。总而言之，要不然绝情祛爱以得长命百岁；要不然在激情之中以身殉道，早早逝去。我们的终局不过如是。而且，我们被判处这样的命运，还和万物之主——那位尖酸的嘲弄者赋予我们的脾性是自相矛盾的。"

"蠢货！"拉斐尔大喊着打断了他，"你就像这样'言简意赅'地说下去吧，肯定能完成长篇巨著！如果是我有意总结这两种人生观，我会说，人会因为运用理智而腐朽，或是因为茫然无知而纯洁。这正是社会造成的结果！但不管我们是和智者一道活着，还是和疯子一起走向灭亡，或早或晚结局不都一样吗？而且，伟大的第五元素的提炼者[1]已经用两个词总结过上述两种生活方式了：叽哩咕噜，咕哩叽噜[2]。"

"你都让我怀疑上帝的力量了。他的力量都比不上你的愚蠢。"爱弥尔反唇相讥，"我们亲爱的拉伯雷用一个词就总结了这种哲思，比'叽哩咕噜，咕哩叽噜'更简洁。这个词就是或许，蒙田[3]著名的'我知道什么'就是从这里来的。况且，这些在伦理

---

[1]《巨人传》的作者拉伯雷的自称。
[2] 见《巨人传》第十七章"高康大接受巴黎人的欢迎，摘取了圣母堂的大钟"，本是人们无意义的咒骂之词。
[3] 蒙田（Michel Eyguem de Montaigne，1533—1592），文艺复兴时期法国思想家、散文作家。

学上最新的词,不过都是皮浪[1]处在善恶之间,发出的感叹罢了!就像是在两堆一模一样的麦草间犹豫不决的布里丹的毛驴[2]。不过,我们先暂时放一放这个争执不休、如今可以归结为是和否的探讨。你投塞纳河,是想获得什么样的体验呢?你难道是嫉妒圣母桥上的那架水车?"

"哎! 要是你知道我的生活是什么样的,就不会这么说了。"

"哎!"爱弥尔嚷道,"我没想到你竟然如此庸俗。这话太老套了。你难道不知道,我们所有人都有一种自命不凡,觉得自己所受的苦比其他人都多?"

拉斐尔高喊:"哎!"

"唉声叹气的,你可真滑稽! 瞧瞧,病的是你的灵魂还是身体? 在晚上,你就像达米安[3]曾遭受的那样,被几匹马四分五裂;第二天一早,你的肌肉又有了力量,拉扯着那几匹马回转头来,重获新生。你曾经有过住在阁楼中,一文不名,饥不择食的时候吗? 你的孩子曾经叫喊过'我饿了'吗? 你曾卖掉过你情人的头发,只是为了去赌博吗? 你是否曾收到一张来自假舅舅的假期票,前往一个假地址去兑付,而且一路上生怕去得晚了? 说说看,我听着呢! 但如果你只是为了个女人,为了张无法兑付的票据,或者只是因为精神苦闷,便要去投河,那我可不能理解你。坦白吧,别说谎,也不要长篇大论,跟写你的历史回忆录似的。更何况,你醉得不行,想来也只能简单地讲一讲。我就像是位读者一般挑

---

[1] 皮浪(Pyrrho,约公元前365—约公元前275),古希腊的哲学家,怀疑论的创始人。

[2] 布里丹是14世纪法国哲学家,他的出名主要在于据说他证明了两个相反而又完全平衡的推力下,要随意行动是不可能的。他举的实例就是一头驴在两捆完全等量的草堆之间是完全平衡的。

[3] 被指控刺杀国王路易十五,成为法国最后一个遭受马匹分尸极刑的人。

剔，而且准备像个读晚祷词的女人一样睡去了。"

"你这可怜的蠢货！"拉斐尔说，"从什么时候开始，痛苦不再值得人同情？哪怕我们的科学已经发展到了现在这种程度。我们能讲清楚心灵是怎么自然演化而来的，能给生灵命名，能将其分类，能判断它们属于哪种亚属，哪种科，是哪种甲壳类动物，哪种化石，哪种蜥蜴，哪种微生物，哪种……随便吧。所以，我的好朋友，心灵可以被证明是实际存在的。有些心灵温柔纤细，就像花朵一样，只要轻轻揉搓，就会破碎；而有些心灵却像矿石一般，不为所动。"

"哦！老天！你饶了我，省掉这段开场白吧！"爱弥尔半是嘲讽半是同情地说道，挽起了拉斐尔的手。

无情的女人

他们沉默了一阵子，拉斐尔下意识地比画了个无所谓的手势，说道："说实话，我不知道，是不是因为红酒和潘趣酒的酒意，造成了我现在的这种醒悟。就在这么一瞬间，我突然领悟了我的一生，它就像是一幅画，线条、色彩、暗影、高光、中间色调全都写实如生。这是我的想象力玩弄的诗意把戏，不过要是它没有带着对我曾经历过的痛苦和欢乐的鄙视之意，我也不至于吃惊。从远处看，我的一生就像是在某种精神现象的影响下，被浓缩了。十年间漫长的苦难在今天一天之中，用几个句子便能概括。痛苦不过一念，而欢乐也只是某种哲学式的反思。我不再感受，只是做出判断……"

　　爱弥尔嚷道："你简直就像修正案一样无聊烦闷。"

　　"可能吧。"拉斐尔回答说，并没有反驳他，"而且，为了不让你的耳朵起茧，我决定将头十七年的经历略去不谈。在那之前，我的生活就跟你差不多，跟其他千千万万的人差不多，跟那些读中学的人差不多。如今我们所有人回味起那段读书的岁月，想起那些虚伪的忧愁和真实的欢乐，都觉得妙不可言。想起星期五的蔬菜，我们早已对珍馐麻木的胃口又重新有了兴趣，但我们却再也尝不到了。真是美好的日子啊，那时候我们厌恶做作业，却从中学会了如何工作……"

"直接讲你的悲剧故事吧！"爱弥尔又是好笑又是无奈地说道。

"我从中学毕业后，"拉斐尔伸出一根手指抗议爱弥尔打断他，继续说，"我的父亲用严苛的规则约束我，他让我住在他的工作室旁边的房间中，要求我晚上九点睡觉，早上五点起床。他希望我能严肃地对待学习法律这件事。我在上学的同时，还跟着位诉讼代理人学习。我的学业、工作都要遵守严格的时间表，去哪儿也受到严格限制，晚餐时，父亲还要严厉地检查我的……"

爱弥尔问："你说这些和我有什么关系？"

"你是被魔鬼附身了吗？！"拉斐尔反驳道，"如果我不向你讲那些影响了我的精神世界，使我感到恐惧，并让我长期处在一位年轻人最初的天真状态中的微末小事，你怎么能体会到我的感受？就这样，直到二十一岁，我一直被压抑在父亲的专制之下，生活如修行僧侣的戒律般冰冷。为了让你能明白我的生活有多么悲惨，有必要向你描绘一下我父亲的形象：他高大、消瘦、干瘪，有一张瘦削的脸，皮肤苍白，言辞简短，像个老处女般挑剔，又像办事处主任一样谨慎。父权的威严像是铅制的炉顶，一直将我那些淘气而快乐的念头牢牢盖住。如果我想对他表达一些温暖而甜蜜的感情，他都会将其视作孩子的蠢话。我畏惧他，比之前畏惧学监更甚。对他来说，我似乎永远都只有八岁。我甚至现在都觉得他就在我跟前。他穿着一身红棕色的男士礼服，站得犹如复活节时用的大蜡烛一般笔直，那样子就如同被政治宣传册的红色封皮裹着的烟熏鲱鱼。尽管如此，我还是很爱他，他本质上是个正直的人。如果严厉能够造就伟大的品格和高尚的道德，而且还巧妙地混入了善意在其中，或许我们就不会憎恨它。我的父亲从来没有离开过我身边，在我二十岁之前，他连十个法郎都不会给我。这十个混账的、放荡的法郎，对我来说，是笔可望而不可即的巨大财富，能使我幻想到各种各样的美妙乐趣。不过，他至少还是给我找了些娱乐活动。他答应让我有一次玩乐的机会，几个月后，他带我去了滑稽剧剧院，去了音乐会，去了舞会。我希望能遇见一位情妇。情妇！她能使我获得独立。然而我胆小又害羞，对沙龙上约定俗成的规矩所知甚少，还不认识什么人，我只好带着一颗依然纯洁、依然满是欲望的心回家。第二天，我又像匹骑兵队的马驹一样被父亲套上笼头，一大早就回到诉讼代理人那儿、回到法学院和法院去。

"想要偏离父亲为我指定的固定路线，肯定会引得他向我发火。他曾经威胁我，一旦我犯错，就会把我送上前往安的列斯群岛 [1] 的船当见习水手。如果我偶然间想冒险离开一两个小时，到聚会上玩乐，马上就会不自禁地打个寒战。你想象一下：一个拥有天马行空的幻想、满怀爱意的心灵、最为温柔的灵魂和最具诗意精神的人，却只能终日面对世上心肠最硬、脾气最大、最冰冷无情的人。既然你不让我展开描述我的生活中那些魔幻的场景，那就想象一下将少女嫁予枯骨，你便能够了解了。在我父亲面前，所有逃跑的计划都会失败。我的沮丧只能靠睡眠抚平，欲望只能自行压抑，抑郁和忧伤只能借音乐排遣。我将自己的不幸宣泄在旋律之中。贝多芬和莫扎特成了我不为人知的密友。在那个纯真

---

[1] 位于美洲加勒比海中的群岛。

无邪的年代，曾有过一些使我良心不安的困扰。到今天，一想起那些偏见，我都忍不住会发笑。我觉得自己踏入餐厅一步，就会破产；在我的想象中，咖啡厅是个纵欲狂欢的地方，人们在那里会丢掉廉耻、挥霍财富。至于赌钱，那得先要有钱！

"啊！如果我想让你睡着，我得跟你讲讲我生活中最可怕的乐趣之一。这种乐趣被锁在铁栏之后，埋在我们的内心深处，深刻得像是苦役犯肩头的铁烙印。我曾参加过我表叔纳瓦兰公爵家的舞会。为了让你更为深刻地了解我当时的处境，我得告诉你，我当时穿着一件寒碜的外套，一双粗陋的鞋子，戴着条马车夫戴的领带，还戴着双旧手套。我躲在角落里，这样才能尽情吃冰激凌，盯着漂亮的女人看。我父亲看到我在那儿，将自己的钱包和钥匙留给我保管。这一信任的举动使我受宠若惊，我至今也没能想明白他为什么会相信我。在距我十步远的地方，有几个人正在赌博。我听见金币抖动的声音。我已经二十岁了，想要沉浸在这个年纪会犯下的罪恶当中，度过一整天。这是一种精神上的放纵，既不能用女人的放荡比拟，也不能用少女思春来类比。一年来，我天天都在幻想，穿得光鲜亮丽，坐在马车上，身旁有美人相伴，一副大老爷的样子，在韦力饭店吃饭，晚上就去看戏，不到第二天早上，绝不回父亲家，而且还要给他制造些挑战，比《费加罗的婚姻》[1] 中的故事还要离奇复杂，让他不知如何是好。我估计，要想完成这个计划，得花五十个埃居。难道我仍然还受着逃学的天真快乐的诱惑吗？

"于是我独自一人悄悄来到了一间起居室，双眼灼灼，手指颤抖，数了数父亲的钱。居然有一百埃居！这个数目刺激了我，逃

[1] 法国戏剧家博马舍的喜剧作品。

离之后的快乐场景在我眼前浮起，像是《麦克白》中的女巫在围绕着大锅跳舞，这是一幅多么诱人、多么激动人心、多么美妙的画面啊！我变成了个下定决心的无赖。既没有听见在我耳边回响的警铃，也没有听见急促的心跳声，我拿了两枚二十法郎的钱币，我好像现在还能看到那两枚钱币的样子！钱币上的铸造年份已经被磨得模糊，拿破仑的头像好像是在做鬼脸。我将钱袋塞进衣服口袋，回身朝一张赌桌走去。我握着两枚金币，掌心全是汗水。我围着那些赌徒转悠，像是盘旋在鸡窝之上的猎隼。我感到说不清道不明的焦虑，用余光瞥了身周一眼，确认没有任何熟人看见了我。我将赌注押在了一个兴高采烈的矮个子胖男人身上。我为他不停地祈祷和许愿，即使是在海上遇到了三次风暴，加起来的祈祷和许愿都没我为他做得多。接着，出于一种和我年纪完全不符的卑鄙天性，又或是不择手段的本能，我来到一扇门边，环顾着厅堂，但其实什么都没看。我的灵魂和眼睛都盘旋在那方致命的绿色桌垫上。正是从这个晚上开始，我观察起了人们的生理表现，从而获得了某种洞察力，最终发现由于我们天性中的阳奉阴违，造成了许多神奇的现象。我背对着那张赌桌。我未来的幸福全靠它了，但或许它的罪恶和它将带给我的幸福同样深重。在两名赌徒和我之间，还站着一堆正在聊天的人，大概有四五排；人声嘈杂，再加上金币碰撞的声响和乐队的奏乐声混杂在一起，让人根本分不清楚。尽管困难重重，但激情总是能赋予人特殊的才能，让人有能力抹掉时间和空间的距离。我能清晰地听见两个赌徒的对话，我了解他们的点数，甚至知道两个人中谁会翻出王牌，就好像我能看见纸牌一样。总而言之，我在距离赌局十步之遥的地方，心系局势变化，脸都发白了。突然，父亲从我身前经过，我一下子就明白了这句话的意思：上帝的圣灵正从他的面前走过！

"我赌赢了。穿过赌徒身边围聚的人潮，我跑到了桌子旁边。我几乎是滑过去的，动作灵巧得就像是从丝网的豁口中逃出生天的鳗鱼。我焦虑的心情变为愉悦。我就像是个解赴刑场的囚犯，半途遇见了国王，并得到了赦免。碰巧，有个佩戴着勋章的人声称自己丢了四十法郎。我被怀疑了，许多不安的目光落在我身上。我脸色苍白，汗珠从前额上滑落。我偷窃父亲财物的罪行受到了报应。那个和善的矮胖男人于是用像天使似的声音说："这些先生都是下了注的。"然后他还了四十法郎给失主。我抬起额头，用获胜的目光看向赌徒。我将适才拿走的金币放回父亲的钱袋，将赚来的钱继续压在这位体面又善良，而且继续在赢钱的先生身上。当我看到自己已经赢了一百六十法郎，便用手绢将钱裹起来，如此一来，在回家的路上钱币就不会晃动和发出声响。我不再继续赌下去。

"'你在赌桌前干什么？'父亲在钻进马车厢时对我说。

"我抖了抖，回答道：'我就看看。'

"父亲接着说：'不过，要是在自尊心的驱使之下，你在赌桌桌垫上押下了钱，也不是什么大不了的事。在世人眼中，你表面上已经到了有权干蠢事的年纪，所以，拉斐尔，我会原谅你的，哪怕你用了我的钱袋……'

"我什么都没说。等我们回了家，我将钥匙和钱还给了父亲。他回到自己的房间，将钱袋里的钱全部倒在壁炉上，清点了金币的数量，转身对着我，神情十分和蔼。他意味深长地、一字一句地对我说：'儿子，你马上就满二十岁了。我对你很满意。为了让你懂得节约，明白生活的道理，你该有一笔生活费了。从今天晚上开始，我每个月会给你一百法郎。你可以自己决定这钱怎么用，都随你。这是今年第一季度的生活费。'他轻轻抚摸着一叠金币，就好像是在检查金币的数目。我承认当时我就想跪倒在他的脚下，坦承我是一个盗贼，一个无耻小人，甚至还是个撒谎精！然而羞愧制止了我这么做。我抱住了他。他轻轻向外推了推我，对我说：'我的孩子，你现在是个男人了。我不过是做了一件该做的小事罢了，你不用感谢我。拉斐尔，如果要说我有什么值得你感谢的话，'他接着说，语气温和，又充满了尊严，'那就是我让你在青春时期免受种种恶习的伤害。这些恶习可是几乎吞噬了巴黎所有的年轻人。从今往后，我们俩就是朋友了。再不到一年，你就会成为法学博士。你经历了艰辛，被剥夺了娱乐，但获得了实实在在的知识，和对工作的热爱。这是成为做大事的人不可或缺的。拉斐尔，学着体谅体谅我吧！我不想你成为律师，也不想你成为公证人，而想让你成为政治家，光耀我们家衰落的门楣。明天见！'他做了个意味不明的手势，让我离开。

　　"从这天起，父亲便完完全全地告知了我他的计划。我是独子，而且母亲去世也有十年了。多年前，我的父亲是奥弗涅大区某个历史悠长的家族的一家之主，不过这个家族在奥弗涅都几乎被遗忘了。腰间佩带着宝剑，但却只能种田，让他心有不甘。于是他来到了巴黎，冒险碰碰运气。他具有南法人超出常人的敏锐，而且毅力十足。虽然在巴黎无依无靠，但最终还是在权力中枢占据了一席之地。不过不久之后，大革命就清空了他的家底。但他又设法娶了一位大家族的继承人，在帝国时期[1]，眼看我们家就要恢复昔日的荣光。然而波旁王朝的复辟虽然归还了我母亲数量

[1]指拿破仑建立法兰西第一帝国时期。

可观的财产，却又使得我的父亲破产了。因为他之前购买了一些国王 [1] 赏赐给他的将军们的土地，而这些土地又都在国外。接下来的十年里，为了保有对这些不祥的封地的所有权，他一直都在和清算人、外交官，以及普鲁士和巴伐利亚的法官斗争。父亲将我也拉入了这一团乱麻的大型诉讼案中。我们的未来全看这案子的结果。我们有可能会被判归还这些土地收上来的年租，还有1814 年到 1817 年间采贩木材的收入。如果情况坏到那种地步，我母亲的财产就只能用来挽救我们家的信誉了。是以，那天父亲看上去是解放了我，我却又坠入了最可恨的桎梏之中。我必须得像是在战场上那样战斗，没日没夜地工作，奔走在各位政客门下，哄骗他们，让他们对我们的事产生兴趣；引诱他们，引诱他们的妻子、仆人，甚至他们的狗；还得用优雅的姿态和怡人的谈笑来掩藏这可怕的目的。我终于明白那使父亲形容憔悴、有如烙印在他身上的忧虑是从何而来的了。约莫有一年的时间，从表面上看起来，我过着上流社会的日子，生活放荡，热衷交际，都是为了勾搭上有权有势的亲戚，或是对我们有用的人，然而私下里，我却要做大量的工作。我在消遣中不忘说出辩护词，在闲聊中也要加入陈情书里的内容。在此之前，我过得正派，是因为没机会沉湎在年轻人的欲望之中；在此之后，却是因为害怕一不留神，便害得父亲和我破产，我成了我自己的暴君，不敢放任自己去享乐，去挥霍。当我们还年轻，当人事搓磨未能使我们像娇花一般的情感枯萎，使青涩的思想变得世故，并且磨灭掉高尚纯洁的良知时，我们绝不会向罪恶妥协，拥有强烈的责任感；我们的荣誉在向我们高呼，我们也看重它；我们诚实坦率，还没学会拐弯抹角。当

---

[1] 指拿破仑。

年的我也正是这样的人。我不想辜负父亲对我的信任。虽然不久之前，我曾暗喜地窃取了他一笔小小的钱财，但自从我和他一起担起了他的事业、他的名誉、他的家族声名，我便默默地献出了自己的财产和希望，就像当初献出我的快乐一样。虽然做出了这样的牺牲，但我还是觉得幸福！所以，当德·维莱尔先生特地为了我们，从陈年法条中挖掘出一条关于产权失效的帝国法令，毁了我们后，我便在出卖自己财产的合同上签下名字，只留下卢瓦尔河中一个毫无价值的小岛，那是埋葬着我母亲的地方。放到今天，或许经过哲学上的、伦理上的、政治上那些弯弯绕绕的争论和探讨，会使我不至于采取被我的诉讼人称之为'愚蠢'的行动，然而我要再次强调，二十一岁时，我们都慷慨、冲动、充满爱意。父亲眼中含着的泪水，对我来说就是最为珍贵的财产。每每想起他的眼泪，我的不幸都能得到抚慰。在还清债务十个月之后，父亲便忧郁而死。他深爱我，却使我破了产。这样的矛盾最终折磨死了他。1826年，我二十二岁，在秋天将尽的时候，我独自操持了我的第一位朋友——我的父亲的出殡仪式。像我这样的年轻人少之又少，跟在灵车之后，流亡在巴黎之中，孑然一身，除了思想什么都没有，没有前途，没有财产。被公共福利院收容的孤儿未来至少还能去当兵，将政府或是国王法庭的检察官认作父亲，在救济院中找个容身之处。而我，我什么都没有！

"三个月后，拍卖行的经纪人给我送来了一千一百一十二法郎。在清算了父亲的遗产之后，这是所剩的现金。债主逼迫我变卖了家中的家具器皿。从小时候起，我便将家中那些奢侈的用品看得相当贵重，面对这笔微薄的余款，我无法掩饰自己的震惊。

"经纪人对我说：'哦，那些都是过时的老物件了。'

"真是可怕的一句话！它使我童年时代的信仰和最初的幻想纷纷失色，那是我心中最为珍视的东西。我的财产最终被归结为一张变卖清单，我的前途也全指着这只装着一千一百一十二法郎的布口袋了。在我看来，那个来传话的拍卖行经纪人身上体现的正是社会的面貌，趾高气扬，毫无尊重。我家的老仆人若纳唐很疼爱我，我的母亲曾经为他存了一笔年收益四百法郎的终身年金。他离开我家宅邸之前对我说：'拉斐尔少爷，您得节省着过了！'在我小时候，我总是欢欣鼓舞地坐着马车离开那栋宅子。而他哭了，真是个好人。亲爱的爱弥尔，正是这些事情，操纵了我的命运，形塑了我的灵魂，让我年纪轻轻便看到了世态炎凉。我还有些富贵的远房亲戚，就算他们不是那么轻蔑和冷漠，对我紧闭家门，我的骄傲也不允许我去找他们。尽管我的亲戚有权有势，还随随便便就当陌生人的保护人，我却既没有亲人，也没有保护人。我的精神世界在发展的过程中，不断受到阻断，于是只能改变自我：我的本性直爽、一派天真，但却必须表现得冷静克制。父亲的专制剥夺了我所有的信心，使我羞怯而笨拙。我觉得自己的看法无足轻重。我自我厌弃，认为自己丑陋不堪，眼神总是躲躲闪闪。尽管内心有个声音在对我高喊：'要勇敢！往前走！'所有身负才华的人都是靠这样的声音才能在斗争中不屈不挠；尽管在孤身一人时，突然我个人的力量便显示了出来；尽管将公众吹捧的新作品同我头脑中翻涌的思想一比较，我便备受激励，充满希望；但我仍旧像个孩子一样质疑自己。我成了不断膨胀的野心的猎物，相信自己命中注定是要成大事的人，当下便感到空虚无比。我需要别人的助力，但却没有朋友；我本该在世上闯荡一番，但却孤零零地不知道去哪儿，比起害怕，更多的是感到羞愧。

"被父亲扔进上流社会的漩涡的那一年，我带着纯洁的心灵和干净的灵魂。我就像所有刚刚成人的青年,悄悄向往着美妙的爱情。我在和我年纪相仿的年轻人中遇见了一群自吹自擂的人，他们的头颅高傲地扬起，但言谈无物。他们坐在我眼中最为尊贵的女人身边，却毫不拘束，滔滔不绝地说着无礼的话，啃着自己的手杖头，矫揉造作，自愿献身给那些最漂亮的人，风流无度、又或是装作风流无度，还做出一副不在乎享乐的模样。在他们看来，最贞洁最正派的女人都是能轻易攻克的对象。只要在初见时给出一个露骨的眼神，加上一句简单的挑逗，甚至只需一个大胆的手势，她们就能被征服！我跟你讲，以我的灵魂和良心起誓，对我来说，和征服一个出身高贵、有才又优雅的年轻姑娘相比，争得权力或是在文学上获得声望要简单多了。因此，我感到心乱如麻，不管是我的情感，还是我的信仰，都和这个社会的规则格格不入。我有勇气，但只在我的灵魂深处，无法表现在言行之中。我后来才得知，女人是不喜欢被人乞求的。我许多次见到，那些我暗自仰慕的女人，为了她们，我愿献出不渝的真心，愿意撕碎灵魂，愿意百折不挠，不怕牺牲，也不惧折磨。而她们却投入了那些给我看门都不配的蠢货的怀抱。有多少次，在舞会上，我看着我梦中的女人，却爱而不得！我只能想象，如果能不停地爱抚她，我愿献出我的生命。我将所有的希望统统寄托在一个眼神之中，赶在其他人的花言巧语之前，意乱情迷地向她表达来自年轻男子的爱慕。有些时候，我甚至觉得用生命换取哪怕仅一个温存之夜，也是值得的。可是！我从未遇到过一双愿意听我吐露真情切意的耳朵，一道愿意与我久久对视的目光，一颗愿意同我心心相印的心灵，也许是缺乏勇气，也许是缺少机会，也许是太过青涩，致使我的无力感愈演愈烈，我只能活在它带来的种种痛苦之中。或许，我对寻得知己这件事绝望了，也有可能其实我是害怕有人太过了解我。但我内心依然酝酿着风暴，任何一个向我投来的礼貌的眼神，都有可能引发它。尽管敏感得能将这种眼神和听起来亲切的话语都当作是甜蜜的誓言，我却从没能鼓起勇气，在该说话的时候说话，该闭嘴的时候闭嘴。在这种情感的影响下，我说话时语无伦次，沉默时呆头呆脑。在这个虚伪的社会当中，人人活在灯光之下，所有的思想都只能借由庸常的言辞或是时兴的词汇去表达，我无疑是太过天真了。而且，我也没学会，怎么才能用沉默代替说话，又怎么用说话代替沉默。总之，我心里藏着一团灼烧着自己的烈火，我拥有女人们都希望能够遇见的那种灵魂，还具备她们贪婪地渴望着的狂热情感和那些蠢货们自夸拥有的毅力，但所有的女人还是阴险又残忍地对待我。而且，当那群自大狂中的风云人物在庆祝胜利时，我竟天真地羡慕他们，没有怀疑他们是在说谎。毫无疑问，我犯了错，我竟然相信口头许诺便能得到爱情，竟想要在水性杨花、贪恋繁华、爱慕虚荣的女人心中寻找我心里这种崇高的、强大的、浩瀚的、在我心海掀起惊涛骇浪的激情！

"啊！我感到自己是为了爱情、为了让女人幸福而生的，但我却连一个勇敢高贵的马塞利娜[1]，又或是侯爵老夫人都找不到！我的背囊里满载珍宝，却遇不上一个人，甚至连女孩也没有。我多想有个好奇的年轻女孩，我能让她欣赏欣赏我的宝贝。我常常因为绝望想要自杀。"

爱弥尔喊道："这真是今天晚上一场出彩的悲剧啊！"

"唉！你就让我继续谴责我的生活吧。"拉斐尔回答说，"如

---

[1]《费加罗的婚姻》中的老管家婆。

果你和我的友情不足以支撑你倾听我的悲歌，你不能为了我忍受半个小时的烦闷，那你就睡吧！但别再问我自杀的原因。自杀的想法依然在我耳边低沉地回响，它挑唆着我、召唤着我，我将在它面前俯首称臣。至少得了解一个人暗地里的想法、经历过的不幸和拥有的情感，才好评判他。只想知道在他的一生中、在现实生活层面发生的事件，那不过是在写编年史，是在记录蠢货的故事！"

这些话说得苦涩，深深刺中了爱弥尔。从这一刻开始，他的全部注意力都放在了拉斐尔身上，怔怔地看着他。

"不过，"讲故事的人继续说道，"今天，为这些事情增添了色彩的那缕光亮，让我们对过去有新的认识。我过去将按部就班、谨守规则当成是不幸，但日后它们却催生出了优异的才能，让我感到骄傲。从七岁开始，直到进入社会，我的生活中一直充斥着哲学思辨带来的好奇心、堆积如山的工作，以及对文学的爱好。这难道不会使我更易获得力量？你肯定会觉得，我拥有这种力量，便懂得如何阐明我的想法，并且在人类知识的广袤天地中继续前行，对吧？我被抛弃，孑然一身，又总是压抑情感，活在内心世界中，这些难道不都利于我获得比较不同事物、深入思考的能力吗？世俗的烦恼会使最高贵的灵魂变得渺小，使其沦为庸才，而我不会迷失在这种烦恼之中，我的敏感更是能全部用在一件事情之上——变成实现某种愿景的完美工具。一种比受欲望驱使产生的愿望更为崇高的愿景。女人忽视我，这才让我想到，要用那种蔑视爱情的人的精明，去观察她们。我如今明白了，我性格中的真诚不怎么讨她们喜欢！或许她们就喜欢带些虚伪的人？我这个人，时而像个孩子，时而像个男人，时而肤浅，时而深沉，时而不带任何偏见，时而又充满迷信，这些特质在我身上同时存在着。我还常常同她们一样，身上有些女气。她们难道是将我的天真当成厚颜无耻，将我思想的纯洁当作放荡了吗？我谈论知识让她们无聊，而我说话轻声细语，又会被她们看作软弱。过于飘忽的想象力是所有诗人的不幸，我被看成是不会爱的人，因为我没有力量，思维还不连贯。我不说话的时候太过木讷，而当我想讨她们欢心的时候，又或许会吓着她们。女人们给我判了刑。我在泪水和忧愁中，接受了这个世界对我的判罚。

"这样的判罚结出了苦果。我想报复这个社会，我想占有所有女人的灵魂，让她们屈从于我的才智，想要仆人站在沙龙门口宣布我的名字时，所有人的目光都汇集在我身上。我要成为伟人。我小时候，便会拍着自己的额头，学安德烈·德·舍尼埃[1]那样，对自己说：'这里有点东西！' 我能感受到，我有想要表达的思想，想要建立的知识体系和想要阐明的科学。哦！我亲爱的爱弥尔！今天我快要二十六岁了，我确信，我会默默无闻地死去，从不曾成为某个我寤寐求之的女人的情人，就让我向你倾诉我所有的疯狂想法吧！我们难道不是都或多或少地将自己的欲望错当成了现实吗？啊！如果一个年轻男人，没有在他的梦中为自己编织桂冠，为他的雕塑塑立底座，或是给自己分配几个百依百顺的情人，我是不愿意和他做朋友的。至于我嘛！我曾梦想过自己是将军，是帝王，是拜伦，而最后，却什么都不是。神游过人类成就所能达到的巅峰之后，我意识到这些高峰还在等我攀登，这些困难也都在等我去攻克。莫大的自尊心在我体内沸腾，我坚定地相信命运。凡尘俗务的滋扰往往导致灵魂破碎，就像是一头羊穿过灌木丛时，

[1] 安德烈·德·舍尼埃（André Marie de Chénier，1762—1794），法国诗人。

荆棘总是轻易地裹走羊毛。而或许只有那些不受滋扰的人，才能成为天才。这些想法拯救了我。

"我盼着能荣耀加身，愿意为了有一天能得到我梦寐以求的情人而默默地工作。我将所有的女人都归为一类女人，我相信，初次相遇时，我便能一眼认出她来。但是，我将她们都看作皇后，就像是皇后们必须上前迎接她们的情人那样，她们也得来到我身前，来到我这个贫苦、可怜、羞涩的人面前。啊！如果她怜悯我，我心中对她不仅有爱慕，还有感激，我会宠爱她一生。然而不久之后，我的观察叫我明白了残酷的现实。所以，亲爱的爱弥尔，我可能得一辈子独身了。我不知道她们的精神有什么样的偏向，使得她们惯于只看得到才华横溢者的缺点，又只看得到蠢材的优点。她们之所以对蠢材身上的优点大有好感，不过是因为他们会喋喋不休地奉承她们，赞美她们自己身上的不足。然而优秀的人无法为她们提供这样的享受，让她们感到自己的缺陷被补足。才华就像是间歇性的高烧，如果能分享的只有这种不适，没有女人会愿意。所有女人想在情人身上找到的，无非是能满足她们虚荣心的东西。她们爱我们，爱的其实是自己！一个贫穷又骄傲，拥有艺术才华和创作才能的男人，难道不会有刺伤他人的自大吗？他会在自己身边掀起一场思想的风暴，将一切全都裹挟进去，就连他的情人也必须跟随他的行动。喜欢被奉承的女人，会相信这种男人的爱情吗？她会去找这种男人吗？这样的情人可没空坐在长沙发边上，做出一副低声下气、柔情蜜意的滑稽模样。然而女人总是吃这套，最终让虚伪而无情的人获得了胜利。这样的情人连工作都忙不赢，怎么会花时间在伏低做小和打扮自己上呢？我宁愿一下子便丢掉性命，也不愿意让它一点点地腐坏堕落。而且，那些替脸色苍白、随时都在涂脂抹粉的女人跑腿的帮闲人身上，确实存在着某种让艺术家深恶痛绝的平庸。对一个贫穷而伟大的人来说，拥有抽象的爱是不够的，他需要的是不渝的忠贞。那些卑下的造物，将她们的一生花在试穿羊绒织物，或是充当时尚服饰的衣架之上，她们没有这种忠贞。她们想要的、能看到的，都只是爱情中支配的快乐，而不是服从的幸福。

"一位真正的妻子，不管丈夫到哪儿，她从身到心都会跟随他。因为她的生活、力量、荣誉和幸福都寄托在他身上。卓越的男人需要女人脑子里只有一个念头，便是钻研丈夫的需要。无法满足自己的欲望，才造成了优秀男人的不幸。而我，作为一个深信自己有大才的人，爱的正是这样的小情人！我怀抱着与众不同的观念，具有想要平步青云的野心，身负不能流通的财富，满腹学识。我的学识广博得几乎超过了我的记忆能力，而且我至今都没能将它们分门别类地理清楚，无法完全吸收。我没有亲人，没有朋友，孤身一人待在令人憎恶的荒漠之中。这是一片铺着地砖、热闹、充满了活跃的思想和勃勃生机的荒漠，然而人人都与我作对，这是一片冷漠待我的荒漠！所以，我采取的解决办法虽然疯狂，但情有可原。不知为何，这个办法不可思议地给予了我勇气。这就像是我自己开了一局，我既是赌徒，又是筹码。

"我的计划是这样的：一千一百法郎足够我活三年。我要用这段时间创作出一部作品，它能吸引大众的目光，还能让我获得财富或是声名。一想到虽然身处嘈杂的巴黎，我却要像忒拜[1]的隐士那样，靠牛奶和面包生活，然后投身书籍和思想的世界，我便感到无比喜悦。因为我将前往人迹罕至的乐园，那里仿佛一只

---

[1] 上埃及古城，也称底比斯。

蝉蛹，安静无声，有无数工作等我完成。我为自己打造了一座坟墓，只为能在光明和荣耀中重生。我为了生存，准备拼死一搏。我以严苛的标准，将生活用度降到只满足基本需求，我发现三百六十五法郎足够我清贫地活上一年。事实上，只要我严格遵守为自己定下的修道院般的戒律，这笔微薄的存款确实是够了。"

爱弥尔叫道："这不可能！"

拉斐尔有些得意地回答："我已经像这样过了快三年了。我们来算算！三个苏买面包，两个苏买牛奶，再花三个苏买点儿猪肉，这样我既不会饿死，还能保持头脑异常清醒。就像你也知道的，我发现节食能给人的想象力带来神奇的效果。我每天花三个苏住宿，每天晚上花三个苏的灯油钱，我自己收拾房间，我只穿法兰绒的衬衣，这样每天只用花两个苏的浆洗费。我烧煤取暖，这样一年下来，平均每天的花费不超过两个苏。我的衣服、内衣、鞋子够我穿三年了，而且我只在去听公开课和图书馆的时候才穿得齐整。这样加起来也不过十八个苏，还能给我剩两个苏以备不时之需。在这段漫长的沉浸在工作中的日子里，我记得自己不曾跨过艺术桥，甚至连水都没买过。我每天早上，都去砂岩街转角处的圣米歇尔广场的喷泉那里打水。啊！我的生活贫困，但这无损于我的骄傲。一个前程远大的男人，正身处清贫的生活境遇之中，就像是一个无辜的人正走向刑场，没什么丢人的。我并不觉得自己会生病，和阿奎丽娜一样，我不害怕医院。但我从未有一刻怀疑过自己的健康。更何况，穷人只有死亡的时候才能躺下。我剪短了头发，我要将短发留到有爱情或是仁慈的天使降临的那一天……不过，我不想揣测往后我会遇到什么样的事。亲爱的朋友，既然缺少情人相伴，我便依靠伟大的思想、幻梦，还有我们刚开始时都或多或少相信的谎言活下去。如今，我嘲笑我自己，当时的那个自己，或许圣洁而崇高，但现在已经不复存在了。

"切身体会过，才发现社会和人群，以及自己的阅历都在告诉我们，纯洁的信仰是危险的，狂热的工作是无用的。精神物资对于野心家毫无用处。追名逐利的人随身携带的行李越轻越好！优秀的人的错误，就是将青春年华浪费在了获得世人认可之上。他们沉淀自我，认为力量来自学识，有了知识才能轻松地扛起权力的重担，然而就在这时候，权力却从他们手中流走。趁这时候，满嘴大话而缺乏思想的卑鄙小人却汲汲营营，他们愚弄蠢货，骗取那些半懂不懂的蠢货的信任。怀才的人钻研，卑鄙的人钻营；前者谦虚谨慎，后者厚颜无耻；前者因为爱惜羽毛而沉默，后者却夸耀自己的才华，从而取得想要的成功。掌握权力的人迫切地需要已有的功绩，相信那些吹嘘出来的天才。真正有知识的人像孩子般幼稚，才会希望能得到物质上的补偿。我并非要在这里发表有关道德的老生常谈，那些怀才不遇的人物已经反复歌咏过了。我只是想理智地推论，为什么平庸的人往往能获得成功。哎呀！钻研知识本身已经能带给人如母爱般的温暖了，她以纯粹而甜蜜的喜乐滋养她的孩子，如果还要向她要求其他补偿，或许是一种犯罪。我还记得有几次，我坐在窗户旁，呼吸着新鲜空气，快活地将面包浸入牛奶，眼睛仍旧盯着窗外的风景。那是一片棕色、浅灰色、红色的屋顶，或是石板搭就，或是瓦片铺成，覆盖着黄黄绿绿的苔藓。一开始，我觉得这片风景有些单调，不久之后我便发现了它独特的美。有些时候，光束从没关好的百叶窗中透出来，渲染了黑夜，使得本来漆黑一片的地方发生了微妙的变化，变得生动起来；有些时候，街灯苍白的光线穿过薄雾，经过雾气折射，投下了浅黄色的光，从而在街上影影绰绰地、映出了拥挤的屋顶那起伏的影子，有如凝固的海浪。偶尔，也会有零星的行人出现在这片荒芜的沙漠之中。我在某座屋顶花园的鲜花包围之中，隐隐约约地瞥见了一位老妇人的侧脸，轮廓消瘦，长着鹰钩鼻子。她正在给旱金莲浇水；我也曾透过已经腐朽了的天窗，看到一位少女正在梳妆，她以为自己是独自一人。我只能看见她美丽的额头，和被她那白皙纤美的手臂撩起的长发。我观赏长在沟槽中的朝生暮死的植物，很快，这些小草就会被暴雨冲走！我研究苔藓，发现雨水的浇灌会让它们的颜色更加鲜艳；而在阳光下，由于光线变换，它们会变得像干燥的棕色天鹅绒。总之，这些转瞬即逝又诗情画意的日常风光，忧伤的薄雾，突然闪耀的阳光，寂静魅惑的夜晚，神秘的黎明，以及每个烟囱中飘出的炊烟，这些在神奇的大自然中突然发生的事，对我来说都变得熟悉，供我观赏消遣。我爱我的牢狱，我是自愿被困其中的。那些平整的屋顶组成了巴黎中的草原，下面掩藏着人潮拥挤的深渊，这相当适合我，也正合我意。对于科学的沉思将我们引至天国，当我们从高空中突然降落到尘世，会感到厌倦。是以，我完全能够体会修道院中无欲无求的生活是什么样的。

"当我下定决心要将新的生活计划付诸实践，便开始寻找巴黎最偏僻的街区。一天晚上，我从吊刑街回家，沿着制绳街走，走到克鲁尼街那个拐角的时候，我看到了个约莫十四岁的小女孩，正在和她的一位同学玩毽子板球。她们的欢声笑语使身边的人都受到了感染。那时九月还没过，天气很好，一点都不冷。家家户户门前，都有妇女坐着闲谈，就像是外省过节时那样。我先是观察了一会儿那个少女，她的表情生动可爱，姿态就像是专门为了作画而摆出来的。这是一幅动人的画面。我不禁思考，在巴黎的中心怎么还能存留着这样的质朴。我注意到这条路哪儿都不通，而且也鲜有行人经过。我想起卢梭曾在这地方逗留过。我发现了圣康坦旅馆，这旅馆外表破旧颓败，让我燃起了寻得一处便宜住宿的希望。我决定去看看这家旅馆。我走进一间低矮的屋子，见到样式古典的铜烛台，蜡烛整整齐齐地摆放在烛台的烛眼之上。这个厅堂的干净整洁让我印象深刻，在其他旅馆中，这地方常常是乱七八糟的。房间被打理得像风俗画似的，里面蓝色的床、各种用具和家具都保留着传统的雅致。

　　"旅馆的主人是位四十来岁的妇女，她满面风霜，眼睛似乎被泪水冲去了神采。她站起身，向我走来。我谦卑地向她说明了我能支付的租金。她并没有表现出丝毫惊讶，在一串钥匙中找到了一把，然后带着我朝阁楼走去。她打开一间房给我看，从这个房间望下去，能看到旁边房子的屋顶、庭院，还有从它们的窗子伸出去的长长的晾衣杆。没有比这墙面泛黄又污秽的阁楼更可怕的地方了，它散发着窘迫的气息，召唤着富有学识的人前来。毫不意外地，阁楼的屋顶极其低矮，透过瓦片的缝隙，能看见天空。它的空间只够装下一张床，一张桌子，几把椅子。在屋顶和地面形成的狭窄角落里，我还能放下钢琴。那个可怜的女人没有足够的钱来给这间和威尼斯楼顶监狱相仿的牢笼装配家具，所以一直没能将它租出去。正好，不久之前我家的动产被变卖时，我还留出了些在我看来是属于我私人的物件。于是我很快就和女主人达成了协议，第二天就搬进了她的旅馆。

　　"我在这座高空的坟墓中住了差不多快三年，夜以继日地工作，钻研知识对我来说就是最美妙的主题，是在人世间活得最幸福的法门，我沉浸在无穷的乐趣之中。对学者来说必要的安宁和清静，都给我带来了近乎爱情的、难以形容的甜蜜。开动脑筋、探索观念、宁静地沉思科学，种种行为都慷慨地赐予我们无法言喻的快乐。这种乐趣就像智慧引发的活动般无法形容，因为活动产生的现象并不是我们外在的感官能够体验得到的。于是我们常常不得已用现实中的事物来类比精神上的神奇体验。这种快乐就像是在清澈的湖泊中游泳，四周是悬崖、树木和鲜花。你独自一人，被微风轻轻拂过。然而，那些愚钝的人在这样的场景中体会到的幸福感，和我体验到的精神快乐相比，简直不值一提。我的灵魂沐浴在我也不知道是从哪里来的辉光之中，我听到仿佛神启一般的可怕的、混乱的声音，我活跃的脑海中流淌过一幅幅不知源头何处的画面。弄明白人类抽象观念领域中的一个概念，就像是看到清晨太阳升起，越升越高，更妙的是，它还能像孩子那样成长、发育、慢慢成熟。这种快乐高于一切尘世的快乐，甚至可以说是神圣的。求知使得我们身边的一切都变得拥有魔力。那张我在上面书写的破旧桌子，铺在桌上的棕色羊皮，我的钢琴、床铺、扶手椅，还有家里古怪的墙纸，以及我的家具，所有这些东西都像是活了过来，成了我谦逊的朋友，沉默的助手，同我一起谋求前程。有多少次，我凝视着他们，同他们分享我的精神世界，而且，往往是在我的目光游离到家具上那歪歪扭扭的线脚时，我的研究便有了新的进展，或是找到了明显的证据，能够支持我的理论体系，或是找到了精妙的词汇，能够阐明那几乎无法用语言表达的思考。因为我长久注视着身边的器物，我发现它们纷纷拥有了自己的面孔和性格。它们还经常对我说话。如果屋顶上的落日偷偷将余晖洒入我狭窄的窗户，这些器物就会染上其他颜色，变黯淡，变明亮，变得忧郁，变得愉快，而我总会因为它们呈现出的新面貌而惊诧不已。这些在离群索居的生活中偶然发生的微末小事，世人对它们毫不关心，却是囚徒的慰藉。我岂非正是概念的俘虏，理论的囚徒，却靠着未来能过荣耀日子的愿景撑下去！

"每每攻克一个难点，我便幻想亲吻佳人的柔荑。她有双漂亮的眼睛，优雅又富有。总有一天，她会轻抚着我的头发，怜悯地对我说：'可怜的天使，你真是受苦了！'我着手创作的是两部巨著。其中有一出喜剧。要不了多少日子，它就会为我带来名声、财富和一张回归社会的入场券，并能在其中行使属于天才人物的堪比帝王的权力。你们会在这本著作中读到，刚刚离开学校的青年犯下的第一个错误，真正是孩子才有的幼稚行为。你们的调笑使丰沛的幻想破灭，从此之后再无复苏的可能。而只有你，我亲爱的爱弥尔，宽慰过我，减轻了其他人对我的心灵造成的深切伤害！只有你欣赏我写的《意志论》，为了这本长篇巨著，我付出了大部分的时间，学习了好几门东方的语言，还学了解剖学和生理学。如果我没弄错，这部作品能补足梅斯梅尔[1]、拉瓦特尔[2]、加尔[3]和比夏的理论，为人类的科学探索出新的道路。我的美好生活就此截止，我牺牲掉了每一个日子。这份如同春蚕般消耗自我的工作还不为世人所知，而对其唯一的补偿恐怕就只有它本身。从我晓事以来，直到完成我的理论的那一天，我马不停蹄地观察、学习、写作、阅读，我的生活就像是一份课外被罚写的做不完的作业。

---

[1] 弗兰兹·安东·梅斯梅尔(Franz Anton Mesmer，1734—1815)，德国生理学家、物理学家，是动物磁场的创始人。

[2] 约翰·卡斯帕尔·拉瓦特尔（Johann Kaspar Lavater，1741—1801），瑞士哲学家、诗人、神学家。

[3] 弗兰兹·约瑟夫·加尔（Franz Joseph Gall，1758—1828），德国生理学家。

"虽然我生性柔婉，东方式的安逸生活正合我的性子，梦想着得到爱情，情欲旺盛，但我还是不停地工作，拒绝体验巴黎生活的醉生梦死。我本是个美食家，但在饮食上却朴素克制；我本来喜欢在海上航行、旅行，想多造访几个国家，并仍像孩子似的能体会打水漂的乐趣，但我始终枯坐着，手握鹅毛笔；我本来喜爱说话，现在却在图书馆和博物馆安静地听着教授的公开讲座。我睡在破旧的单人床上，就像遵守圣伯鲁瓦派戒律的修士，女人成了我仅剩的幻想，我想爱抚她，她却总是逃走！总之，我的生活变成了个残酷的矛盾体，一个永恒的谎言。照此推想，人类又会是怎样的呢？！

"偶尔，我的本性突然苏醒，如同酝酿已久的火灾爆发。我，这个失去了所有渴望的女人的人，这个一无所有、住在艺术家才住的阁楼之上的人，像是看到了海市蜃楼，也像是得了黄热病产生幻觉，见到自己被迷人的情妇们包围着！我坐着豪华的车马，躺在柔软的垫子上，跑过巴黎的街道！我被恶习腐蚀，投身奢靡无度的宴饮之中，什么都想要，什么都拥有。到了最后，即便不喝酒，也不省人事，就像被诱惑的圣安东尼[1]。幸好睡眠最终熄灭了这些毁灭性的幻象；第二天科学又会笑着将我唤醒，而我会对它保持忠诚。我想，这种情况会出现在我们身上，我们这些男人身上，大概那传言中洁身自好的女人，也常常深陷这由疯狂、欲望和激情构成的漩涡。这样的幻梦也并非毫无妙趣，它们难道不是很像冬夜里的闲聊，从壁炉边开始，一直漫谈到中国吗？然而经过一次次这种美妙的旅行，思想不受任何限制，品德又会变

---

[1] 罗马帝国时期的埃及基督徒。是基督徒隐修生活的先驱，他在隐修之时数度接受诱惑的挑战。

成什么样呢?

"在我隐居的前十个月中,我就过着我向你描述的这种清贫又孤独的生活。趁着一大早,在没人看见的时候,我便亲自去采买当天的食物。我收拾好房间,既当主人,又做仆人,我抱着令人难以置信的自尊心,过着第欧根尼[1]式的生活。然而就在这段时间中,女店主和她的女儿观察了我的生活轨迹和习惯,研究了我的身份,也知道了我很穷困,可能是因为她们自身也很不幸,所以不可避免地,我们搭上了关系。

"波利娜是位迷人的少女,她身上纯真而神秘的美,在某种程度上牵引着我。她帮了我一些忙,我都无法拒绝。所有不幸的人都是相似的,她们有共同的语言,也都同样慷慨。她们一无所有,只能大方挥洒着她们的情感、时间,甚至她们自己。渐渐地,波利娜成了我房间的主人,为我忙里忙外,而她的母亲也不反对她这么做。我还看到她母亲亲手为我缝衣服。然而被我撞见后,她却为自己的善意举动羞红了脸。虽然我并没有请求过,但她们却成了我的保护人,我也接受了她们的帮助。想要理解这种特别的情感,须得先了解那些靠思想生活的人,工作起来是多么狂热,他完全被思考所占据,本能地厌烦物质生活中的琐事。当波利娜发现我已经七八个小时没吃东西时,她会轻手轻脚地将我的粗茶淡饭端过来。我难道能拒绝这样无微不至的关怀吗?她带着女人的优雅和孩童的质朴,对着我微笑,朝我比画,让我别看她。她简直就是偷偷溜进我房间的阿里埃尔[2],像个精灵!而且她还能预

---

[1] 古希腊哲学家(约公元前 412 年—前 324 年),犬儒学派的代表人物。他号召人们恢复简朴自然的理想状态生活。

[2] 是莎士比亚戏剧《暴风雨》中一个空气般的精灵。

知我的需求。一天晚上，波利娜以惊人的坦率，向我讲述了她的故事。她的父亲是帝国皇家卫队骑兵队的队长。在渡过别列津纳河 [1] 时，被哥萨克骑兵俘虏了。后来，当拿破仑提出交换俘虏时，俄国当局并没有在西伯利亚找到他。照其他俘虏所说，他逃跑了，并计划去印度。直到现在，我的房东戈丹夫人仍旧没收到她丈夫的任何消息。1814 年和 1815 年那两年的动荡又紧随而至。她孤苦无依，既没有收入，也领不到救济，只好决定经营配备家具的旅馆来养活自己和女儿。她一直盼着丈夫回来。对她来说，让她发愁的事情中最残酷的莫过于不能让波利娜继续受教育。她的波利娜，是博尔盖塞公主 [2] 的教女，她理应获得她的皇室保护人向她许诺的美好未来。当戈丹夫人向我倾诉这快要将她杀死的锥心之痛时，她用令人心碎的口吻对我说：'谁要是能让波利娜在圣丹尼斯学校读书，我愿意献出那张册封戈丹为法兰西帝国公爵的一纸空文，以及我们在维其诺封地的产权！' 听到之后我马上抖了一下，为了报答这两个女人慷慨施予我的照顾，我提出由我来帮波利娜完成教育。我毫无私心地提出建议，而她们也率真不疑地接受了。

"于是从此我便有了休息的时间。女孩天资聪颖，学东西很快，隔了不久，她的钢琴就弹得比我好了。她逐渐习惯在我面前大胆地表达思想。就像一朵花的花萼在阳光的照射下慢慢展开，她的那颗心也渐渐向生活敞开，展露出娇俏可爱来。她沉静而愉悦地听我讲课，她那双天鹅绒般的黑色眸子含着笑意停留在我身上。她上课的时候，语调轻轻柔柔。如果我称赞了她，她就会表现得

---

[1] 别列津纳河战役，1812 年，拿破仑指挥法军撤退时，曾在渡过别列津纳河时，遭遇俄军袭击，并败退。

[2] 波利娜·波拿巴(Pauline Bonaparte，1780—1825)，拿破仑的妹妹，曾被册封为帝国公主。

像孩子般快乐。她的母亲，看着从小是个美人胚子的女儿出落得越发漂亮，一天比一天忧虑，要防着像她这样的女孩可能遇到的一切危险。她看到女儿现在整日都关在家里学习，很是欣慰。除了我的钢琴，她没有别的琴能用，所以我离开的时候，她就抓紧时间练习。当我回到家，发现她正在我房间中。虽然她的衣着十分朴素，但只要稍稍一动，就能显出粗糙布料下的柔软腰身和迷人曲线。在那双脏污的鞋子里，她的脚精致小巧，就像童话故事《驴皮公主》[1]里的主人公似的。然而我好像无福消受这俏丽的珍宝，这如同财富的年轻女孩，这如同奢侈品般的美貌。我已下定决心，只将波利娜当妹妹看。要是辜负了她母亲对我的信任，我会羞愧难当。我将这迷人的少女当作一幅画来欣赏，就像欣赏已逝情人的肖像画。总之，她是我的孩子，是我的雕塑作品。我是新的皮格马利翁[2]，想要将一位生动鲜活、容貌艳丽、善于感受，又能言会道的处女，变成一尊大理石雕像。我对她相当严格，但我越是表现得威严和说一不二，她就越是温和顺从。光是出于某种高贵的情感，就足以让我保持克制和禁欲了，更不用说我还是诉讼代理人，足够理智。在我的理解中，如果不是思想足够纯洁，是无法保持清廉的。

"在我看来，辜负女人和使她破产是同样一回事。爱上一个年轻女孩，或是让她爱你，就像是真的签下一份契约，需要切实履行其中的条款。我们能够抛弃出卖自己的女人，但不能抛弃献出自己的女孩，因为她根本不计自己做了什么样的牺牲。所以，

---

[1] 出自查理·佩罗的童话集。
[2] 古希腊神话中的塞浦路斯国王，他把全部的精力、全部的热情、全部的爱恋都用来雕刻一尊象牙少女像，最后感动了美神，美神赐予雕塑生命，并让他们结为夫妻。

如果和波利娜在一起，我就得娶了她，但这么做太疯狂了，这不是将一个温柔而贞洁的灵魂投入无边的苦海中去吗？我的贫穷自私地发表着它的意见，总是将它的铁腕横在我和这个漂亮的尤物之间。而且，我要羞愧地承认，在穷困潦倒之中我是无法产生爱情的。或许，被称为文明的人类疾病，使得我堕落。一个女人，哪怕她如美丽的海伦[1]、荷马的嘉拉缇娅[2]那么动人，但只要她沾上一丝污迹，就无法撩动我的感官半分。

"啊！为裹着绫罗绸缎、铺着羊绒织物，被种种奢侈之物包围的爱情高呼吧！它被这些东西装点得精美绝伦，或许它本身就是一种奢侈品。我喜欢在欲海之中揉皱漂亮的衣服，折断娇花，再将肆意破坏的手放在散发着芬芳的优雅高髻之上，弄乱它。掩藏在花边面纱之下的双眼含情脉脉，那目光如撕碎炮火浓烟的火焰，穿透面纱而来，给我带来妙不可言的诱惑。我的爱情需要丝绸做的软梯，以便我在冬夜里悄悄爬进爱人的闺房。披着满身风雪，进入被香薰蜡烛照亮、到处铺着彩色丝绸的屋子，然后在那里找到也在抖落身上白雪的女人，该是多么快乐啊！难道她身上那透着淫逸的轻薄白纱，除了白雪，还有更好的譬喻吗？她的身躯在白纱之下隐约可见，仿佛是被云层包裹的天使，正要破云而出。而且，我正好需要惊心动魄的幸福，和冒失行事带来的安全感。总之，我希望再见到这个神秘又夺目的女人时，是在人群之中。她端庄贞洁，身旁的人纷纷向她致敬。她衣着华丽，浑身珠光宝气，向整个城市的人颁布命令。她位高权重，没有人敢向她吐露自己的爱慕。然而在她的宫殿之中，她却向我暗送秋波，这个眼

---

[1] 古希腊神话中人间最美的女人，曾经因为争夺她，爆发了特洛伊之战。
[2] 古希腊神话中的涅瑞伊得斯（海中神女）之一。

113

神揭穿了她的所有伪装，为了这个眼神，我愿意牺牲掉整个世界和全部人类！当然，我无数遍地反思，如果我爱的是几尺生丝编织的花边、丝绒织物、精细的亚麻布，或是理发师高高梳起的发髻，蜡烛、马车、封号以及绘制玻璃的匠人涂描过、由金银匠打造的带纹章的头冠。总之，如果我爱的是一切女性的装饰，而非女性本身，那不是太可笑了吗？我嘲笑过自己，劝说自己理智，但一切都是徒劳。

"贵族女人那精明的笑容、出尘的风姿和自矜自重的仪态都吸引着我。当她在她和世界之间设置屏障时，她将会满足我所有的虚荣心，这便几乎是爱情的一半了。众人越是嫉妒，我便觉得这种幸福越有滋味。如果我的情人不做别的女人都要做的事情，不像她们那样出门需要走路，不像她们那样生活，穿着她们无法拥有的衣服，呼吸着专为她调制的香氛，我就越是爱她。她越是远离尘世，便越合我的眼，虽然这份爱情中有世俗的成分。还好，我们法国已经二十多年没有皇后了，不然我肯定会爱上她！女人若要拥有王妃般的仪态，就得富有。在我这种疯癫的幻想面前，波利娜算得了什么呢？她能给我值得付出生命的良夜吗？她能让我押上全部理智，乃至牺牲掉理智吗？我们鲜少为了主动献身的贫穷女孩而死！我决计不愿丢掉这种属于诗人的情感和幻梦。我是为不切实际的爱情而生的，或许碰巧了，我就能有出乎意料的收获！不知有多少次，我恨不得将缎鞋套上波利娜小巧的双脚，用薄纱裹紧她那如小杨树般修长的身躯，在她的胸口盖上一条轻薄的披巾，带她走过旅馆的地毯，坐上豪华的马车。我想这样来爱她。我想给她她从未拥有过的骄矜，剥夺她所有的美德，剥夺她天真的优雅、质朴的诱人和率真的笑容，将她投入由人们的恶习汇成的斯提克斯河[1]，让她的心灵变得冷漠无情，用罪恶为她涂脂抹粉，将她变为我们沙龙中那种骄纵的漂亮玩偶，变成清晨入睡，才好在夜晚、在蜡烛燃起之时重生的纤弱女人。她的情感丰富，形容鲜嫩，我想让她变得干瘪而冷漠。在我最后的疯狂日子里，记忆将波利娜推到了我眼前，就像它为我们绘出一幕幕孩提时代的场景那样。不止一次，我呆呆坐着，想着那些甜蜜的时刻，内心翻江倒海。有时候，我再次看见她坐在我的桌子边上，温和安静，忙着缝缝补补，日光透过我的老虎窗，落在她身上，将她微微照亮，给她乌黑亮丽的秀发镶上淡淡银辉。有时候，我听见她年轻的笑声，听见她用动人的音色唱出一段悠扬的旋律，她毫不费力就能编出一段来。她在弹奏的时候，总是兴致高昂，那时候，她的面孔就会和卡洛·多尔奇[2]想要用来代表意大利的高贵肖像画惊人地相似。我的记忆，越过我人生中种种放纵的行为，将她推给我，仿佛她是德行的化身，象征着我内心的悔愧！不过，还是让这可怜的女孩听从她命运的安排吧！不管她将来要遭遇怎样的不幸，至少我能让她躲过一场恐怖的暴风雨，别将她拖入我的地狱之中！

"直到去年冬天，我都过着平静而学术的生活，这段日子，我就不跟你详尽地描述了。在 1829 年 12 月初，我遇见了拉斯蒂涅。虽然我衣着寒碜，他还是挽起了我的胳膊，像是真正的兄弟一样，问起我的境况。我被他亲密的行为感染，向他大致讲了讲我最近的生活和我的期待。他笑起来，觉得我又像是天才，又像是傻子。他夸夸其谈，通晓世故，由于精明能干而身家丰厚，理所当然地，我备受触动。他对我说，我会死在救济院，像个傻

---

[1] 古希腊神话中的冥河。

[2] 卡洛·多尔奇（Carlo Dolci, 1616—1686），意大利画家。

子一样默默无闻，没人给我送葬，我会被扔进穷人的乱葬岗中。他跟我聊起了江湖骗术。他向我说明，所有的天才人物都是招摇撞骗之人，他的殷勤热切使他显得更加动人。他对我宣称，如果我仍旧独自一人待在制绳街，我会因此丧失一种感官，甚至丧命。照他看来，我得融入社会，机灵地为自己打算，让大家习惯叫我的名字，而且从我自己开始，就要把名字前面那个谦恭的'先生'二字去掉，因为对于伟大的人物来说，在他活着的时候，'先生'就已不够适合了。

"他喊道，'蠢货将这种行径称为阴谋诡计，道德高尚的人排斥它，称它是浪费生命。但我们不能只听别人的话，得从结果看问题。比如你，你在工作，结果呢！你什么都没得到。而我，我对什么都无所谓，懒得像只龙虾，结果呢！我什么都有了。我朋友遍地，出尽风头，哪儿都有我的一席之地。是因为我吹牛吗？是因为别人都信我。亲爱的，挥霍是种政治手段。那些忙着挥霍财产的人，其实是将他们的生活变成了精明的投资。他们将资本投在朋友、享乐、保护人和关系网上面。大宗货品商人有一百万，会干吗？他肯定二十年都睡不着、喝不下，活得没滋没味。他看顾着他的百万家财，为了它在欧洲四处奔波。然后他便厌倦了，屈服于人类创出的各种妖魔鬼怪。再然后，他就破产了，清算下来身无分文，没有名气，也没有朋友。而那些挥霍无度的人，策马奔腾，活得有滋有味。就算一不小心破了产，他还有机会被任命为总税务官或是得到一桩殷实的姻缘，又或是成为某位部长或是大使的随行人员。他还有朋友，有名声，而且往往仍旧有钱。他人情练达，并善于运用人情为自己谋福利。你觉得，是这条路子行得通，还是我是个疯子？这难道不是从世上每天都

在上演的喜剧中得出的教训吗？'

"'你完成了你的作品。'他停了一会儿又说道，'你可真是太有才了！好啦好啦！你已经到了该出发的时候了。现在你得自己去追求成功。你要去找人结盟，组成小团体，让那些好吹捧的人吹捧你。至于我，我也想为你的成功出一半的力：我将会是那个珠宝商，将钻石镶在你的王冠上。'

"他说：'那明天傍晚，我们就从这里开始。我要带你去个地方，全巴黎的人都会去，我是说像我们这样的巴黎人，漂亮的、有钱的、出名的。那些人谈论起金钱来，就如同金口约翰[1]。要是他们认可了一本书，那这本书马上就会流行起来。如果书是真好，就算读不懂，他们也会给它颁发天才证书。我亲爱的孩子，如果你确实有头脑，你就应该更懂有关财富的理念，这样才能靠自己将你的理念变为财富。明天晚上，你将会见到美丽的费多拉伯爵夫人。她可是当今最受欢迎的女人。'

"'我从来没听说过。'

"'你可真是个乡下人。'拉斯蒂涅笑着说，'居然连费多拉都不知道！她拥有八万法郎的年金，却还没嫁人，她谁都看不上，或者说谁都要不起她！她是个有一半俄罗斯血统的巴黎人，也是一半巴黎血统的俄罗斯人，她可真是一个女性难题！所有尚未正式出版的浪漫作品，全都在她家中得到了发表，她是全巴黎最美丽、最优雅的女人！你不是乡下人，你是介于乡下人和畜生之间的蠢货。再会，明天见！'他原地一个转身，不等我回答便消失了。他默认，一个尚存理智的男人是不可能拒绝被介绍给费多拉的机会的。该怎么解释一个名字带来的吸引力呢？'费多拉'这个名

---

[1] 圣约翰·克里索斯托（347—407），东罗马帝国时代的基督教大主教，以雄辩著称。

字挥之不去，就像是那些坏念头，我们总是想要向它妥协。有个声音对我说：'你会去费多拉家的。'我无力和这声音对抗，没法和它对喊，说它在撒谎。它用'费多拉'这个名字摧毁了我所有的理智。而且，这个名字，这个女人，难道不就是我所有欲望的象征，是我生活的目标吗？这个名字让那些描写凡尘俗世的华丽诗句再度浮现出来，让巴黎上流的欢宴和虚荣之物的浮华更为耀眼。这个女人，带着那些曾让我狂乱失度的情欲出现在我面前。或许，不是这女人和这名字的问题。是我所有潜伏在内心中的恶念又挺立起来，想要重新诱惑我。费多拉伯爵夫人，富有又独身，还拒绝了巴黎的种种诱惑，这不正是我的希望、我的幻想的化身吗？我为自己创造出这样一个女人，在脑海中勾画她的形象，幻想着她。我整夜都没睡着，幻想着成为她的情人，在短短几个小时中度过了一生——作为她恋人的一生。我品尝到了醇厚而炽烈的欢愉。第二天，等着夜晚降临的漫长白昼于我仿佛一场酷刑，我实在无法忍受，于是借了本小说。我整个白天都在读书，这样既能让我不去思考，也不会计算时间。

"我读书时，'费多拉'这个名字在我耳畔回响。就像那种从远方传来的声响，虽然能被听到，但不会打搅人。幸好，我还剩下一套体面的衣服，黑色外套，白色衬衣。在我全部财产中，我还剩下三十法郎。我将它们散乱地放在我的衣物和抽屉中，以防我心血来潮地花钱。要想找到这些面值五法郎的银币，需要跨过我设置的荆棘密布的屏障。而且，我在房间中航游时，还能意外发现财富。在我更衣的时候，我便在浩如烟海的纸堆中寻找我的宝藏。所剩钱币的稀少或许能让你猜到，我的手套和租来的破马车花了我一大笔钱。它们耗掉了我一个月的面包钱。哎呀！我们为自己想要的东西花钱从不手软，我们只会在那些有用和必需的东西上锱铢必较。我们将金币扔给舞蹈家，眉头都不会皱一下；却和工人讨价还价，而他的饥肠辘辘的家人正等着这笔早就说好了的酬金。有多少人穿着值一百法郎的衣服，在拐杖顶端装着宝石球饰，却吃着只值二十五个苏的一餐！看上去，我们为了获得虚荣带来的快乐，从不计较付出多么昂贵的代价。

"拉斯蒂涅如约出现。他看到我的新形象，笑了起来，还打趣了我一番。不过，在前往伯爵夫人家的路上，他还是给了我许多善意的忠告，告诉我见到伯爵夫人，应该怎样言行。他向我描绘了她的吝啬、自负和多疑。她吝啬但又好排场，自负但实则天真，多疑但又轻信。

"'你知道我是有婚约的，'他对我说，'而且你也明白，如果我移情别恋，要付出多么惨重的代价！我看费多拉时，绝不含别的心思，甚至可以说是冷漠无情的，所以我的评价肯定是公允的。我想将你介绍给她，完全是为了你的前途考虑，你一定要好好听我跟你说的话。她记忆力非凡，机智灵巧，连外交官都及不上她。她能猜到一个人会在什么时候说真话。我悄悄跟你说，我觉得她的婚姻是没有得到皇帝承认的。因为我曾跟俄国的大使提到过她，他听到后便笑了起来。他没有专门接见她，在树林中遇见她时，也只是稍稍打了个招呼。不过，她是塞里希夫人那个圈子的人，常常出入纽沁根 [1] 夫人和雷丝陶德夫人的府邸。在法国，她的名声还是完好无损的。卡里利亚诺公爵夫人，就是那位在整个波拿巴圈子中最正经的元帅夫人，在气候宜人的时候，经常和她一道

---

[1] 巴尔扎克的人间喜剧中《纽沁根银行》讲述了纽沁根通过三次假破产、假清理，杀人不见血地掠夺了千家万户的财产，成为法国首屈一指的金融巨头。

去她的庄园做客。有许多和她背景相当的年轻人，自命不凡，妄图用个名分就换来她的财产，全都被她礼貌地打发走了。或许，是她的自尊心让她只能接受伯爵以上的头衔！你不是侯爵吗？如果喜欢她，你只管大胆追求就好。这些就是我给你的忠告了。'

"这个笑话让我觉得拉斯蒂涅是为了逗趣，以及勾起我的好奇心。这样一来，当我们在装点着鲜花的柱廊前停下时，我突然涌起的热情便已攀升至顶峰。我们走上铺着地毯的宽阔楼梯，我发现这里的每处细节都极为考究，有一种英国式的舒适。我的心跳加重，脸也红了，我的身份、情感、为之骄傲的东西都和这里格格不入，我就是个冒着傻气的小市民。哎哟！我从一间阁楼出来，过了三年的苦日子，日常的拮据让我不知道如何运用这笔获得的财富，这笔能在一瞬间让人发家致富的丰厚的智慧资本。就在这瞬间，权力掉入了你的手中，而且没有将你毁掉，因为你曾做过的功课，已经提前让你懂得了如何进行政治斗争。

"我见到了一位约莫二十二岁的女人，中等身材，穿着白色衣服，懒洋洋地睡在一张长沙发上，一只手里握着鹅毛扇，被一群男人包围着。她看见拉斯蒂涅进屋，便起身朝我们走来，露出优雅的笑容，还对我说了句恭维话，一听就很刻意，但声音悦耳动听。我们的朋友介绍我时，将我形容得才华横溢，他说话机敏，言辞夸张，为我引来一阵奉承和欢迎。我一时成了众人注意力的焦点，不由得有些羞愧。不过还好拉斯蒂涅也介绍过我的谦逊。我在那儿见到了许多学者、作家、前任阁臣，以及法国贵族院议员。我到了之后，没过多久，聚会上的谈话又回到了原本的轨道。我镇定下来，感到自己需要维持之前得到的名声。每次轮到我说话的时候，我绝不浪费得到的话语权，尽可能言简意赅地总结众人的探讨，言辞尽量精辟、深刻、风趣。我引起了众人的赞叹。就像拉斯蒂涅人生中无数次发生过的那样，他又成了预言家。当人越来越多，于是人们便有了自由活动的机会。我的介绍人和我挽着胳膊，到各个房间闲逛。

"'别表现出被那位公主惊艳到的样子。'他对我说，'她会猜到你前来拜访的真实目的。'

"屋子里的摆设都十分有品位。我在房子里见到许多幅贵重的名画。就像在最富裕的英国人的家中，每个房间都有独特的风格。绸缎帷幔、装饰品、家具样式，甚至是细节的装点，都要统一于一种概念之下，整体协调。一间哥特风梳妆室的门掩映在绒绣门帘之下，客厅里，不管是框饰、挂钟，还是地毯上的花纹，全都是哥特风格的。棕色的雕花平顶搁栅让人一眼看上去，就觉得既雅致、又有新意。细木护壁板被制作得很有艺术感。没有一样东西破坏了这精致装修的整体和谐，就连窗子的玻璃也是彩绘的，十分贵重。当我看到一间现代风的小客厅时，我被它的装修震惊了。我不知道是哪位艺术家，将我们的装饰艺术全用在这上面了。小客厅看上去的整体调性是那么轻盈、清爽、柔和，没有绚丽的光彩，即便装点着金箔，也十分素雅。它就像一首德国的叙事诗，多情又缥缈。这间小屋真正是为了一场发生在1827年的情事而建的，花园中栽满了珍奇的鲜花，花香浸染了整个房间。离开这间小客厅之后，我看到它隔壁是一间金碧辉煌的屋子，它重现了路易十四时代的品位，和我们当下追捧的调子完全不同。两间房在一起，制造出了一种怪异却讨喜的对比。

"'你将来会住得相当舒服。'拉斯蒂涅笑着对我说，他的笑容中带着一点嘲弄。'这还不够诱人吗？'他补充道，边说边坐了下来。突然间，他又站了起来，拉住我的手，将我带到了一间卧室，指给我看在平纹织布和白色云纹绸制成的床帐下，一张被灯光微微照亮、勾起人万千欲念的床榻，这真是一张正待嫁给天才的年轻仙女的床榻。

"'你瞧，'他压低了声音，对我说道，'放任我们欣赏这张爱欲的宝座，难道不是太过不知羞耻、肆无忌惮，刻意卖弄风情了吗？她不向任何人献身，却让所有人都有机会将自己的名片放在这张床上！我要是还个自由身，真想看到这女人拜倒在我门下哭泣的样子。'

"'所以你真的这么确信她的贞洁吗？'

"'我们中最大胆甚至是最精明的高手，都承认引诱她失败，但依然喜爱她，成了她忠诚的朋友。这个女人难道不是个谜吗？'

"听了他的一席话，我如痴如醉，甚至已经开始嫉妒，担心过去发生的那些事。我兴奋得直哆嗦，急忙向我之前和她分开的那个厅堂走去，半途在那间哥特风的梳妆室遇到了她。她朝我一笑，招呼我过去。她让我坐在她的身边，询问我的工作进展，表现得极其感兴趣。而我也特地为了她，将我的理论用玩笑话讲出来，而不是像个教授似的，一本正经地只想把话讲明白。我告诉她，人的意志是一种现实存在的力量，就像水蒸气。只要人能够将它集中起来，学会从整体上支配控制它，再将这巨量的流动能量源源不断地注入灵魂之中，那么在精神世界里，便没什么能够抵抗这种力量。能做到这点的人就能随心所欲地改变和人类有关的一切事物，甚至是那些最为坚实、难以撼动的自然规律。当她听明白我说的这些之后，看上去开心极了。从她提出的反对意见来看，我意识到其实她颇为聪慧。为了讨她欢心，我乐意多让她占一会儿理，然后才用一句话，推翻了她的妇人之见。我将她的注意力引到每天都要做的一件事上，那便是睡眠。睡眠表面上再平凡不过，往深处想就会发现许多智者都无法解决的问题。我勾起了她的好奇。她甚至还沉默了一会儿。我这时便跟她讲，我们的观念都是有序的、完整的实存，它们存在一个看不见的世界之中，但却会影响我们的命运。我援引了笛卡尔、狄德罗和拿破仑的思想，作为论据。这些人的思想曾经引领过，或是正引领着整个时代的潮流。

　　"我很荣幸能够让她开心。她跟我告别的时候邀请我再来见她。若是按照宫廷的话术来理解，这便是给了我通行证。如果不是我像往常一样，将客套话当作了真心诚意的邀请，这可真是我的好习惯；那就是她认为我将会成为名流，有意在自己圈养学者的栅栏中再添一人。我觉得我已博得了她的欢心。我调动了自己关于生理学的所有知识以及之前做过的所有学问，将它们全都用在了这个女人身上。今夜我巨细靡遗地观察了她的性格和行为举止。我藏在一处窗洞后，观察着她的一举一动，看着宅邸女主人都使了怎样的手腕，看她迎来送往，看她落座、聊天、叫住一个男人、询问他，然后倚靠在门框上听他发表议论。我从这些观察之中，窥探着她的想法。我注意到她行动利落，脚步却十分轻盈，裙摆起伏都妩媚多姿。她轻描淡写地便唤起人的欲望，这让我不禁怀疑起她的贞操来。就算今时今日的费多拉不接受爱情，那她曾经也肯定是热烈的。光是她在跟人说话时的站姿，都流露出一种得心应手的风流来。她风情万种地撑在护壁板上，像是要摔倒，又像是如果收到过于露骨的眼光、让她感到难为情，便要逃跑。她的双臂柔软地叠抱在胸前，她像是在呼吸着他人的话语，她的目光中透露出倾听的专注，让人感到亲切，整个人都散发着爱情的气息。她那生气勃勃的白皙脸庞更衬得红唇娇艳，她有一双橘色的眼睛，瞳孔中的脉络可见，就像是佛罗伦萨云石，棕色的秀发和眼睛相互映衬。这双眼睛中流露的神情让她的话语听上去更加精妙。她的胸衣纹饰雅致，更让人浮想联翩。她的情敌或许会苛刻地评价她的眉毛太粗太浓，显得过于强硬，而且两条眉毛仿佛要连在一起；又或是挑剔说，沿着她的脸部轮廓，能看到一圈微不可见的汗毛。然而爱情就写在她那意大利式的眼睑和堪比断臂维纳斯[1]的肩部线条之上，写在她的轮廓，以及那略有些厚、有些突出的上唇上。

"这个女人本身就是一部传奇：她富有女性魅力，身上所有的线条都流畅和谐，丰腴的身体像是在承诺着热烈的情欲，然而她又总是保持着矜持，拥有无人可及的端庄，使她变得温和。可她表现出来的特质，又和矜持端庄形成了鲜明的对比。只有像我一样仔细观察，慧眼如炬，才能在她的本质之中发现这些迹象，看出她是天生的性感尤物。为了将我的思考表述得更加清楚，可以说她身上同时存在着两个女人，或许是从胸部分开来的：从脸到胸口，她是多情的；而剩下的部分，都属于那个冷漠无情的女人。当她准备将目光落在某个男人身上时，她会先调度好眼神，那一刻在她身上像是发生了难以言表的神奇变化。你或许可以这么想象，在她那炯炯有神的眼睛中暗流涌动。总之，要么是因为我的科学知识掌握得不够，在精神世界中，还有许多秘密等我去挖掘；要么就是女伯爵拥有美妙的灵魂，富有情感，能感染外物，于是将魅力赋予了她的容貌，使我们折服、入迷。这完全是一种精神

[1] 在米洛岛发现的断臂维纳斯雕像。

的力量，当它和我们感受到的情欲相配合时，更是尤其强大。

"我被这个女人迷住了，沉醉在她的豪奢中，高高兴兴地离开了。我心中那些高尚的、恶毒的、善良的、邪恶的念头，全被勾起来了。我感到激动、兴奋，充满活力，我明白了是什么样的魔力，才引得这些艺术家、外交官、权贵，还有满身铜臭、将自己打扮得像是钱柜的投机商纷至沓来。毫无疑问，他们是来她身边寻找狂热情感的，正是这种情感，让维持我生命的一切力量都在震颤，让流淌在我最纤细的血管中的血液都在沸腾，刺激着我大脑里最细小的神经，让它战栗！她不委身任何人，是为了让所有人都流连在她身边。谁也不爱的女人才最是活色生香。

"出来后，我对拉斯蒂涅说：'她或许曾经嫁给过，或是把自己出卖给过一个老头，她对第一次婚姻的记忆让她恐惧爱情。'

"我要从费多拉住的位于市郊的圣奥诺雷大街走回家。她的府邸距离制绳街，几乎隔着整个巴黎，当时天还很冷，但我依然觉得路程很近。我准备在这个冬天，这样一个严酷的冬天里征服费多拉，尽管我身上只有不到三十法郎，尽管我和她之间有如云泥！只有贫穷的年轻男人才知道恋爱带来多大的开销，马车、手套、外套、衬衣，诸如此类的东西都得要钱。柏拉图式的恋爱维持太久，是一定会完蛋的。事实上，在法学院里，有许多洛赞公爵[1]，他们根本不可能获得上层女人的爱情。我，纤细孱弱、穿着寒碜，脸色苍白憔悴得像是刚完成作品、正在休养中的艺术家，该如何去和那些满头卷发，漂漂亮亮，领结打得一丝不苟，连克

---

[1] 洛赞公爵（count and duke de Lauzun，1633—1723）。历史上最伟大和富有的女继承人安妮·玛丽·路易丝·德·奥尔良爱上了贫穷贵族洛赞公爵，当她向法国国王路易十四请求与洛赞公爵结婚时，遭到了反对。是以巴尔扎克在这里将贫穷的学生称为洛赞公爵。

罗地亚人看了都只能叹服，还很富有，乘着双轮马车，盛气凌人的青年们竞争呢？

"'罢了！要么得到费多拉，要么去死！'我在一座桥的转角处喊道，'费多拉，得到她就是得到财富！'

"那间精致的哥特风梳妆室和路易十四时期风格的屋子从我眼前闪过。我又仿佛看见了身穿白裙的伯爵夫人，看见了她那优美的广袖，诱人的步态和勾人的身材。当我回到家徒四壁，像自然主义者的头发一样疏于打理的冰冷阁楼时，我还沉浸在有关费多拉的奢华景象之中。这种对比是邪恶的提议，罪行就于此滋生。于是我气得浑身发抖，咒骂我正直而诚实的贫穷，还有这间催生了诸多思想的、肥沃的阁楼。我诘问上帝、恶魔、社会，我的父亲，乃至全宇宙，为何我的命运会这样？为何会这般不幸？我饥肠辘辘地睡下，嘴里咕哝着可笑的诅咒，下定决心要引诱费多拉。这女人的心是最后一张能使我前程似锦的彩票。

"为了能迅速地讲到戏剧化的部分，我便为你略过最初几次去拜访费多拉的情景。我使尽浑身解数，想要打动她的灵魂。我试着在才智方面使她折服，让她因为虚荣心而靠近我。为了让她能真真切切地爱上我，我不断地赞美她，让她更爱自己。我从来不会让她觉得受了冷落。女人不惜代价要获得的感情，我都毫不吝惜地给予她。我宁愿看到她生气，也不想看到她和我待在一起的时候平静冷淡。如果说开始的时候，我被一种坚定的意志和想要被爱的渴望所鼓动，我还能在她面前占据主动，但没过多久，我的情感便爆发了，我无法控制自己，付出了一片真心，迷失了自我，陷入狂热的爱恋中。我不知道，在诗歌和谈话中，我们称作爱情的东西到底是什么；但突然之间在我的双重人格中发展起来的情感，我没有在任何地方见过对它的描绘。我既没有在卢梭那些充满了修辞和华丽辞藻的句子里找到，我或许正住在他曾住过的房子里；也没有在两个世纪以来我们的冰冷的文学概念中找到；也没有在意大利的绘画中找到。但只有布里耶那湖[1]的风景，罗西尼一些乐章的主题，苏尔特元帅[2]收藏的牟利罗的圣母像，莱斯孔巴[3]的书信，奇闻故事集里散落的只言片语，狂热信徒的祷辞和韵文故事的段落，才能使我有身临初恋的神圣境地之感。

"人类的语言，哪怕是借助了对色彩、对大理石的形容，哪怕运用声音和华丽的辞藻，都没办法将这种思想表述出来，没办法将灵魂所感受到的汹涌的、真切的、极致的、迫切的情感表达出来！就是这样！谁跟你谈论艺术，谁就是在说谎。爱情会不停地变幻，直到永远地融进我们的生命，用火焰般的红将我们的生命浸染。这种润物无声的浸染中的秘密，艺术家是无法分析的。就算是个冷静的人，真正的激情也只能用尖叫和恼怒的叹息来表达。在读《克拉丽丝·哈洛》[4]的时候，只有爱得真诚的人才能切身体会洛夫拉斯的怒吼。爱情是一泓清流，从那布满水芹菜、鲜花、沙砾的河床上流出，或成溪流，或成江河，只要流动起来，都会不断变换本质和面貌，最终汇入漫无边际的海洋。在那里，灵智未开的人只会觉得乏味无聊，而伟大的灵魂则会沉入永恒的沉思。这种情感的色彩瞬息万变；这种无形无质的东西千金难求；搜刮尽语言的宝库，也不能形容这些话语的腔调；即使内涵最为丰富的诗歌，

---

[1] 位于法国阿韦龙省的湖泊。

[2] 让·德·迪厄·苏尔特（Jean de Dieu Soult，1769—1851），法国军事首领和政治人物。

[3] 莱斯孔巴是18世纪轰动一时的刑事案件的主角，她曾指使情人谋杀了自己的丈夫。

[4] 英国作家塞缪尔·理查森的作品，洛夫拉斯是其中的一名人物。

也道不尽这些眼神中含着的千言万语。我又怎么敢试图去描述爱情呢？我们不自觉地爱上一个女人，在这样神秘的场景中，无一例外都有一道敞开的深渊，能吞噬人类所有的诗歌。哎！美是一件神秘而可见的事物，我们都缺乏语言来表达它，又怎样才能靠着注释再现灵魂那鲜活、神秘的悸动呢？多么引人沉迷啊！只要专注地凝视她，我便沉浸在难以言表的狂喜之中，不知过去了多少时辰！我到底是因为什么而感到幸福呢？连我自己都不知道。

　　"在这段时间中，只要她的脸庞被光线照亮，她整个人都会熠熠生辉，我不知道该如何定义这种现象；那些给她细腻娇嫩的皮肤镶上金边的细不可察的汗毛，温柔地勾勒出了她秀美的轮廓，就像沐浴在阳光下的远方地平线一样，让我们叹赏。看上去，就像是日光全部汇聚到她身上，轻柔地爱抚她，又像是从她明艳的脸上迸发出比天光更热烈的光线。接着，一道阴影从她温柔的脸上划过，为之笼罩了一层色彩，使她的脸色变化了，神情也有所改变。她那如大理石般光洁的额头上常常流露出思考的痕迹；她笑起来的时候，眼睛红红的，眼皮直跳，脸部的线条变化着。她伶俐的红唇不停动着，张开又合拢。我不知道她的秀发反射的是怎样一种光泽，只要她一说话，就会在她饱满的太阳穴上投下棕黑的阴影。她的美包含的每一处细节，对我来说都是一场全新的视觉盛宴，她流露出的优美，是我的心灵从未见识过的。我想在她的每一种神色当中，都读出一点感情和一丝希望。这种无声的对话，就像回声一样，在两个人的灵魂之间传递，给我带来转瞬的狂喜，留下深刻的印象。她的声音唤起了我种种谵妄的想象，我情难自禁。我不知道自己是在效仿洛林的哪位王子，当她的手指穿过我的头发时，令人酥酥麻麻，我的手就算握着燃烧的空心炭，我怕是也感受不到！她不只是我的倾慕和渴望，她使我疯魔，是我的宿命。常常，当我回到自己的屋檐下，仍然能看见费多拉在她自己家中，我还能模模糊糊地参与她的生活。如果她觉得不舒服，我也难受，我会第二天去跟她说：'您受苦了。'有多少次，她受到我的痴心的召唤，在寂静的深夜里来到我的面前！时而，她又像是一道突然落下的光，打落我的笔，打断正在钻研学问的我，我心怀愧疚地放下手头的学问。而她又摆出了那副我曾经见到过的诱惑姿态，逼着我欣赏她。时而，我亲自走进幻境，来到她的面前，跟她打招呼，好像是在央求她，希望她能再让我听听她银铃般的声音。紧接着，我便会惊醒过来，泪流满面。

"有一天，她本来已经答应同我一起去看戏，可突然间她又任性地拒绝出门，并恳求我让她一个人待着。她前后不一的言行使我沮丧，让我一整天都无法工作。而且，该怎么说出口呢？这还浪费掉了我最后一枚埃居。于是我一个人来到了她本该来的地方，想要看看她之前想看的那出戏。刚刚坐下，我的心就好像被电击了一下。一个声音对我说道：'她在那儿！'我转过身，看见伯爵夫人坐在她位于一层的包厢深处，隐在阴影里。我的目光不再迟疑，第一眼看向她就把她看得清清楚楚。我的灵魂已经飞向了她，就像昆虫飞向鲜花。我的感官是怎么预知到了她的呢？应是来源于内心的战栗。肤浅的人会觉得这种战栗令人心惊，但我们的内在本质所能起到的作用，其实和视觉这种我们习以为常的外在官能是一回事，同样简单。是以我并不觉得吃惊，仅仅感到恼怒。人们对精神力量所知甚少，而我的研究，至少能让我在恋爱中，发现一些鲜活的证据来支持我的理论。我既是学者，又是恋爱中的人，既狂热地崇拜着某个女人，却又喜爱着科学，我不知道怎么说，但确实十分古怪。科学家所喜欢的东西，会让恋人感到失望；而且，当恋人志得意满的时候，常高高兴兴地将科学抛诸脑后。费多拉看到了我，变得严肃起来。我让她不自在了。在第一次幕间休息的时候，我去问候她。她独自一人，我便留了下来。尽管我们从未谈论过爱情，但我预感接下来会得到一个交代。虽然我从未向她吐露过我的秘密，但我们之间存在着某种默契。她总是提前一天，告诉我她计划怎样消遣，然后用一种友好又担忧的语气，询问我第二天是否也会去。当她说了句俏皮话，便会递给我一个征询的眼神，就好像她是专为逗我开心的一样。如果我生气了，她便愈发温柔；如果她发脾气，那么我就有特权去质问她生气的原因；若是我犯了错，则要央求她很久，才能得到原谅。我们在这些别扭中尝到了情趣，其中的爱意满溢。她于其中张扬着她的娇美，卖弄着她的风情，而我于其中找到了幸福！然而在这一刻，我们的亲密全都戛然而止，我们像两个陌生人似的并排坐着。伯爵夫人冷冰冰的，而我担忧着大难临头。

"看完戏，她对我说：'你陪我回去吧。'

"天气骤然变化，当我们出门时，下起了雨夹雪。费多拉的马车无法驶到剧院大门口。有位帮闲的看见一个衣着华贵的女人必须步行穿过大马路，便撑开了他的雨伞，为我们打伞。当我们上马车的时候，他向我们要小费。我当时身无分文；如果那时候能给我两个苏，我愿意减寿十年。那种炼狱般的痛苦将我身为男人的全部尊严和虚荣都给碾碎了。'亲爱的兄弟，我没有零钱！'这句话被我说出来。因为夭折的爱情，我的语调生硬。我和这个帮闲人没什么区别，我是他的难兄难弟，也深深体会过不幸的滋味！我曾经轻易地散尽了七十万法郎！仆人推开了那个帮闲的人，马拉着马车破空而去。在回她宅子的路上，不知道费多拉是心不在焉，还是心事重重，我问什么，她都只是轻蔑地用单音节作答。真是让人坐立不安的一刻。到了她家，我们坐在壁炉前。家里的仆人生好火之后，便退下了。

"伯爵夫人转过身，面对着我，神情晦暗不明，用一种庄重的口吻对我说：'自从我回到法国，我的财产引来了好些年轻人。我收到的示爱足以满足我的虚荣。我也遇到了许多对我一往情深的人，就算我还是从前那个穷女孩儿，他们也愿意娶我。德·瓦朗坦先生，您要知道，已经有些人向我献出过新的财富和新的头衔；可您也得了解，对那些怀着心思，想要和我谈情说爱的人，我是从来不待见的。如果我和您交情不深，我就不会对您提出这样的忠告。我不是要表明我自尊自爱，而是出于对您的友谊才这么说的。当一个女人感到被人所爱，就总会提前拒绝那人讨她欢心，哪怕这样会让她遭人闲话。我看过讲阿尔西诺伊[1]、讲阿拉曼特[2]的戏，所以我很清楚，在这样的情形下，我有可能听到怎样的回答。不过我希望，当今天我对一个高尚的人剖白心迹后，不会被他看轻。'

"她冷静地说出这番话，就像是诉讼代理人和公证人在向他们的客户解释起诉方案和合同条款那样。她那清脆惑人的声音中没有一丝感情，她那总是高贵得体的面容和举止，在我看来却有一种外交式的冰冷无情。她肯定事先斟酌过这些话，还预演过对话的情景。啊！我亲爱的朋友，如果某些女人撕碎我们的心，下定决心朝我们的心捅一刀，并用刀锋搅动伤口，是为在这些行为

---

[1] 莫里哀的喜剧《恨世者》中的人物。
[2] 剧作《虚假秘密》中的人物。

中找到快乐，那么，这些女人都是值得爱的，她们正爱着别人，或是渴望被人爱！有朝一日，她们会补偿我们所受的痛苦，就像人们总说上帝会报偿善举一样。她们给我们苦头吃，是想要看到我们的反应有多么激烈，但她们终究会带给我们百倍于痛苦的快乐。她们难道不是因为充满激情才变得如此凶狠吗？如果一个女人对我们不闻不问，我们被她折磨至死，难道不更是酷刑吗？费多拉并不知道，此时此刻，她正在践踏我所有的希望，并以一种冷酷的漠然和天真的残忍，摧折我的生命，毁掉我的未来。她就像个出于好奇而撕掉蝴蝶翅膀的孩子。

"费多拉又接着说：'我希望您之后能明白，我对朋友的情谊是很深厚的。您会发现，我对他们总是友善而忠诚，甚至愿意为他们献出生命。但如果我接受了他们的爱情，却不回以爱情，你们就会看不起我。我不要再说下去了。这些话我只对您一个男人说过。'

"刚听到的时候，我不知该说些什么，我的内心掀起了一场风暴，难以自抑。但很快我便压抑住了内心深处的情感，露出笑容。

"我回答她说：'如果我对您说我爱您，您马上就会赶走我；如果我表现得无动于衷，您又会惩罚我。有三种人从来不会褪去他们的外袍，那就是神父、法官和女人。沉默不代表任何事，但夫人您如果觉得沉默最好，我就闭上嘴。您能给我这样友好的忠告，说明您很怕失去我。光是想到这一点，我的自尊心就得到满足了。让我们先把个人的问题放在一边。您或许是唯一一个能以哲学的思维，和我讨论这种违反自然规律的决定的女人。和您这个群体的其他人相比，您太杰出了。好吧！就让我们都坦白一点，一同寻找这种变态心理的成因。有许多女人觉得自己的身姿完美无瑕，骄傲而自恋，您是否也像她们一样，有一种过分以自我为中心的情绪，导致您一想到要委身于人，想到要放弃自己的意志，屈从于冒犯了您的传统，您便觉得可怕？如果您真这样想，那在我眼里，您比之前还要美上一千倍。您难道是在第一次谈恋爱的时候被折磨过吗？或许是因为您将纤雅的身姿和优美的胸脯看得太重了，以至恐惧生育带来的损伤。在那些让您拒绝被他人深爱的绝佳而隐秘的理由中，这难道不是其中之一吗？还是说，就算像您这样的女人，身体也有隐疾，才不得已守贞？您别生气，我只是在讨论、研究。我已完全将我的爱情放在了一边。造物会创造出天生的盲人，自然也会创造出对爱情不闻、不问、视而不见的女人。您确实是一个珍贵的案例，值得医学界好好观察！您完全不知道您多有价值。您当然也完全有正当的理由厌恶男人。我得跟您坦白，他们在我眼中也面目可憎。'我感到自己的内心酸涩发胀，又补充道，'您是对的，合该看不上我们，这世上没有男人能配得上您！'

"我并没有将我当时带着笑，对着她滔滔不绝的挖苦都告诉你。哎！不过，最尖刻的言辞，最辛辣的讥讽，都没能引起她的反应，让她表现出怨恨。她听着我说话，嘴角眼梢都挂着和往常相同的笑容，这个笑容已变成了她的衣服，不管是面对朋友、熟人还是陌生人，都一成不变。

"'我都将自己放在解剖台上了，难道还不够友善吗？'当我安静下来看着她时，她马上抓住机会说。她笑着，继续说下去，'您知道，对待友情的时候，我是不会有那种愚蠢的敏感易伤的！像您这样出言不逊，许多女人都会惩罚您，给您吃闭门羹。'

"'您也可以不给我任何理由，便严苛地不让我再来您家里。'

说这番话时，我感到自己已经做了准备，如果她撵我走，我就要杀了她。

"她仍旧保持着笑容，大声地对我说：'您疯了！'

"我回答说：'您难道从来都没想过，热烈的爱情会带来怎样的后果吗？绝望的男人常常会杀掉他的情人。'

"她冷冷地驳斥说：'要是不幸福，还不如死了好。一个如此热烈的男人，还不是会有朝一日抛弃他的女人，在花光她的钱之后，将她扔在稻草堆上。'

"她的这番计较让我大吃一惊。我能清楚地看到，在这个女人和我之间，有道鸿沟。我们永远都不可能相互理解。

"我冷淡地对她说：'再见。'

"'再见。'她也对我说，还神色友好地点了点头，补了一句，'明天见。'

"我盯着她看了一会儿，企图把我已经放下的爱情全部抛还给她。她站得笔直，对我报以乏味的笑容，就是大理石雕像的那种可憎的笑容，空洞又礼貌，看上去似乎在表达爱意，实则冷漠透顶。亲爱的朋友啊，你能想象吗？我失去了一切，冒着雨雪，走在回家的路上，我踏着堤岸的薄冰，走过那一里 [1] 路时，千愁万绪都一齐涌上了心头。啊！要是她从未想到过我的贫穷，而是觉得我和她一样，都是家财万贯、高车驷马的贵人就好了！我不仅一贫如洗，还受了多少欺瞒啊！这已不仅仅是钱的问题了，连我所有的精神财富都将要不保！我失魂落魄地走着，想着之前那段古怪的谈话，自己和自己争辩着。我越想越糊涂，到最后甚至怀疑起了语言和观念是否真的有所谓的价值！而且，我仍旧爱

---

[1] 此处为一法里，约为四千米。

着，爱着这个冷酷的女人。她的心无时无刻不在等着被引诱，她总是忘记前一天夜里许下的诺言，但却又在第二天表现得像个新情人。我从法兰西学院的小窗下转弯时，突然感到一阵发热。我这才想起自己什么东西都没吃。而我身上一分钱都没有。雪上加霜的是，雨水淋湿了我的帽子，让它变了形。没有一顶看得过去的帽子，从今以后我要怎么才能在沙龙上亮相并靠近体面的女人呢？！我不停诅咒着当今愚蠢又无聊的潮流，非要我们一直将帽子拿在手中，以便展示帽子的内衬。由于我对帽子极为用心地护理，在那天以前，它都还算像样，既不会新得奇怪，也没有旧得脱形。既没有起球，又显得很柔软，它或许会被看成是顶属于细致人的帽子。然而，它那被刻意保持的品相终于走到了尽头，它损坏了、变形了、完蛋了，真成破烂了，正和它的主人相称。就因为缺三十个苏，我兢兢业业保持着的体面也丢掉了！啊！三个月来，我为费多拉默默做出了多少牺牲！为了去瞧她片刻，我常常省掉一个礼拜的面包钱！放下工作、饿着肚子，这都不算什么！啊！要穿过巴黎的街巷而不让自己被泥泞溅脏，还要为了躲雨而奔跑，等到她的宅邸时，要和围绕在她身边的那些自命不凡的家伙一样衣着光鲜，对于一个多情而又马虎的诗人来说，要完成这项任务，需要克服数不胜数的困难！我的幸福，我的爱情，全都系于白色衬衣的泥点上！如果我身上溅了泥，如果被淋湿了，我就要放弃去见她！找擦鞋匠刮去长筒靴上浅浅的泥点，需要花五个苏，而我没有这笔钱！这些不为人知的酷刑虽然琐碎，但对敏感的男人来说是极难承受的，而且它们还使我的情欲愈发炽烈。苦难会自我牺牲，不会允许自己出现在这些生活奢靡而文雅的女人面前。她们只能透过棱镜看到世界，而在那个世界中，人和事都被粉饰得金碧辉煌。

"这些女人，因自私自利而乐观，知书达礼地做残忍之事，她们为了享受，拒绝反思自己的行为；还在快乐的引诱下，宽宥了自己对不幸的漠视。对她们来说，一枚铜钱根本就不算钱，百万钱财在她们眼里倒像是只值一枚铜钱！如果爱情就是需要巨大的牺牲为代价，那也必须精心地用薄纱将这些牺牲遮掩起来，将它们埋葬在沉默之中。那些有钱人挥霍财富和生命，为爱情做出牺牲，然而因为世俗的偏见，他们那荒谬的风流韵事总是带着光环，能使他们获益。对他们来说，沉默就等于宣告，那层遮掩的薄纱也算是他们的体面，然而我那可怕的贫穷使我陷入极度的痛苦中，而且还不允许我喊出"我爱着！""我要死了！"这样的话语。这到底算不算是忠诚呢？我将一切都献给了她，在这过程中我体会到的快乐，难道就不是对我丰厚的报偿了吗？伯爵夫人赋予了我无比单调乏味的生活极高的价值，还会让我出乎意料地获得额外的享乐。前不久我还不修边幅，现在我对待衣服，就像是对待我自己。如果让我在身上受伤和燕尾服被撕个口子之间选择，我会毫不犹豫地选择前者！你必须得设身处地地代入我，才能明白我脑海中的种种念头有多么狂乱。我走在路上，越来越疯狂，越来越激动，或许走路会加剧我的狂躁！在跌落不幸的谷底时，我竟感受到酷烈的欢愉，我也不知这份欢愉从何而来。我希望能在这场最后的危机当中看到命运的转机，可是厄运丰沛得深不见底。

"我寄宿的旅馆的大门是敞开的。我看到一束光线透过百叶窗上那被切割出来的心形开口，投射到大街上。波利娜和她的母亲一边等我，一边闲聊。我听见了自己的名字，便凝神细听起来。

"波利娜说：'拉斐尔比七号房的那个学生要好多了。他那头金色头发可真漂亮！你不觉得他的声音中有某种，怎么说呢？有某种能打动人心的东西？而且，虽然他总是显得有一点点傲慢，但人可好了，还特别有教养！哦！他真的是太好了！我敢肯定，所有女人都会为他疯狂的。'

"戈丹夫人搭话说：'你说得就好像是你已经爱上他了。'

"'哈！我把他当哥哥爱。'波利娜笑着回答，'如果我对他都没友情的话，我就太薄情了吧！他一直在教我音乐、绘画、语法，直到把我教会！我的好妈妈，你难道没注意到我进步巨大吗？我变得这么有学问，再过段时间，就能出去教课。到时候，我们还能雇个仆人。'

"我悄悄地推开，弄出些声响，然后才走进旅馆大厅，去拿我的油灯，波利娜正想要帮我点亮它。这个可怜的孩子刚刚说的话，就像在我的伤口上敷了镇痛的良药。她那番对我人格的天真的称颂，让我重获了些勇气。我必须要相信自己，要听取对我的公正评价，认识到我的优点的真正价值。或许正是我重新燃起的希望，点亮了我目之所及的场景。

"她们俩坐在厅堂中央，我常常见到这样的场景，或许正因如此，我从未仔细地观察过这一幕。而现在，我欣赏起来。这幅画面真实可感，自然质朴，乃至于画面中透着天真无邪，可以说是美不胜收，有如弗拉芒画派的画家创作出的作品。母亲坐在壁炉角上，火光将熄未熄，她正织着一双长筒袜，嘴角还噙着慈蔼的笑容。波利娜正在为小团扇上色，她的颜料和画笔散放在一张小桌上，色彩鲜艳刺目。然而就在她离开原位，起身为我点灯时，火光映亮了她那张白皙的面孔。如若不是深陷在可怕的情欲之中，人很难不去爱她那晶莹粉嫩的双手、完美无瑕的面容和处女的娇憨姿态！夜色和宁静为这个辛勤劳作的晚上、这间安宁祥和的屋子赋魅。她们不停歇地劳作，愉快地接受了这些活计，显示出一种饱含着高尚情操的宗教般的顺天应命。在此处，人和事物之间，存在着一种难以定义的和谐。在费多拉家中，那些价值连城的东西是空洞的，唤起了我许多不好的想法；然而在这里，谦卑的清贫和天性的良善却荡涤了我的灵魂。我或许在豪奢之地，受到了侮辱。但在这两个女人身边，在这间棕褐色的厅堂中央，生活是如此简单，仿佛那些从心底涌出的真挚情感能为之遮风避雨。我站在这里，发现自己想要保护她们，这是男人都渴望体会到的情感。或许正是因为这种情感，让我与自己达成了和解。

"我站在波利娜身边时，她看向我的眼神中竟含着类似母亲般的慈爱。她双手颤抖，惊呼道：'老天！你怎么这么苍白！啊！全都湿了！快让我妈妈帮你擦干。'她稍微停顿，又继续说道，'拉斐尔先生，您爱喝牛奶。我们今天晚上喝了奶油汤，给，您尝尝味道？'她像只小猫似的跳到一个装满了牛奶的陶瓷碗前，灵巧地将碗端给我，凑到我的鼻子下面，她的神态十分友好，我有些犹豫。

"她变了个音调，问我：'您是要拒绝我吗？'

"我们俩都很理解对方的自尊心。波利娜像是为她的贫穷感到受伤，还责备我的高傲。我被她感动了。这份奶油汤或许是她明早的早餐，然而我还是接了过来。这个可怜的女孩试图掩盖她的愉快，然而眼睛里却闪闪发光。

"'我正需要这个。'我坐下时对她说。这时她的额头因担忧而皱了一下。'波利娜，您还记得吗？博须埃曾经说过，上帝对于一杯水的酬谢，比对一场战争的胜利还要多。'

"她回答：'记得。'她的胸脯上下起伏，就像是被孩子握在手中的幼莺。

"'哎！既然我们很快就要分别，'我用一种不太确定的口吻说道，'我想感谢您和您的母亲对我一直以来的照顾。'

"'哎呀！我们别在这儿客气。'她笑着对我说，但她的笑容中含着某种让我难受的情绪。

"我仿佛没听见她说的话，继续说道：'我的钢琴，是埃拉尔[1]生产的最好的钢琴之一，请拿去吧！千万不要推辞，我打算去旅行，真的没办法带着它。'

"我说这些话的时候，语气十分忧伤。这两个女人似乎是从我的语气中，弄明白了我的意思，她们用一种混着惊骇的好奇目光看着我。我在上流社会中那些冷冰冰的地方寻找的温情原来在这儿，那么真挚，虽然简朴，但却甜蜜，甚或持久。

"女孩的妈妈对我说：'别想那么多，就待在这儿吧。我丈夫肯定都在回来的路上了。'她又接着说，'今天晚上，波利娜把系在《圣经》上的家门钥匙挂在手指上，而我正在读《约翰福音》，那把钥匙竟然自己转起来了。这是好兆头，戈丹肯定身体健康，还发了财。波利娜又用钥匙为您和七号房间中的年轻人占卜，而那把钥匙只为您转了。我们都会发财的，戈丹会变成百万富翁回来。我梦见他乘着一艘装满蛇的船，不过好在水是浑浊的，说明会有金子和海外的宝石。'

"她这一番友善的空话，就像是母亲为了哄不安的孩子入睡，而哼唱的含糊的歌谣，但却真的给我带来了些平静。这个善良女人的口吻和目光都流露着温柔的真诚，虽不能抹消悲愁，但却能

[1] 塞巴斯蒂安·埃拉尔（Sébastien Érard，1752—1831），著名乐器制造商。

缓和、宽慰、减轻它。波利娜甚至比她的母亲还要敏锐，她忧虑地打量着我，她那双睿智的眼睛仿佛已经看穿了我的命运和我的未来。我点头谢过母亲和女儿。因为害怕自己会被她们打动，我便匆匆告辞离开了。我独自待在陋室之中，枕着我的种种不幸躺下。我那要命的想象力为我描绘了无数空中楼阁，又指点我采取种种根本行不通的行动。有人就算破产，他在财产剩下的废墟中艰难跋涉时，或许还能找到些资源；然而我，我已经一无所有了。

"亲爱的朋友，我们过分苛责贫穷了！贫穷只不过是社会上诸多令人堕落的因素所造成的最显著的结果罢了，我们应该对其宽容一些。穷困潦倒时，便不在乎廉耻和犯罪，也没有道德和才智了。我就像是在老虎面前，双膝一软、跪倒在地的少女，大脑空空，四肢乏力。薄情的穷人好歹还能掌控自己，但陷入爱情的穷光蛋却已经不属于自己了，甚至无法自杀。对我们来说，爱情就是一种宗教。我们的身上寄托着另一个人的生命，我们要尊重它。尚存着希望的不幸是最为可怕的不幸，因为希望会让人甘受折磨。我想着第二天便要去同拉斯蒂涅讲费多拉那个古怪的决定，想着想着便入睡了。

"才早上九点，拉斯蒂涅便看见我进了他家大门，他对我说道：'哎呀呀！我知道你为什么登门，你一准儿是被费多拉下了逐客令。有几个人嫉妒你对伯爵夫人的影响，便到处散播你们要结婚的消息。他们可真够热心的。鬼才知道你的情敌编造了些什么荒唐事，扣在你头上。你可成流言的靶子咯！'

"我大声叫起来：'怪不得！'

"我回想起自己的出言不逊，感到伯爵夫人实在高尚。我真心觉得自己就是个混账，吃的苦头都还不够。她对我的包容，在我看来只是因为爱情而生的耐心的仁慈。

"拉斯蒂涅，这位谨慎的加斯科人对我说：'我们得慢慢来。费多拉就像所有自私自利的女人一样，天生就很敏锐。当你的眼睛只顾盯着她的财富和豪奢时，她或许就对你下了判断；不管你的手腕多么灵活，她都能看穿你的心。她本身就是深藏不露的人，所以不管是什么样的伪装，在她面前都讨不了好。'他又补道，'我觉得把你引上了条错路。虽然她冰雪聪明，言行风雅，但在我看来，她和那些玩弄才智并乐在其中的女人都一样，蛮横霸道。对她来说，幸福全部寄托在生活的优渥和社交的愉悦当中。她的情感都是演出来的。她会让你变得不幸，把你变成她的贴身仆人。'

"然而拉斯蒂涅是在对牛弹琴。我打断了他，带着显而易见的欢快神情，向他坦承了我的经济状况。

"他回复我说：'就在昨晚，我撞了霉运，把手上的钱都输光啦！要是没这桩倒霉事，我倒是很愿意和你分享我的钱包。不过，还是让我们一起去小酒馆吃早餐吧。牡蛎或许会给我们好建议。'

"他穿好衣服，让人套上马车，我们就像是两个百万富翁一样，来到了巴黎的咖啡厅。我们这些大胆的投机者，靠着还没影儿的财富耀武扬威。那个加斯科混子言行自如，老神在在，对比之下更显出了我的局促。当我们享用了精致而丰富的一餐后，喝起了咖啡，这时拉斯蒂涅朝一群年轻人点头致意。那群人个个举止优雅，衣着华贵，惹人注目，他看到又有个时髦公子走了进来，对我说：'你的生意来了。'

"接着，他向那位打着领结、像是在寻找座位的绅士示意，让他过来说话。

"拉斯蒂涅贴着我的耳朵对我说:'那个家伙,发表了一些他自己都看不懂的作品,并因此备受称颂。他是化学家、历史学家、小说家和出版商。他还是许多剧作的第二、第三、第四作者。具体有多少部,我也不大清楚。但事实上,他却跟米格尔笔下的驴子[1]一样蠢。他不是一个人,他就是个名头,是块大家眼中的招牌。所以,面对那种门口刻着这里能够让你写作的地方,他总是绕着走。然而他却非常擅长组织工作。总的来说,他就是个道德上的混血儿:既不能说完全正直,也不算彻底的混蛋。不过,这话可不能大声说!他已经打拼出来了,现在大家对他没有过高的要求,而且会将他看作可敬的人。'

"'啊!我可敬可亲的好朋友,您最近又有什么智慧成果呢?'当这位陌生人在我们邻桌坐下时,拉斯蒂涅向他问道。

"'就那样吧……为工作发愁。为了出一部有趣的历史传记,我收集了大量必要的资料,但我还不知道该把这个任务委托给谁写。这事让我焦虑,必须加快速度了,传记很快就会过时。'

"'关于什么的传记呢?当代的?古代的?宫廷的?'

"'是关于项链事件[2]的。'

"'这不正巧了吗?'拉斯蒂涅笑着对我说。他接着又转向那位投机家,指着我说:'我得向您介绍德·瓦朗坦先生。他是我的朋友,也是未来的文坛明星。他有位姑母是侯爵夫人,曾在宫廷里是个炙手可热的人物。这两年来,他都在创作一部讲大革命时期保皇党历史的作品。'他倾下身子,凑在这位杰出商人的耳

---

[1] 即堂吉诃德的驴。
[2] 1780 年代法国国王路易十六治下发生在宫廷的一宗神秘事件,此事将法国王后玛丽·安托瓦内特卷入。有人暗示王后参与了欺诈王室珠宝匠一款非常昂贵的钻石项链。

边说，'他很有才华，但却是个书呆子。他可以用他姑母的名义替你写这部传记，每卷只需要一百埃居。'

"对方抬了抬领结，回答说：'这笔买卖我做了。那么，服务员，给我们上牡蛎吧！'

"拉斯蒂涅又说：'对了，您得给我二十五个路易做中介费。还要预付给他第一卷的费用。'

"'不行不行，我只能预付五十埃居，这样才有把握早日拿到稿子。'

"拉斯蒂涅低声跟我重述了一遍关于这笔买卖的对话，不等我和他商量，就回复那人说：'我们同意了。什么时候去您那儿把事情敲定下来？'

"'好呀！明天晚上七点，到这来用晚餐吧。'

"我和拉斯蒂涅站起身，他给了服务生小费，将账单塞进衣服口袋，我们一起离开。我为他的轻率感到震惊，他竟然想也不想，就把我可敬的姑母德·蒙塔龙侯爵夫人给出卖了。

"'我宁愿搭船去巴西，教那些印第安土著代数，虽然我对代数一窍不通，也不愿玷污我们家族的名声。'

"拉斯蒂涅爆发出一阵大笑，打断了我的话。'你个笨蛋！拿了五十埃居去写传记。等写完的时候，你拒绝用你姑母的名义发表不就得了。你太蠢了！死在断头台上的德·蒙塔龙夫人，她的长裙、她的名声、她的美貌，她的胭脂水粉，还有她的拖鞋，这些东西的价值可远远超过六百法郎。如果那个出版商不愿意出你姑母值得起的价，就让他去找某个老骗子，或是某个臭名远扬的伯爵夫人挂名吧。'

"'天啊！'我嚷嚷道，'我为什么要从我那高洁的阁楼出来？

剖开这个世界的表面，里面真是肮脏不堪！'

"拉斯蒂涅回答：'瞧瞧，你这就开始写诗了。我们只是谈生意而已。你可真是个孩子。听着，对于那部传记，公众会给出评价；而说到我那个文学界的皮条客朋友，他还不是花了整整八年的时间，通过惨痛的经历，才和出版界建立起了这样的关系。虽然和他一起写书，你吃了些亏，但从金钱上来说，你的酬劳不也不错吗？二十五路易对你来说，用处可比一千法郎对他都有用呢。干吧！去写那部历史传记，说不定就能写出一部杰作。狄德罗还不是曾为一百埃居写过六本布道书。'

"我十分感动地对他说：'不管怎样，我确实需要这笔钱。我可怜的朋友啊，这么说来我得谢谢你。二十五路易将会使我变得极为富有。'

"'你会变得比你想象中更富有。'他笑着回答，'如果菲诺在这笔买卖上给了我佣金，你难道猜不出，这笔钱也是为你要的吗？我们去布洛涅森林散散步吧。在那儿能见到你的伯爵夫人，我还想给你介绍我即将娶的那位漂亮的小寡妇，她是阿尔萨斯人，稍微有点胖，但非常迷人。她读康德、席勒和约翰－保罗，还读了一大堆水利学方面的书。她总喜欢询问我的观点，逼我不得不装出一副真能懂得这些德国人的多愁善感的样子，还记下了一大堆歌谣，这些可都是医生禁止人服用的麻醉剂。我至今还没能使她放下对文学的热情。她为歌德的作品哭得泪如雨下，我也只好陪着掉几滴眼泪。这都是为了一年五万法郎的收入，外加这世上最美的纤足和柔荑！如果她的口音没那么重，不会将我的天使说成我的簧管，将弄乱说成龙乱，她就是个完美的女人了！'

"我们见到了伯爵夫人，她坐在招摇的马车中，光彩照人。

这个爱卖弄风情的女人热情洋溢地招呼了我们，她朝我露出一个笑容，在我看来既圣洁，又深情。啊！我实在是太幸福了，我坚信自己被爱着。爱情带给我的钱财和宝藏，比带给我的不幸多多了。我飘飘欲仙，看什么都很满意，也觉得朋友的情人十分迷人。树木、空气、天空，大自然中的一草一木都像是在对着我重现费多拉的笑容。返回香榭丽舍大道时，我们又去了给拉斯蒂涅做帽子的商店和他的裁缝那里。项链事件让我摆脱了清贫的生活，换上了战斗时的脚步。从今以后，我可以和那些围在费多拉身边叽叽喳喳的青年人放胆一搏，同他们比比时髦和风雅了。我回到阁楼，锁上门，表面上风平浪静地站在天窗旁边，心下却在对着屋顶道永别。我沉溺在对未来的设想中，幻想着戏剧化的生活，预先咂摸起爱情的美妙滋味来。啊！原来在阁楼的四壁之中，生活也能变得风起云涌！人的灵魂就像是一位仙女，能将稻草变为钻石；她一挥魔棒，魔法宫殿就生长了出来，仿佛是在阳光热烈的滋养下，鲜花一朵朵盛开。第二天临近中午的时候，波利娜轻轻叩响了我的房门。猜猜她给我送来了什么？一封费多拉的信！伯爵夫人恳请我去卢森堡公园接她，和她一起从那儿去逛博物馆，还有植物园。

　　"波利娜静静等了一会儿，说：'送信的人还在等着回复。'

　　"我迅速而潦草地写了一封感谢信，托波利娜送去。我穿戴妥当，梳洗完毕，对自己相当满意。在这时候，一个想法突然蹿了出来，让我打了个寒战。费多拉是坐车来的，还是走路来的？会下雨吗？还是天气晴朗？然而我对自己说，不管她是走路还是坐车，谁能猜透一个女人的古怪念头呢？她身上或许一文钱也没有，但却想要施舍给萨瓦小孩一百个苏，只是因为觉得他褴褛的衣衫很有艺术感。

"我身上一分钱都没有，要到晚上才能拿到那笔钱。哦！在我们的青春时代，总是陷入这样的危机，诗人通过节衣缩食和辛勤的工作，获得了智慧的力量，为力量付出高昂的代价。一瞬间，千思万绪涌起，纷繁痛苦，有如万箭穿心。我透过天窗望向天空，天气相当说不准。为了以防万一，我最好是租一整天的马车；但若是这样，我享受幸福的时候，岂不是要因为忧虑晚上见不到菲诺，时刻都处于战战兢兢之中？我自问没有信心一边享乐，一边忍受惶恐不安。虽然我明知房间中什么都没有，但还是大肆搜寻了一番，幻想着能在被褥深处翻出几个埃居。我掘地三尺，连破旧的长靴都去摇了摇。一番翻箱倒柜之后，我的神经像是被什么东西在烧灼着，恶狠狠地瞪着那些被我翻过的家具。当我第七次打开书桌的抽屉，以一种蕴含着绝望的萎靡在其中寻找，却发现有一块五法郎硬币贴着抽屉的侧板，它隐藏在阴影中，却干净、明亮、清晰得如同一颗冉冉升起的明星，是那么的美丽和高贵。你能想象那一刻我的喜出望外吗？我不想去追究它的沉默和残忍，追究它竟然一直躲着藏着。我像亲吻共患难的朋友那样亲吻它，用回声不绝的尖叫欢迎它。我猛然转身，看见了脸色苍白的波利娜。

"她情绪激动地说：'我还以为您疯了呢！送信的人……'她像是噎住了，停顿了片刻。又补充说，'我妈妈把小费给他了。'接着她便跑开了，疯疯癫癫，像个任性的孩子似的。可怜的小姑娘！我愿她也像我这样好运。在这一刻，我的心里好像装着世上所有的快乐。我觉得自己是从不幸的人那里偷来的欢乐，真想还给他们。

"人们不好的预感往往成真，伯爵夫人果然将她的马车遣回去了。出于一种漂亮女人自己都弄不明白的心血来潮，她想沿着林荫大道步行到植物园去。

"我对她说：'有可能会下雨。'可她偏就喜欢和我对着干。然而就是巧了，我们在卢森堡公园中散步时，天气一直很好。天空中有一朵厚重的乌云，因为怀着隐忧，我打量了它好几次。等我们离开时，那朵乌云终于降下了几滴雨水，于是我们登上了一辆出租马车。当我们经过林荫大道时，雨停了，天空再次放晴。到了博物馆，我想将马车打发走，费多拉却请求我将马车留下。我心下叫苦不迭！我怀揣着不可告人的妄想，和她聊着天，于是毫不意外地，我脸上一直挂着傻笑。我们在植物园中漫步，走在绿树成荫的小径上，我感到她的胳膊紧紧挨着我的。这一切都有一种我说不出的玄妙色彩，像是一场白日的幻梦。然而不管是走路时，还是停下时，她的动作既不温柔，也看不出爱意，只有浮于表面的肉欲。当我试图在某种程度上参与她的生活时，我在她身上感受到了内在的、隐秘的活力，这种活力时有时无，十分古怪，我也说不清到底是什么。没有灵魂的女人的一举一动都不会显得柔软。是以，我们无法结合在一起，我们的意志不尽相同，行动的节奏也不合拍。我们还不习惯从别人的动作中解读出他的思想，所以也没有什么合适的词汇，来形容两个人之间在现实层面上的不协调。这种情况是天性使然，无法通过语言描述。"

拉斐尔沉默了一会儿，才继续说下去。他就像是在回应自己提出的反对意见一样。"当激情攀至巅峰时，我是无法像个清点和称重金币的吝啬鬼那样，去解剖我的五感六识，分析我的快乐由何而来，细数我的脉搏的！不！直到今天，那些惨痛的经历才使我明白过去发生的事情到底有什么意义，回忆将一幕幕过往带到我的面前，就像在风和日丽的天气中，一道又一道的海浪将海难的残骸推至沙滩之上。

"伯爵夫人有些尴尬地看着我，对我说：'您或许能帮我一个大忙。自从向您坦承了我对爱情的厌恶后，我自在多了。我希望您能看在我们的友情上，帮我讨个重要的身份。'她又笑着补充说，'您难道不觉得现在帮助我，更有价值感吗？'

"我痛苦地盯着她。她对我毫无感觉，她讨好着我，却对我没有情意。在我看来，她只不过是化身为了优秀的演员，正扮演着角色。突然间，她用某种音调，某个眼神，某句话，唤醒我的希望。但就算我的双眼之中重又燃起爱意，就算她见到了我眼中的光，她的眼神也不会有丝毫变化。她的眼睛就像是老虎的眼睛，已经被一片薄金属蒙住了。在这样的时候，我恨上了她。

"'我想要纳瓦兰公爵做我的保护人。'她继续用婉转的声调，饱含深情地说着，'在一位俄罗斯位高权重的大人物眼里，他的保护是很有分量的。为了能在一桩诉讼中得到公平的对待，我需要公爵的介入。这桩案件牵扯到我的财产、我的社会地位，将会决定我的婚姻是否被沙皇承认。纳瓦兰公爵不是您的表兄吗？他只要写封信，什么问题都能解决。'

"'我是属于您的。'我回答她，'您只管命令我就行。'

"'您真是太可爱了！'她握着我的手，接话说，'来我家和我一起吃晚餐吧。我会把您看作听忏悔的神父一样，对您坦白一切的。'

"这个女人如此多疑、如此谨慎，只要是有关她利益的事，她半个字都不和别人提，但现在她居然来向我求助。

"'现如今我是多么怀念您从前强行施予我的沉默啊！'我嚷嚷着，'不过，您要给我更严苛的考验，我也求之不得。'

"时到如今，她终于迎上了我意乱情迷的目光，不再拒绝我对她的欣赏。她总算爱上我了！我们回到她家。极其幸运的是，我的钱包还能支撑租马车的费用。我在她家，单独和她共度了一个美好的白日。这是我第一次能像这样看着她。在这天之前，她如云的宾客、她遵守的繁文缛节、她冷淡的客气总是将我们隔开，就连在享用丰盛的晚餐时都不例外。然而这回我在她家，就像是平日就和她同居一个屋檐下，可以说我好像已经拥有她了。我飞驰的想象力斩断了所有枷锁，我已经按自己的意思安排起了生活起居，沉溺在幸福爱情带来的甜蜜之中。我感觉自己仿佛已经成了她的丈夫，欣赏她为生活的琐碎而忙忙碌碌。我甚至在看她脱掉披肩和帽子时，都感受到了幸福。她留我独自待了一会儿，等她再出现时，头发已经梳理过了，容色迷人。她打扮得如此美艳，都是为了我！吃晚饭的时候，她格外关心我，在无数琐事上展现着她那从不懈怠的优雅。这些事情看起来微不足道，然而却构成了我们大半的生活。饭后，我们俩坐在丝绸垫子上，置身于那些让人向往至极的、东方的奢华陈设之中，在噼啪作响的壁炉前烤火。我看到这个以美貌闻名、搅动许多人的心、却又难以攻克的女人紧挨着我，同我交谈，把我当作她卖弄风情的对象时，我雀跃升腾的情欲几乎要变成一种折磨了。不幸的是，我想起了那桩待商定的重要公务，打算去赴前一天定下来的约会。

"'怎么？这就要走？'她见到我拿帽子，朝我问道。

"当我听到她温柔地对我说出这两句话时，我的心里想道：她爱上我了。无论如何，我就是这样相信的。为了延长这心荡神驰的时刻，我甘愿拿两年的生命去交换她愿给予我的每一个钟头。我的幸福不断增长，钱财却损失殆尽！她送我离开时，已经是半夜十二点了。

"我逞了一时英雄，然而第二天却后悔不迭。我十分担心已经失去了历史传记的活计，那对我来说才是最紧要的。我跑到拉斯蒂涅家中，然后我俩再一起赶去我未来作品的署名人那里，遇上他刚刚起床。菲诺给我读了一份协议，里面没有提到我姑母的事。签好合同后，他便给了我五十埃居。我们仨一起吃了早餐。我买了顶新帽子，买了六十张饭票，每张饭票要花去三十个苏，再还掉我的债务，便只剩三十多法郎了。但不管怎样，最近这段日子是不用为生计发愁了。如果我听从了拉斯蒂涅的意见，毫无负担地采用英国人的方式，我还能得到一笔丰厚的财产。他特别想为我建立一个信用户头，让我用它借贷。他声称，借得越多，信用度就越高。按他的说法，在世上的一切资本之中，前途是最值钱、最稳固的一种。他用我未来的前程去抵押当下的债务，将他的裁缝介绍给我，说那位裁缝是最懂青年人喜好的艺术家，而且直到我婚前都能在他那里赊账。从这天起，我便和三年来苦修勤谨的生活一刀两断了。我去费多拉家去得殷勤，并努力在外表上超过那些逗留在她家的无礼之徒或是搞小团体的家伙。我以为自己已经永远摆脱了贫困，我的思想恢复了自由，击败了所有的情敌，表现得像个充满魅力、风度翩翩、势不可挡的男人。然而，那些两面三刀的人在说起我时，总会评论道：'一个像他这么聪明的男孩，所有的激情都用在思考上了！'他们慷慨地吹捧我的才智，借以贬损我的情感。他们嚷嚷着说：'还好他没有坠入爱河！要是他爱上了谁，还能像这样兴高采烈，才思敏捷吗？'

"然而在费多拉的面前，我却是个坠入爱河的傻瓜！只有在她身边，我不知该说些什么，就算开口说话，也只会说些中伤爱情的话。我的愉悦之中夹杂着悲伤，就像是个想要掩藏冷酷怨恨的弄臣。总之，我试图成为对她的生活、她的幸福和她的虚荣心来说，不可或缺的一分子。我整日绕着她转，是她的奴隶、她的玩物，对她唯命是从。白日里我就这么虚掷着时间，回家之后只好熬夜工作，只在清晨睡上那么两三个小时。然而我不像拉斯蒂涅那样，能像英国人那样活，我很快便囊空如洗了。我亲爱的朋友呵，从那时起，我便成了个运道不佳又妄自尊大，一文不名又衣冠楚楚，深陷情网却不敢言的人，我堕入了这种朝不保夕的生活之中，身处冰冷又深重的不幸之中，然而这不幸却被迷惑人的浮华精心掩藏。我再次感受到了当初的痛苦，但这一次没有那么剧烈。毫无疑问，我已经熟悉了那种痛苦引发的悲泣。在沙龙里，经过精打细算才供给客人的蛋糕和茶，往往便是我一天唯一的食物。偶尔伯爵夫人会举办丰盛的晚宴，我能靠着这样一顿撑两天。我穷尽全部的时间和精力，调动所有的观察能力，想要进一步了解费多拉那难以捉摸的性格。在这之前，希望和绝望都曾影响过我对她的看法，我时而觉得她是最可爱的女人，时而觉得她是最无情的女人，然而现在这种悲欣的交替变得难以忍受了，我要抹杀掉自己的爱情，以给这场令人生厌的斗争一个了断。偶有不祥的光亮照进我的精神世界，使我看见横亘在我和伯爵夫人之间的深渊。她验证了我所有的担忧。我竟然从未见到过她的眼里含泪。在剧院中，再感人的场景都打动不了她，她仍旧是一副笑脸。她精于算计，只顾着自己，根本不关心别人幸或不幸。总而言之，她一直都在耍我！然而我却觉得为她牺牲是种荣幸。我为了她，不惜糟践我自己，去见了我的亲戚纳瓦兰公爵。他是个自私自利的家伙，觉得我的贫穷使他面上无光。可他又实在是对不起我，以至于也不能恨我。于是他便用一种冷漠的礼貌态度接见了我。他的姿态和话语都带着明显的轻蔑。他焦虑的目光竟使我觉得他可怜。他身处高门大屋，却如此器量狭小；他居于银屏金屋，却如此寒碜吝啬。他还跟我谈起，利息为百分之三个点的公债造成了他一大笔损失。我跟他讲清楚了我的来意。于是他的态度就发生了变化，不知不觉间，便从冷漠变得亲近，倒足了我的胃口。哎！朋友啊，他就到伯爵夫人的家里来了。在她那儿，他竟然把我踩在脚下了。费多拉对着他施展魅力，使出了我从未见过的手段。她勾引他，背着我和他商讨这桩神秘的案件，从那之后，我再也没有听到有关这案子的一个字。我是她曾经使用过的工具。当我的表兄在她家时，她就像是看不见我。她接待我时的态度，还不如我第一次被引荐给她时热情。

"有天晚上，她当着公爵的面，用一个姿势加眼神侮辱了我。这类姿势和眼神是没有语言能形容出来的。我哭着离开，构想了无数复仇计划，外加骇人的场景。我经常陪她到滑稽剧剧院看戏。就在那儿，我坐在她身边，完全沉浸在爱情当中，我凝视着她，聆听着音乐，任由自己陷入音乐的魔力。我的灵魂享受着双重的喜乐，直至筋疲力尽。一重来自爱情，一重来自为音乐家的语言而激动的心脏。我的激情散播在空气中，挥洒在舞台上，能够感染一切，除了我的情妇。于是我拉起费多拉的手，端详她的脸庞和眼睛，希望能靠音符唤起情感的共鸣，能突然产生琴瑟和鸣的和谐，希望我们的灵魂能被震撼，从而走向合一。然而她的手毫无动静，她的眼中也没有波澜。若是我心中的火烧得太旺，以致情绪全流露在脸上，而她看到了我的表情，备受触动时，便会朝我做作地一笑，就像是客厅中挂着的肖像画上凝固在人物嘴边的那种笑容。她并没有听音乐。罗西尼、奇马罗萨[1]，津加雷利[2]的神圣乐章并不能唤起她的情感，也不能表达出她生活中的诗意。她的灵魂一片荒芜。费多拉在戏院中表现得就像是一出戏，她拿着观剧镜，在包厢之间逡巡。她虽然不声不响，但却焦虑不安，是个上流社会的受害者。她的包厢，她的帽子，她的马车，她自己，对她来说就是世上的一切。你经常会遇到些外表五大三粗的人，在他们铜铸的身躯下却有颗纤细柔软的心；然而她却是将一颗铜铸的心脏隐藏在娇弱妩媚的躯壳下。那些使我不幸的学识为我撕开了她表面的面纱。如果说恭而有礼是为了照顾他人甚而忽略自己，是为了保持谈吐和姿态一以贯之的温柔，是为了取悦他人，是他人为自己感到满意，那么费多拉虽然熟知礼仪，却并不能完全抹除身上出身粗鄙的痕迹。她忘记了自己的出身这点，更让她显得虚伪做作。她的风仪，并非天生得来的，而是依靠勤修苦练而获得的；最终，这会让她的礼貌显得像是在侍奉别人。不过，对于那些在她面前的红人来说，她的甜言蜜语正表明了她的善意，她夸张矫饰的言辞正体现出她高贵的热情。

"只有我一个人曾研究过她的神情，我剥开了包裹着她内心的薄壳，她总是以那层外壳示人，我不会再被她的装腔作势所哄骗。我看清了她流脓的灵魂，每当有啥子恭维她，吹捧她，我都为她感到羞愧。然而我竟仍然爱她！我希望能用诗人的爱呵护温暖她，融化她心里的坚冰。如果偶有一次我能撬开她的心扉，让

---

[1] 多梅尼科·奇马罗萨（Domenico Cimarosa，1749—1801），意大利歌剧作曲家。

[2] 尼科洛·安东尼奥·津加雷利（Niccolo Antonio Zingarell，1752—1837），意大利作曲家。

她的心里装满女性的柔情，如果我能让她认识到自我牺牲的崇高，那她就会是我眼中完美的女人。她会成为一名天使。我以一个男人、情人、艺术家的身份爱着她，我爱她并不是为了得到她。或许那些装得一本正经的自大狂，冷漠无情精于算计的小人反而会征服她。她爱慕虚荣、矫揉造作，无疑只听得进浮夸的言辞，注定会纠缠进波谲云诡的陷阱之中，她肯定曾臣服在一个乏味冷酷的男人之下。当她一派天真地在我面前暴露她的自私自利时，尖锐的痛苦击穿了我的灵魂，并愈发激烈。我仿佛已经得见，在某一天，她会孤身一人，悲惨愁苦，不知道该向谁伸手求助，她四处观望却遇不到友善的目光。有天晚上，我终于鼓起勇气、绘声绘色地向她描绘了她凄凉、空虚和悲惨的老年。她不遵循自然法则，必将遭受这样的惩罚。

"对此她恶声恶气地回复道：'我会一直有钱的。哎呀！只要有金子，我们就总能制造出过得幸福必须得有的情谊，陪在我们身边。'

"我离开时，被这种穷奢极欲的生活、这个女人、这个世界的逻辑震惊了，而我还愚不可及地艳慕着这一切。既然我都不爱贫穷的波利娜，难道富有的费多拉就不能拒绝拉斐尔吗？如果我们的良知尚未泯灭，那它便是公正的法官。一个诡辩的声音对我说：'费多拉既不会爱谁，也不会拒绝谁，她是自由的，然而，她曾经也为了钱而出卖了自己。不过，不管是作为她的情夫，还是她的丈夫，那位俄国的伯爵是占有过她的。她一生中，总会有欲念丛生的时候。等着那时候吧！'这个女人既不能算是洁身自好，也说不上犯过大错，她过着一种非人性的生活，活在自己的世界之中，不知那地方是地狱还是天堂。她是一个雌性的谜团，

154

被羊绒织物和锦绣包裹，激得种种人类的情感在我的心中搅动，傲慢、野心、爱恋、好奇。

"人人都在赶时髦，都在追求标新立异，于是众人争相吹捧起一家位于林荫大道上的杂耍剧场。伯爵夫人起了兴致，想去看其中的一个丑角，据说丑角的扮演者将许多聪明人都逗得乐不可支。我于是有幸获得了带她去看首秀的资格，一场我叫不出名字的拙劣闹剧的首秀。小剧场的包厢只需要五法郎，然而我一分钱都没有。那部历史传记我才写了一半，不敢去找菲诺讨救济，而我的救星拉斯蒂涅又出门去了。这种持久的拮据荼毒了我的全部生活。有一次，从滑稽剧剧院出来，正遇上倾盆大雨，我还来不及拒绝，费多拉就为我叫来一辆马车。她不过是为了装模作样，显得礼貌。不管我找什么样的借口，说是想在雨中散步也好，还是想去赌场也罢，她一概不理。她完全没从我寒酸的衣着和心酸的玩笑话中猜出我的贫困。我眼睛都红了，但她难道能读懂人的眼色吗？年轻人的生活就是被这样无常的任性所折磨。归途中，马车轮每转一圈，都会唤起烧灼我内心的忧思。我尝试着弄掉马车底的一块板子，想偷偷溜到石板路上去。然而不管我怎么弄，那板子都弄不掉，我不由开始抽风似的发笑，然后陷入阴郁的安静，就像是个戴上枷锁的人一样呆若木鸡。等到了住处，我刚结结巴巴地吐出几个字，波利娜便打断我说：'您要是没有零钱的话……'啊！和这些话比起来，罗西尼的音乐算得了什么！

"不过，还是让我们回到去杂耍剧院这件事上来吧。为了能带伯爵夫人去看戏，我在考虑把我母亲肖像画的金画框拿去典当。尽管在我的印象中，当铺总被描绘得像是苦役监狱的大门，但就算要我亲自扛着床去当铺，也强过祈求别人的施舍。那些向你讨钱的人的目光中包含着多少苦痛啊！有些借债需要我们付出尊严，同样，有些从朋友口中说出的拒绝会灭掉我们最后的一丝希望。

"波利娜还在工作，她的母亲已经睡下了。我透过稍稍掀起的帘子，偷偷瞥了一眼戈丹夫人的床，确信她已经睡熟。我在昏黑中隐约瞧见她的侧脸，安详而暗黄，深陷在枕头中。

"波利娜将画笔放在调色盘上，对我说：'您在发愁。'

"我回复她说：'我可怜的孩子啊，你或许能够帮我一个大忙。'

"她满脸幸福之色地看着我，我不由战栗了一下，想着，她会爱我吗？我接着说：'波利娜？'我坐到她的旁边，以便能仔细观察她。我是用询问的语气叫的她的名字，她猜中了我的意思，垂下了眼睛。我端详着她，她的面容是那么天真纯洁，我相信能如了解自己的心一般，读懂她的心。

"我问她：'你爱我吗？'

"她叫起来：'有点儿……挺喜欢……完全不！'

"她不爱我。她不自觉流露出的带着调侃的语气，俏皮的言行，只不过是表现出了年轻女孩调皮的一面罢了。于是我向她诉说了我的困境，我身处怎样的贫穷境遇，并恳求她帮助我。

"她说：'拉斐尔先生，您怎么这样！您不愿去当铺，却打发我去。'

"我不禁羞红了脸。这孩子的逻辑让我狼狈不堪。她握住了我的手，像是愧疚于刚刚的感叹过于直白，想借轻抚作为补偿。

"'哎哟！我去当然也没什么问题。'她说，'但是没必要跑这一趟。今天早上，我在钢琴后面发现了两枚五法郎的硬币，肯定是在你不小心的时候，滚到了墙壁和栏杆之间，我把它们放在您

的桌上了。'

"'拉斐尔先生，您很快就能收到钱了。'那位慈祥的母亲从床帘后伸出头来，对我说道，'在那之前，我能借你几个埃居。'

"'啊！波利娜，'我握紧她的手，对她说，'我要是有钱就好了。'

"'啊？为什么呀？'她一脸顽皮的神色。她的手在我手心中颤抖，应和着我的心跳。她突然抽出了她的手，查看起我的手相，'你将会娶个有钱女人！'她说，'但是她会让您痛苦得很。啊！天啊！她会杀了你。我很确定。'她的叫嚷声中包含着某种笃定，就好像她也像她母亲一样有不理智的迷信。

"'波利娜，你太幼稚了！'

"'哦！这是真的。'她惊恐地看着我，'您爱的那个女人会杀了您。'她拿起画笔，在颜料里蘸了蘸，毫不掩饰激动的情绪，也不再看我。

"在这一刻，我多么想相信鬼神之说。一个迷信的人不完全是不幸的。迷信也是一种希望。回到房间后，我果然见到了两枚高贵的银币。但我完全不能解释，它们为什么会出现。我怀着重重疑惑，准备入睡，我试图厘清我的花销，证明这笔意外之财确实是属于我的，但我算不清楚，就这么睡着了。第二天，我正准备出门去租个包厢，波利娜进来了。

"'对您来说，十法郎或许不够。'这个和善可爱的女孩红着脸对我说，'妈妈让我把这笔钱给您。拿着吧，您拿着！'她将三个埃居扔在我的桌上，便一个箭步准备离开。不过我拉住了她。因为惊讶，在我眼中滚动的泪水并没有流出。

"我说：'波利娜，你真是个天使！这笔钱虽然让我感动，但却及不上你送钱给我时，流露出的腼腆使我动容。我之前想要得到一位富有、优雅、有头衔的女人；但现在，哎呀，我只希望自己是个百万富翁，再遇到像你这样贫穷但善良的年轻女孩。我应该放弃那种会杀了我的要命的感情。你之前说的是对的。'

"'够了！'她说着逃跑了，但她如莺啼婉转、如清新乐章的嗓音还在楼梯上萦绕不去。

"我想到这几个月来遭受的痛苦折磨，不禁自言自语道：'她尚未爱上什么人，真是幸运啊！'波利娜拿来的十五法郎对我来说极其珍贵。费多拉想到我们要在那间充斥着平民气味的大厅中待好几个小时，十分后悔没有带一束花来。于是我只好为她去买花。我真是为她奉献出了全部生命，还有财富。当我将那束花献给她的时候，我既悔恨，又开心。那束花的价格，让我充分认识到，社会中遍布的这种华而不实的献殷勤是多么靡费。然而没过多久，她又开始抱怨墨西哥茉莉的香味太浓。她环视着大厅，发现自己要坐在硬邦邦的长凳上，表现出一副不堪忍受、倒足胃口的模样。她责怪我为什么要带她来这儿。虽然我在她身边陪着，但她却一心想要离开，她真的离开了。我为她不眠不休，浪掷了生命中的两个月，却还不能讨到她的欢心！这个恶魔美到了极致，也无情到了极致。

"回去的路上，我们搭了一辆狭小的马车，我就坐在她身旁，我们的气息相交，我能触碰到她散发着香气的手套，我能清楚地看到她是多么金相玉质，还能闻到如鸢尾花般的淡淡幽香。她有十足的女人味，却又一点不像女人。这一刻，有一束亮光照下，让我得见这个神秘造物的幽微内心。我突然想到了最近有位诗人出版的书[1]，书中所表达的思想，受到了波利克莱斯[2]的雕像启发，是真正的艺术。我仿佛看见了这个怪物有时是军官，正在驯服烈马；有时是正在梳妆的少女，她使她所有的情郎心碎，而当她化身情郎时，又会使温柔质朴的处女心碎。我已经对费多拉束手无策，只好跟她讲了这个神奇的故事。然而她并没有察觉自己和这首荒诞不经的长诗有什么相似之处，却像个听到《一千零一夜》中的寓言故事的孩子似的，真心实意地被吸引了。在回家的路上我想，要拒绝我这个年纪的男子的爱慕，拒绝因为美好心灵交汇而勃发的热情，费多拉一定是被某种神秘力量看护着。她或许像德拉库尔夫人[3]一样，被癌症吞噬了？她的生活无疑是不正常的。

　　"想到这儿，我僵住了。接着，我便想出了一个最荒唐、又最理性的计划，是别的情人决计想不到的。我要像钻研这个女人的精神世界一样，钻研她的肉体，只有这样，才能全面地了解她。为了达成这一目的，我决定瞒着她，在她家里，在她的房间中过一夜。这便是我将要执行的计划，这个计划噬咬着我的心，就像复仇的欲望吞噬着科西嘉岛的苦修人一样。每逢开门迎客的日子，费多拉都会招来一大帮人，看门人根本无法算清楚进来的人和出去的人是不是对得上数。确认过我能在不引发任何丑闻的情况下留在费多拉家后，我焦急地等待着伯爵夫人下一次的晚宴。我没有匕首，于是在更衣的时候，只是把一把英国产的小折刀揣进了背心的口袋里。就算在我身上发现了这个文房用品，我也不会招

[1] 指法国小说家、诗人亨利·拉图什的长篇小说《弗拉戈列塔》。书中主要人物弗拉戈列塔是个十分美丽的少女，她有一兄一妹，长得跟她一模一样，别人简直无法辨认，所以他们在不同地方出现时，在别人看来，一时是美少年，一时又是漂亮的姑娘。

[2] 古希腊雕塑家。

[3] 玛丽亚·埃奇沃思的小说《贝琳达》中的人物。

人怀疑。我不知道这个热血上头的决定会陷我于怎样的境地，因此想要带着防身的武器。当客厅开始变得熙熙攘攘，我就去了她的卧房去检视里面的布置，我发现百叶窗和护窗板都是关着的，这是件好事。由于女仆或许会进屋将厚重的窗幔放下来，我提前解开了窗幔的系带。我如此大胆地预先替人整理房间，是要冒很大风险的。但我的处境实在太过糟糕，以至我已经能冷静地做这些谋算了。快到午夜的时候，我躲进一扇窗洞之中。为了不让脚暴露在外面，我踏在墙裙凸起的地角线上，死死拽紧窗子的长插销，背紧贴着墙壁。我研究了一番该怎样保持平衡，着力点在哪里，丈量了下我和窗幔之间的距离，终于克服了种种困难，能够保持这样的姿势待在那儿，并且确保不会被人发现。不过前提是我没有抽筋、咳嗽、打喷嚏。

"为了不要白白浪费体力，我站在地上，等待着重要时刻的到来。那时候，我得像蛛网上的蜘蛛一般，悬挂在空中。我的眼前，由白色云锦和平纹织布制成的窗幔褶皱重重，看上去就像管风琴似的。我用折刀在上面戳出几个小孔，透过这几个枪洞般的孔，能看到室内发生的一切。我能隐约地听到各个厅堂中传来的交谈、聊天人的笑声和突然的高声讲话。朦胧的喧嚣和沉闷的嘈杂都逐渐消隐。有几个男人走进房间，从我身边的伯爵夫人的五斗柜上拿走自己的帽子。每当他们从窗幔旁擦身而过，我都不禁发抖，害怕一不小心，偶然之间就被这些急于离开、到处翻找的男人发现。不过，我的伟大计划一开始并没有真的遇到这类不幸的事。最后一顶帽子被一个爱慕费多拉的老家伙拿走了。他以为房间中只有他一人，他望着那张床，重重地叹了口气，接着又发出一声中气十足的叫唤，我也不知道其中包含的是怎样的情绪。

终于，在她卧室隔壁的小客厅中，伯爵夫人身边只剩下五六个关系亲密的朋友。她提议在那儿用些茶。在这里还能听到当下社会已经不怎么相信的流言蜚语，它们和挖苦的俏皮话、风趣的评论、杯子勺子碰撞的声音混杂在一起。

"拉斯蒂涅对我的情敌们毫不留情，他发表了一番妙趣横生的刻薄话，引得众人疯笑。

"伯爵夫人笑着说：'你们可千万不要和拉斯蒂涅先生闹翻哟！'

"他真诚地回复说：'您说得可太对了。那些恨我的人，说不过我。'他又补充了一句，'爱我的人也说不过我。或许，对我来说，我的敌人和我的朋友一样有用。我曾专门研究过当代人的说话方式，以及人们与生俱来的说话技巧。我们靠着这些批判一切，又或是为一切辩护。官方辞令的雄辩，便是完美的社交方式。你们有头脑不灵光的朋友吗？那你们就只提他的正直和坦率。有读过别人写的沉闷的作品吗？那你们说起这部作品时，就说是它严谨细致。如果碰见写得不好的书，那就吹嘘它思想深刻。如果碰上那种背信弃义、反复无常，还总是躲着你们的人，好吧，那可以夸他魅力独特、令人着迷。要是碰见敌人，什么都别管，劈头盖脸就是一顿怪罪。你们还可以朝着他们正话反说，敏锐地指出他们的缺点，就像巧妙地凸显朋友的美德一样。这种戴着放大镜观察他人品行的方式，既是我们聊天的诀窍，也是奉承艺术的全部。不使用这套方法，无异于想赤手空拳地同那些披坚执锐、好似方旗骑士 [1] 的人搏斗。我反正是要用的！有时我甚至会用得太过。所以，我和我的朋友，都受人尊重。况且，我的剑也如同我

---

[1] 方旗骑士是中世纪的一种骑士。他们在战争中可以在自己的旗帜下率领部队，而比他们更低阶级的骑士则不得不打着别人的旗帜来率领部队。

的舌头般锋利。'

"费多拉有个狂热的爱慕者，是位以口出狂言而闻名的青年，他甚至将这种狂放当作了出名的方式。他捡起拉斯蒂涅轻蔑地扔下的白手套[1]。他谈论起我来，刻意大肆吹嘘我的才华和品性。拉斯蒂涅刚刚漏掉了这种诽谤的方法。然而这番嘲弄的赞颂却使伯爵夫人上了当，她无情地牺牲了我。为了逗她的朋友们开心，她出卖了我的秘密，暴露了我的抱负和愿望。

"'他确实大有前途。'拉斯蒂涅说，'或许有朝一日，他会成个人物，展开凶残的报复。他的才华，至少和他的勇气一样多。而且他记性好着呢，要我看，那些攻击他的人未免太过大胆了……'

"小客厅中没有人作声，伯爵夫人似乎为此十分不快，她接口说：'你说到记性，我想起他在写传记。'

"拉斯蒂涅回复说：'这是假托一位虚构的伯爵夫人的传记。要写这种传记，还需要另外一种勇气。'

"'我相信他很有勇气。'费多拉接着说，'他对我十分忠诚。'

"我突然有了一种强烈的冲动，想要如同《麦克白》中班柯的幽灵一样，在这些嬉笑的人面前突然现身。这样做，我会失去一个情妇，但依然还有朋友！然而突然之间，爱情又来煽动我，对我说了番懦弱又狡猾的荒谬言论，它安抚了我所有的痛苦。

"如果费多拉爱我，我想，她难道不正需用恶毒的玩笑话遮掩真心吗？心灵不总是在驳斥口中的谎言吗？

"过了不久，伯爵夫人身边只剩下我那放肆无礼的情敌，终于他也要走了。

---

[1] 指接受拉斯蒂涅发起的挑战。

162

"'怎么？这就要走？'她用充满了柔情蜜意的语调对他说道，让我的心不禁颤抖。'您都不为我多留片刻！您就没什么要对我说的了吗？您都不愿意为我牺牲一点点您的其他乐子吗？'他还是离开了。

　　"'啊！'她张大嘴嚷道，'他们都太讨厌了！'她用力扯了扯绳子，铃声响遍了整间屋子。伯爵夫人走进卧室，哼着'黎明还未来临'[1]的那一段。还从未有人听过她唱歌，她这种缄默引发了各种奇怪的解释。有人说她曾向她的第一任情人许诺，既然这是他希望独享的幸福，便绝不让其他人与之分享。她的第一任为她的歌唱才华神魂颠倒，即便进了坟墓，也会因为她给别人唱歌而吃醋。为了充分欣赏她的歌喉，我集中了全部精神。费多拉的调子越升越高，她好像突然变得鲜活，得以一展好嗓子。这段旋律也像是被赋予了某种神圣的东西。伯爵夫人的音色清澈、明亮，音调精准，我不知道她的歌喉中蕴含着什么东西，竟然如此和谐嘹亮，能够击穿、震动、取悦人心。几乎所有的音乐家都是多情的。能唱出这样歌声的人一定懂得如何去爱。这美妙的声音会让本已十分神秘的女人更显得云遮雾绕。当时的我看着她，就像我现在看着你似的：她仿佛也在倾听自己的歌声，体验着于她而言尤为私密的情欲。她像是感受到了爱情的快乐。她唱完这首曲子的主歌后，来到壁炉前。然而当她不再开口，她的容貌也跟着改变。她的脸色变了，神情疲惫。她摘下面具，不再是扮演着某个角色的演员。不过，这种镌刻在她秀丽容颜上的憔悴，不管是她作为表演艺术家的工作而导致的，还是这个晚上的劳累造成的，竟依然令人入迷。

---

[1] 此段出自歌剧作曲家奇马罗萨的作品《秘密婚礼》。

"我告诉自己：这才是真实的她。像是为了取暖，她一只脚踏在炉栅上的一根铜杆上。她摘下手套，褪去镯子，从头上取下挂在脖子上的金链子，链子的挂坠是一个装饰着珍贵宝石的香囊。我瞧着她优雅的一举一动，跟在阳光下舔毛的猫儿似的，感到难以描绘的快乐。她看着镜中的自己，愁容满面地大声说道：'我今晚一点儿都不美。我的容貌以惊人的速度在枯萎。或许，我得早些睡觉，放弃这种放纵的生活。要是这样朱斯蒂娜会笑话我吗？'

"她再次拉响铃铛，贴身女仆急忙跑来。她住在哪儿呢？我不清楚。她是从一道秘密的楼梯上来的。我好奇地观察她。我那诗人般的想象力总是将许多事情怪罪在这位隐形的仆人身上。她是个高大、丰腴的褐发女孩。

"'夫人，您是在摇铃吗？'

"'我摇两次了。'费多拉回答说，'你是聋了吗？'

"'我正在给夫人做杏仁奶。'朱斯蒂娜跪在地上，解开她的女主人的厚底长筒靴的系带，帮她脱鞋。费多拉懒懒地躺在壁炉一旁的逍遥椅上，搔着头，打着哈欠。她们的一举一动都再自然不过，没有表现出丝毫隐秘的痛苦或爱情的痕迹，而我本来有所猜疑。

"'乔治是爱上我了。'她说，'我得打发掉他。今晚他是不是又把窗幔放下了？他到底在想什么？'

"她注意到了窗幔。一瞬间我的血全部倒流回了心脏。还好她没有再纠结窗幔的事。

"'活着真是空虚。'伯爵夫人又接着说，'哎哟喂！你小心些，别又像昨天那样，把我抓伤了。喏，你瞧瞧。'她让仆人看她那

小巧光洁的膝盖，'我这儿还留着你的爪子印呢。'

"她将一双赤足塞进填装着天鹅绒的毛绒拖鞋中，在朱斯蒂娜去拿梳子准备为她梳头时，脱掉了长裙。

"'夫人，您得结婚，还会有孩子。'

"'孩子！只要有了那玩意儿，我就完蛋了。'她大叫着说，'丈夫！什么样的男人才能使我……我今晚上的发型好看吗？'

"'这个嘛，一般般。'

"'你这个蠢丫头。'

"'您把头发弄得这么卷，这是最不适合您的了。'朱斯蒂娜接着说，'滑顺的大波浪才会让您更好看。'

"'真的吗？'

"'是的呀，夫人。那种浅色小发卷只适合金发女人。'

"'我要结婚吗？不，不。婚姻是种交易，我从来都不擅长。'

"这幕场景对一个爱慕她的人来说，是多么可怕！这个孤独的女人，没有父母，没有朋友，不相信爱情，不相信任何一种情谊。是人便会有倾吐衷肠的渴望，哪怕她的需求不太强烈，也还是需要和贴身女仆聊聊天，说些乏味、没有意义的话！我很同情她。

"朱斯蒂娜解开了她胸衣的带子。当最后一件衣服褪去，我好奇地望着她。她的酥胸看得我目眩神迷。透过衬衣，能看见她粉白的肉体。在烛光映照之下，她的娇躯就如同轻纱包裹的银塑像一样熠熠生辉。她完美无缺，根本不害怕爱她的人偷窥的目光。哎呀！英雄总是难过美人关。女仆点亮一盏悬挂在床头的、白玉灯中的蜡烛时，女主人坐在壁炉前，默然不语，心事重重。朱斯蒂娜找来一个长柄暖床炉，理好床铺，服侍主人睡下。接下来，这女孩又无微不至地伺候了她好长一段时间，充分显示出费多拉平日里的养尊处优。干完这一切之后，女孩才离开。伯爵夫人翻了几次身，显得不安，又叹了口气。从她的双唇间逸出一声微不可闻的轻叹，说明她的辗转反侧源于焦躁。她将手伸向桌子，拿起一只小药瓶，朝她的牛奶中滴了几滴液体，我看不出那是什么成分，然后喝掉了牛奶。终于，在几声沉重的叹息之后，她喊道：‘我的天啊！’这声感叹，尤其那悲伤的语调，让我心碎！

"慢慢地，她不再动了。我担心起来，但很快我便听见人睡着之后、那种均匀而粗重的呼吸声响起。我掀开艳丽的绸缎窗幔，离开藏身之处，来到她的床前，五味杂陈地看着她。她迷人极了。她像孩子似的，将头埋在臂弯之中。她被裹在花边睡帽中的平静姣好的面孔散发着幽香，勾起我的欲火。我高估了自己，从未想到过要承受这样的酷刑：她近在眼前，又远在天边。我只得忍受自找的折磨。

"我的天啊！她发出的这片语只言，我不知道她为何要这么说，却已经是我理解她的全部途径了。它突然之间就改变了我对费多拉的看法。这句话或者毫无意义，或者包罗万象；或者是胡言乱语，或者道出了真相；撞上大运时，遭受不幸时，肉体受伤时，内心焦灼时，都可能会这么说。它是诅咒，还是祈祷？它是在回顾，还是在展望？它表达的是悔恨，还是忧惧？这句话概括了她全部的生活，清贫的、富贵的。或许，它还概括了罪恶！费多拉是个披着女人皮囊的美人，她身上的谜团再次浮现出来。她被各种解读，却因此变成了无可解读的谜。

"从她的齿间吐出的呼吸，时弱时强，时重时轻，变化无常。她的呼吸也像是一门语言，牵动着我的全部思想和情感。我也同她一道做梦，希望能够潜入她的睡梦，靠近她的秘密。我在无数矛盾的念头、无数对她的看法中游移不定。看着她秀丽的面容，宁静又纯洁，我怎么可能不对她倾心。我决定再尝试一次。我要跟她讲述我的生活，我对她的爱恋，还有我做出的牺牲，或许我能够唤起她的怜悯，引得她为我垂一滴泪，她还从未流过泪。我将所有的希望都寄托在这最后一次的考验之中。此时，街道上的喧哗声向我宣告，白昼已经来临。有那么一瞬，我幻想着费多拉在我的臂弯间苏醒。我可以悄悄躺在她的身侧，钻进她的被窝，紧紧抱住她。这个念头霸占了我的脑海，残忍地折磨我，为了抵挡住它，我冒冒失失地冲进客厅，丝毫没有想到要避免出声。不过，我幸运地找到了一扇暗门，门后是一道小楼梯。而且就像我预料中的那样，钥匙还留在锁眼上。我用力拉开门，冒险下到庭院中，顾不上观察是否被人看见，就这么三步并作两步地跑到了街上。

"两天之后，有个作家要在伯爵夫人家朗读他的喜剧剧本。我也去了，打算着留到最后，以便向她提出特别的请求。我想求她把第二天的晚上全留给我，想求她闭门谢客，只接待我一个人。当只剩我们俩时，我的心却不听指挥了。时钟每一次摆动，都让我心惊胆战。等到已经半夜十一点四十五了。

"'如果我不对她说出口，'我对自己说，'我就在撞壁炉的拐角上把脑袋撞碎。'我给了自己三分钟的缓冲，三分钟过去后，我没有将头撞向大理石壁炉，我的心就像浸泡在水中的海绵一样沉重。

"她对我说：'您真是太可爱了。'

"'哎！夫人，'我答道，'要是您能明白我的心思就好了！'

"'您有什么心思呢？'她问，'您的脸都白了。'

"'我想向您恳求一个恩典，正在犹豫如何开口。'"

"她打了个手势，鼓励我开口。于是我向她说出了两个人约会的请求。

　　"'我很乐意。'她说，'但有什么话您不能现在对我说呢？'

　　"'为了不使您误会，我要向您说明若是答应了我，将会做些什么。我希望我们能像兄妹一般，在一起度过一个晚上。您不用担心，我知道您反感情爱。那些会让您不快的事情，我是绝不会做的。凭您对我的了解，也应该相信我。更何况，那些鲁莽无礼的人是不会像我这样提出请求的。您对我很友好，您是如此善良、包容。哎！要是您知道我明天就会跟您道永别……您千万别反悔。'我看她想要开口，赶忙说道，然后立马离开了。

　　"在去年五月的一天，快要到晚上八点的时候，我和费多拉独处在她那哥特风梳妆室中。我不再害怕，我确信自己会获得幸福。要么我的情人会属于我，要么我将逃进死亡的臂弯。我已经将爱情中的懦弱拘禁起来了。当一个男人在承认他的软弱时，就变得强大。伯爵夫人穿着一件蓝色羊绒长裙，斜倚在长沙发上，脚下踏着垫子。她戴着一顶东方式样的软帽，画家们在描画古希伯来人的时候，就会画这样的头饰。这副打扮更是在她本有的魅力之上，增添了一种我难以说明的怪异而强烈的诱惑。她诱人的面容变幻莫测，似乎正印证了我们每时每刻都是崭新而独特的存在，与未来之我和过去之我，毫无相似之处。我从未见过她像此时一般光彩夺目。

　　"'您知道吗？'她笑着说，'您着实勾起了我的好奇。'

　　"'我不会枉费您的好奇的。'我冷冷地回复道。我坐到她的身边，握住她向我伸出的一只手。'您的嗓音美极了！'

　　"她不禁吃了一惊，叫道：'可是您从未听过我唱歌。'

"'有必要的时候，我会向您证明我听过。您的歌喉动听难道还是秘密吗？不过您放心，我不会宣扬此事。'

　　"我们又亲切地闲聊了约莫一个小时。就算我所采用的腔调、风度和姿态，都是按照费多拉无法拒绝的那种男人来的，我也仍旧保持了一个情人的全部尊严。我扮成这副样子，从而得到了一个亲吻她的手的恩典。她娇俏地脱去手套，于是我便情难自抑地陷入了我努力想要相信的幻想中，幻想着我的灵魂融化和倾注在了这一吻之中。费多拉则以一种不可思议的信任态度，任我讨好她、爱抚她。别觉得我在这个时候犯糊涂：我要是敢越雷池一步，有超出兄妹之间的温存的举动，我就能感到猫儿的利爪了。之后，我们陷入了一片沉寂，大概有十分钟。我仰慕她，我赋予了她那些她本没有的魅力。在这一时刻，她是我的，只是我的。直觉告诉我，我被允许占有这个迷人的尤物；我在自己的欲念和想象中，占有她、掌控她、攫住她。总之，我是用一种不可抗的磁力征服了伯爵夫人。虽然我总是后悔，没能让这个女人完全臣服于我；但在那一刻，我想要的不是她的身体，而是她的灵魂和生命，我想要完美无瑕的幸福，想要一场许久不曾有人相信的美梦。

　　"'夫人，'我感到这让我心醉神迷的时刻走到了尽头，终于对她说，'听我说，我爱您。您是清楚的，我对您说过千万遍，您本该明白我的心意。然而我不愿像那些自命不凡之人一般对着您开屏，也不愿学那些懦夫阿谀奉承又或是纠缠不休，我不愿意像他们那样博取您的爱，却致使您一直没能懂我。为了您，我承受了多少痛苦啊！当然，这不怪您。不过，再过一会儿，您就要对我做出最终的判决了。夫人，这世上的贫穷有两种。第一种穷人，他们衣衫褴褛地走上街头，却不觉得羞耻；他们不自觉地过着第欧根尼式的生活，吃得很少，日子过得简朴至极；但他们至少无忧无虑，或许比富人还要快乐。这种贫穷所处的世界，是那些有权有势之人不屑一顾的世界。第二种，便是奢侈的穷人，是西班牙式的穷人，他们用头衔来掩盖乞讨的事实，他们傲慢自负，打扮得光鲜亮丽，这些穷人穿着白色马甲，戴着黄色手套，乘着四轮马车，挥霍着虚无的财富。第一种是属于平民百姓的贫穷，第二种是属于骗子、国王和聪明人的贫穷。我不是平民，不是国王，也不是骗子，或许也算不上聪明人，我是一个例外。我的姓氏要求我，与其乞讨，不如饿死。夫人，请您放心，今天我是富有的，我拥有所需的一切土地。'我看见她脸上的表情变得冷漠，就跟我们平日遇上结伴募捐的修女时一样，于是对她说，'您还记得那天，觉得肯定不会被我发现，想避开我去竞技剧场看戏吗？'

"她点头表示记得。

"'那天，我为了和您见面，花掉了身上的最后一个埃居。您还记得我们在植物园散步的那次吗？为了给您租马车，我用掉了全部财产。'我向她讲述了我的牺牲，描绘了我的生活。今天，我喝醉了酒，跟你讲这些。但那个时候不一样，我是借着心中涌起的崇高的意乱情迷，才向她袒露心声的。我的爱意从我热烈的言辞和饱含深情的表情中流露出来。自那以后，我再也没有过这样的经历，不管是艺术、还是回忆，都无法再重现这一场景。我不是在干巴巴地叙述会惹人厌烦的爱情。是我炽烈的、有着美好希冀的爱情，鼓动我向她倾吐。我通过不断重复着被撕裂的灵魂的哭号，向她呈现了我的全部生活。我的声调听上去，就像是在战场上濒死的军士在做最后的祈祷。她哭了，我便停了下来。老天！她的眼泪是虚假感动的结果，只消在剧院门口花上五个法郎，就能博得她的感动。我已经和一位优秀演员旗鼓相当了。

"她说：'我要是早知道……'

"我嚷道：'别说了！现在我仍然爱着您，爱到想要您死……'

"她想要去抓响铃的绳子。我爆发出一阵笑声。'别叫人。'我继续说，'我会让您安宁地寿终正寝的。让您死也并不能消解我对您的怨恨！您完全不用担心我会有任何暴力的行为。我曾在您的床脚度过了一整夜，却没有……'

"'先生，'她红着脸说。她刚开始的举动，确实有着所有女人，哪怕是最冷漠的女人都会有的羞涩，但在之后，她却只扔给我一个轻蔑的眼神，对我说，'那您当时一定冷极了！'

"'夫人，您难道真相信您的美貌对我来说就是如此珍贵吗？'我猜到了她有什么想法，为何会这么激动。我回复她说，'对我来说，您的外表只不过意味着您的灵魂更美。哪怕您不再美貌，灵魂的美仍不会褪色。哎！夫人，那些在女人身上只能看到女性特征的男人，只会夜夜买春，买来像土耳其宫廷侍女那样的女人。他们花很少的钱便能得到快乐！然而我却是个有野心的人，我想和您心心相印地一起生活。而您，是个没有心的人，如今我已充分确认这一点。要是您终要委身于某个男人，那我便送他去死。不，这样也不行。您反而会爱上他，他死了或许会让您伤心。我太痛苦了！'我嘶吼道。

"'要是我的承诺能让您感到宽慰，'她笑着说，'那我便向您保证，我不会属于任何人。'

"'哎，好了好了。'我打断她的话，接着说，'您这样做，甚至是对上帝的不敬，您会受到惩罚的！总有一天，您躺在长沙发上，会感到再也忍受不了喧闹和光明，会被判处活在活死人墓中。

您会遭到闻所未闻的苦难的折磨。当您在寻找这种慢性的、报复性的痛苦的成因时，请您想一想在您的人生道路上，大手笔地造就的不幸吧！您种下罪孽，终将收获仇恨。我们是公正的法官，是掌管凡间的正义女神的刽子手。这位正义女神听命于上帝，凌驾于人间之上。'

"'呵？' 她依然笑着，'不爱您，我就罪孽深重了？这是我的错吗？不，我就是不爱您。您是个男人，这理由就够了。我就是觉得一个人才快乐。为什么我要改变生活方式？为什么要找位老爷，还得应付他的反复无常？您说我自私，随您说去好了。婚姻是美好的是神圣的，然而我们在婚姻之中，给彼此带来的却是烦恼。更何况，我还讨厌孩子。我之前难道没有一五一十地跟您讲过我的性格吗？您为什么就不能满足于和我做朋友呢？我多想能减缓我给您造成的痛苦，但我却没想到您竟然还斤斤计较几个小小的埃居。我能估量出，您为我做了多大的牺牲。然而，爱情或许是唯一一能够报偿您的奉献和温情的方式。可我不怎么爱您，现在这个情况让我感到非常不适。'

"'我感受到了，我是多么可笑。请原谅我。'我轻声对她说道，却没能忍住泪水，'我竟爱您爱到了这种程度，'我接着说，'听您说出这等残忍的话，还能感到甜蜜。哦！我愿意用全身鲜血写下对您的爱。'

"'只要是男人，多多少少都会对我们说几句这类经典情话。'她还笑着，'但是，要死在我们裙下似乎是件很困难的事。因为我还能在四处见到这些要死要活的人。十二点了，让我去睡觉吧。'

"我对她说：'可再过两小时，您就会高喊我的天啊！'

"'我是喊过，就在前天晚上。'她笑着说，'我想到了我的证

券经纪人。我忘了告诉他要把我的利息百分之五的公债转为百分之三的那款，那天百分之三的公债在跌价。'

"我眼中燃起了熊熊怒火，狠狠盯着她。啊！有的时候，罪恶本身就是一首完整的诗，我终于明白这句话了。她已然忘了我的眼泪和我说过的话，显然，她很熟悉这类激情四溢的告白。

"我冷冰冰地问她：'那您会嫁给一位法国议员吗？'

"'如果是位公爵的话，有可能。'

"我拿走我的帽子，向她告别。

"她说：'请允许我陪您走到公寓门口。'她的手势、她脑袋的偏向、她的音调，无一不透出刻薄的讽刺。

"'夫人。'

"'先生。'

"'我不会再来拜访您了。'

"'如我所愿。'她微微点了点头，表情傲慢无礼。

"'您就这么想当公爵夫人吗？'她的姿态点燃了我心中的暴怒，我继续说，'您就这么疯狂地想要头衔和尊荣吗？那好哇！那您就只让我爱着您吧，让我的笔只为了您写，让我的声音只为了您发出；您只需要做我生命中的秘密准则，做我的星星就可以！等着我成了内阁大臣、法国议员，或是公爵的时候，您再接受我！您想要什么，我就去做什么！'

"她微笑着说：'您跟着诉讼代理人，倒是没有荒废时间。您的辩护词充满了激情。'

"'你拥有的是当下，'我大吼着，'而我拥有的是未来。我只不过失去了个女人，而你失去的却是头衔和家族。岁月会帮我报仇，它会让你变得丑陋，孤独地死去；而它会带给我荣耀！'

"'谢谢您又臭又长的演说结语。'她一边说，一边克制着自己打呵欠。从她的态度看来，她是再也不想见到我了。这话让我闭上了嘴。我用饱含仇恨的目光狠狠瞪了她一眼，然后落荒而逃。

"我应该忘记费多拉，治好我的疯病，或者重拾我清寂的治学生活，或者去死。于是我强迫自己超负荷地工作，想要完成我的作品。整整十五天，我没有踏出阁楼一步，每天晚上都在做学问，却收效甚微。尽管我不乏勇气，我的绝望还刺激着我，但工作还是进展得很困难，举步维艰。缪斯已经离我而去。我无法驱逐费多拉那闪亮的、讥笑着我的幽灵。我的每道思绪之下，都潜伏着另一种病态的想法。我不知道那是一种怎样的欲望，如同悔恨一般骇人。我效仿忒拜的隐士，我虽然不像他们那样祈祷，但我和他们一样生活在荒漠之中。他们挖掘岩石，而我挖掘自己的灵魂。必要的时候，我用一根带铆钉的腰带，勒紧我的腰，用肉体的疼痛来抵抗精神的悲苦。

"一天晚上，波利娜冲进我的房间。她近乎哀求地对我说：'您这是在自杀。您得出门，去见见您的朋友。'

"'啊！波利娜，您预料得对。费多拉在杀害我，我就要死了。我再也无法忍受这样活着了。'

"'难道世上只有她一个女人吗？'她冷笑着说，'您为什么要在短短的一生中给自己找无穷无尽的烦恼呢？'

"我震惊地看着她。她留下我一个人走了。我没注意到她离开，我刚刚听见她在说话，却无法理解她话里的意思。不久之后，我就得带着历史传记的手稿去见我的'文学包工头'了。我深陷在情爱的苦恼中，来不及想要怎样才能身无分文地活下去。我只知道，应得的四百五十法郎能够还清我的债务。于是我便去领我的

174

薪水，然后遇见了拉斯蒂涅。他发现我变了样，消瘦了。

"他问我：'你这是从哪家医院出来？'

"'这个女人把我害死了。'我回答他，'我既没办法鄙视她，也没办法忘掉她。'

"他笑着大声说：'最好能让她死，这样你便不会再想她了。'

"'我确实这么想过。'我回复说，'然而每当犯罪的念头从我的心里冒出来，我就会想到自己根本没能力做到。伯爵夫人是个可爱的怪物，她会求人手下留情，并不是人人都能当奥赛罗！'

"拉斯蒂涅打断我：'她和那些我们拥有不了的女人没什么两样。'

"'我疯了。'我叫道，'我能感受到那些疯狂的想法时不时地在我脑子里叫嚣。我的念头就像是幽灵，它们就在我的面前舞动，而我却没法抓住它们。与其这样活着，我不如去死。是以，我有意识地寻找着结束这场斗争的最佳方式。这件事已经不再和那个活着的费多拉，住在市郊的圣奥诺雷大街上的费多拉有关了，只和我的费多拉有关，住在这里的费多拉。'我一边说，一边拍打着我的额头。'你觉得吞吗啡怎么样？'

"拉斯蒂涅回答说：'哎哟！痛苦极了！'

"'窒息？'

"'太不体面了！'

"'投塞纳河？'

"'渔网和停尸房真够脏的。'

"'来上一枪？'

"'要是你瞄得不够准，可就毁容啦。听着，'他继续说，'像我们这种三十来岁的人，谁没自杀过两三回？我觉得没有比在享

175

乐中耗尽生命更好的方式了。投身荒淫腐朽的生活吧。你的爱情或你自己，都能在其中腐坏逝去。我亲爱的伙伴，纵欲才是所有死亡方式中的女皇！难道不正是她引发的急性中风吗？中风才是绝不会失掉准星的神枪手。狂欢的宴席慷慨地赐予我们一切肉体的快乐，不正像是小剂量的吗啡吗？放浪的生活促使我们过量饮酒，向美酒挑战过后留下一具具尸体。克拉伦斯公爵[1]的马尔瓦齐葡萄酒桶的味道，难道不比塞纳河的淤泥强？当我们一次次体面地倒在桌子下，不正像是周期性的窒息休克吗？如果巡逻队捡到我们，将我们四仰八叉地扔在警卫室冰冷的床上，我们不就享受到了停尸房的乐趣了吗？而且还免去了肚子肿胀、发青，这样做不是聪明多了吗？'他继续说下去，'啊！这种慢性自杀可跟破产的杂货铺老板自杀不一样。那些生意人玷污了河流，他们投水而死不过是为了博债主的同情。我要是你，我更情愿优雅地去死。不过如果你是为了和生活抗争，非要发明一种新奇的死法，我会支持你。我烦透了，相当失望。带给了我快乐的寡妇竟然让我陷入了真正囚牢般的困境。另外，我发现她的左脚有六个脚趾头，我没法和有六根脚趾头的女人一起生活！这要是被人知道，我就变成了个笑话。她只有一万八千法郎的年金，她的财产缩水了，脚趾头却变多了。见鬼去吧！说不定我们要是过着颠三倒四的日子，还能一个凑巧找到幸福呢！'

"拉斯蒂涅把我说动了。他说的这个计划闪耀着勾魂摄魄的光芒，点燃了无穷希望，总之，它的诗意色彩太过浓重，只要是诗人，便会中意它。

"我问他：'那钱怎么来？'

---

[1] 克拉伦斯公爵（1449—1478），1478 年被判叛国罪，据传死在一只马尔瓦齐葡萄酒桶中。

"'你不是还有四百五十法郎？'

"'是的，但是我还欠着裁缝和房东钱。'

"'你还要向裁缝付钱？那你永远都不会成事，连个大臣都捞不上。'

"'那二十个路易，我们能做什么呢？'

"'去赌。'

"我抖了一下。

"'啊！'他发现我放不开，于是继续游说我，'你想采纳我所说的方式，我将它命名为放荡法，然而你却害怕那方绿色的赌桌！'

"'听我说，'我回答他，'我曾答应我的父亲，绝不踏入赌场一步。这个诺言不仅是神圣的，甚至当我走过赌场门口时，我都能感受到一种不可抵抗的恐惧。你把我的一百埃居拿去，然后自己去赌场吧。当你拿着我们的财产去冒险时，我要去打理好我的私事，然后再到你家去等着。'

"亲爱的朋友，我就是这样迷失的。对一个年轻男人来说，只要遇上了个不爱他的女人，或是太过爱他的女人，就足以使他的生活变得一团糟，踏上这条不归路了。幸福会使人变得软弱，而不幸会磨灭美德。当我回到圣康坦旅馆，我久久地凝视着我的阁楼。在这里，我度过了学者般端谨朴素的生活，值得尊敬的、能够长久的生活。我本不应该为了那种会将我拉入深渊的激情洋溢的生活而放弃它。

"波利娜撞见我沉浸在忧伤之中。她问：'哎！你怎么啦？'

"我冷漠地站起来，数出欠她母亲的钱，还另外多加了半年的房租。她带着惶恐望着我。

"'我要跟你们告别了，亲爱的波利娜。'

"她叫道：'我就知道！'

"'我的孩子，听着，我并不是再也不回来了。请帮我把房间保留半年。如果我十一月十五日都还没有回来，那么你们就继承了我的东西罢。这卷密封了的手稿，'我递给她一包稿纸，'是我的著作《意志论》的抄本，请你们将它存进皇家图书馆。至于其他我留在这里的东西，就随你们处置。'

"她瞥了我一眼，那眼神令我心情沉重。站在那儿的波利娜就像是良知的化身。

"她指着钢琴对我说：'我再也没有钢琴课了。'

"我没有回答。

"'您会给我们写信吗？'

"'再见了，波利娜。'我轻轻地将她拉近我，在她那可爱的额头上，如同还未降临大地的雪花般纯洁的额头上，落下一个来自兄长、来自长辈的亲吻。她跑开了。我不想见戈丹大人，我将钥匙放在她习惯放的位置上，然后就离开了。在离开克鲁尼街时，我听见身后有女人轻快的脚步声。

"波利娜对我说：'我给您绣了个荷包，您连这也不愿意要吗？'

"借着路灯的光亮，我确信在波利娜的眼里看到了泪光，我叹了口气。我俩或许是被同样的念头催促着，都如同想要躲避瘟疫的人般急匆匆地分别了。

"当我在拉斯蒂涅的屋子里，怀着超脱的悠然等他回来时，我发现我准备投身的那种放浪生活，就在这间屋子里以一种怪异的模样呈现在我眼前。在壁炉台的中央，放着一架座钟。座钟的上半部分，是蹲在乌龟背上的维纳斯女神像。女神的胳膊之上，还放着根抽了一半的雪茄。精致的家具散乱地放着，这些都是爱情的馈赠。豪华的沙发上扔着旧袜子。我坐的那张舒适的弹簧扶手椅像个老兵似的伤痕累累，它袒露着两条开裂的扶手，还有椅背上附着的陈年发蜡和头油，这都是他朋友们的脑袋蹭上的。在床上，在墙上，到处都大刺刺地呈现着一派富贵和贫穷交织的景象。您可以想成是被拉扎罗尼[1]包围的那不勒斯王宫。这要么是间赌鬼的屋子，要么是个坏家伙的屋子，屋里的所有奢侈品都体现出了主人的性格，他只为了感官的享乐活着，丝毫不在乎生活是否有条有理。然而这幅画面却不乏诗意。在这里，生活既是光鲜亮丽的，也是朽烂破败的，显得仓促、残缺，但真实，而且鲜活、神奇。这里就像是某个停靠站，小偷将他所有喜欢的东西都偷来放在一起。

"一本拜伦的诗集缺了几页，那几页纸被一个年轻人用来点柴火了。这人拿着一百法郎去赌博，却没有一个火引；这人乘着马车到处走，却没有一件像样的干净衬衫。不过第二天，就会有伯爵夫人，或是女演员，也可能是赌桌上的牌友，给他送来一身堪比国王的行头。这里有支蜡烛插在含磷打火机的绿色外壳中，那里倒着一幅女士肖像画，它的黄金雕花画框已经被摘了。这种生活，充满了矛盾和对立，能在和平时代带给人战争的乐趣。一个天生渴望情感的年轻男人，怎么能抵抗得住这样的诱惑呢？

"当拉斯蒂涅一脚踢开他的房门时，我几乎快要睡着了。他大叫道：'胜利了！我们能舒舒服服地去死了。'他给我看了看装满金币的帽子，然后将它放在桌子上。我们围着它手舞足蹈，就

---

[1] 那不勒斯王朝最低等的贫民称呼。在法国大革命时期，1799 年，面对法国军队的入侵，拉扎罗尼在法军获胜前洗劫了王宫。

像是两个找到了猎物的野蛮食人族。我们号叫、跺脚、蹦跳，我们相互击拳，力气大得能打死犀牛。世上的所有乐趣都在这顶帽子当中了，我们为此高歌。

"'一共两万七千法郎。'拉斯蒂涅又将几张钞票扔在金币堆上，继续说，'对别人来说，这笔钱足够生活了。那对我们来说，够不够去死呢？哈哈！当然够！让我们沐浴在金子当中断气吧。呜呼！'

"我们继续跳了起来。我们像平分遗产一样，一枚一枚地平分金币，从价值四十法郎的拿破仑金币[1]分起，然后从大额的分到小额的，我们一直念叨着'你的''我的'，靠这种方式来释放我们的快乐。

"'我们别睡了。'拉斯蒂涅嚷着，'约瑟夫，给我们上点儿潘趣酒！'他将一块金币扔给他忠实的仆人。'这份是你的。'他说，'走吧，如果能做到的话，就别再出现了。'

"第二天，我便去勒萨日的店里买了家具，在泰布街上租了间公寓，就是我们认识的那地方，找了最好的织毯工来为我装饰房子。我买了马车。我投身于既空洞乏味、又真实可感的享乐的漩涡中。我赌博，大笔大笔地赢钱，又输掉，不过我只在朋友家举办的舞会上赌，从不去赌场。对那个地方，我仍然怀着最初的神圣的恐惧。不知不觉间，我结交了不少朋友。我觉得我们之间的情谊是建立在和彼此的争执以及对彼此的轻信上，也正是由于这种轻信，我们相互泄露秘密，还一起堕落。然而或许将我们联系在一起的，难道不是我们的邪恶吗？

"我试着进行了些文学创作，凭之获得了称赞。文学市场上

---

[1] 一枚拿破仑金币是二十法郎。

的那些大人物，并不将我看作值得害怕的对手，也吹捧起我来。他们并不是看重我个人的才华，只不过是为了让他们的某个同行感到膈应。在你们欢场的流行语中，有个生动形象的词叫作浪荡子，我变成了个浪荡子。我的自尊心使得我只求早日解脱，还促使我以激情和力量碾压身边那些最为快乐的同伴。我总是一副神清气爽、风度翩翩的样子。我看上去就像才智过人。从我的外表上丝毫看不出来，这种可怕的生活将一个人变成了倒酒的漏斗、消化的机器、穿金戴银的畜生。过了不久，浪荡的生活便威风凛凛地向我展露了它的可怕之处，我终于了解它了！那些明智而循规蹈矩、给酒瓶子贴上标签留给后代的人，当然不会理解这种大手大脚的生活，也想象不出它的日常状态。您难道要把这种生活的诗意灌输给那些外省人吗？要知道，在他们看来，能带给人无限乐趣的茶和吗啡，不过是两种药品罢了。就算是在巴黎，这样一个思潮汇集的首府，难道就不会见到半途而废的享乐者了吗？他们无法承受过度的欢愉，在一场纵欲的宴饮过后，他们不就疲惫怠地离开了吗？这不就跟那些有点儿闲钱的小市民一样吗？他们听了罗西尼某场创新的歌剧，便会咒骂起音乐来。素来节制的人在吃过一次吕费克肉酱之后，因为消化不良便不再享用，他们也像这样，放弃了放纵的生活。

"纵欲无疑就像诗歌，是门艺术，只有精神强大才能驾驭。为了领略其妙，细品其美，人须得通过某种方式，一门心思地去钻研其中的学问。同其他学问一样，它一开始的时候令人生厌，难以入门。一个人想要体味到大欢喜，需要跨越千难万阻。他并不能只去享受具体的快乐，而是要拥有一种生活方式。这种生活方式会使那些最为罕见的感官感受都变得平常，会总结、放大这些感受，从而让人拥有戏剧化的生活。这种生活方式会迅猛地消耗掉人的精力。战争、权力、艺术，都和纵欲一样，展现着人类能力所能达到的极限，而且都很深刻，且难以接触到。然而人一旦对这些伟大的奥秘发起进攻，他不就跨入了新世界吗？将军、权臣、艺术家，这些人多少都活得有些放荡，因为他们需要在日常生活之外，寻找一些激烈的消遣，以便对抗激越的人生。毕竟，战争其实就是纵欲嗜血，而政治就是纵欲夺利。无度的行为在本质上都是相同的。这些社会的畸形产物有深渊一般的力量，它们吸引着我们，就像圣赫勒拿岛召唤着拿破仑。它们使我们晕头转向、神魂颠倒，莫名地想要一窥深渊的底部。在深渊之中，或许存在着有关永恒的思索，或许封印着能让人类获得无上满足的东西，人类最感兴趣的，不一直都是自己吗？

"艺术家在辛勤创作时就仿佛身临乐土，能体味到各种概念带来的趣味，然而他疲倦时却需要与前者不同的乐趣，就像上帝需要休息日，魔鬼需要肉欲地狱，总而言之，就是需要用感官的体验来对冲理性的思考。拜伦勋爵的娱乐，不会是让小财主痴迷的吵吵嚷嚷的波士顿纸牌；作为一个诗人，他要以希腊[1]作为赌注，和马赫穆德一决高下。在战争当中，人就成了毁灭天使，成了伟大的刽子手。战争会损毁我们脆弱的皮囊，会带来难耐的痛苦，这种痛苦就像是带刺的篱笆一样包裹着我们的七情六欲。要让我们甘愿忍受这种痛苦，难道不得有非同寻常的诱惑才行吗？如果一个抽烟的人吸烟过量，他抽搐着打滚，承受着仿佛临终前的痛苦，然而谁知道他身体的某个部位是不是正在享用盛宴呢？欧洲不是还在不断地发起战争吗？虽然它连擦干净已经浸到脚踝

---

[1] 指拜伦参加的希腊独立战争。

的鲜血的时间都没有。人类作为整体也有疯狂执迷，就像自然总会回归于爱！对个人来说，对像那位米拉波一样、生在和平年代却渴望着狂风骤雨的人来说，纵欲中包含了一切。它就像是整个生命长久地拥抱你，更妙的是，它还像一场和未知力量、和怪兽的战斗。刚开始时，怪兽显得骇人，但你必须要抓住怪兽的角，发动攻击。你会感到前所未有的疲乏。我不知道自然给予了你多么小、多么懒惰的胃，但你得驯服它、胀大它，你得学会饮酒、惯于烂醉，还要彻夜不眠，最终，你将自己的体格变得如同胸甲骑兵的上校一般，仿佛是为了对抗上帝，在他创造了你之后，你又再次创造了自己！

"当人经历了这样的变异之后，一个老兵、一个纵欲的新教徒使自己的灵魂习惯了炮火，双腿习惯了行走，这时，他还没有完全屈服于纵欲的怪兽，还不知道谁才是最后的胜者，他们翻滚扭打在一起，或者征服对方，或者被对方征服。他们所在的世界是毫无瑕疵的，灵魂的苦痛在此沉睡，观念的幽灵在此飞舞。这种残忍的斗争是必要的。纵欲者重复着神话人物的脚步，传说中，他们将灵魂出卖给魔鬼以获得作恶的力量，而纵欲者用他的死亡换取生命中所有的享乐，而且，这些享乐是多么丰富多彩！与其在柜台之后，在书斋之中过那种像是在单调的两岸之间长久流淌的河水的日子，还不如让生命如同激流一般奔腾咆哮。总之，纵欲肯定会给身体和灵魂都带来神秘的快乐。酒醉将会使你坠入幻梦之中，其间的种种幻想都和你在神游太虚之时见到的一样神奇。你能像纵情任性的少女一样拥有甜美快乐的时刻，你能和朋友畅谈，得闻道破人生的警言妙语，享受不掺任何杂质的纯粹快乐，进行没有疲惫的旅行，以及读到精简绝妙的诗篇。这是一种兽性的残酷的满足感,科学曾想于其中寻找人性的存在。满足之后,将会感到一种迷人的麻木,这正是那些对自己的智慧感到厌倦的人所渴望的。他们不正是需要这种完全的休息吗?纵欲不正是天才支付给邪恶的税赋吗?看看古往今来的大人物,他们如果不淫乱放荡,自然就会将他们造得体弱多病。有一种伟力出于嘲弄抑或是嫉妒的目的,要么使他们的灵魂堕落,要么摧毁他们的身体,以此让他们的才华无法得以完全施展。

"在这样醉醺醺的时刻,所有的人和事,都穿着仆人的衣服,出现在你面前。你就是造物主,你能随心所欲地改变他们的模样。在无休无止的谵妄之中,赌博就会如你所愿,将铅液灌进你的血管。总有一天,你会彻底属于那头怪兽,会焦躁地清醒过来,就像我一样。此时,虚弱无力将常伴你左右。如果你是个年老的战士,就会被肺结核吞噬;如果你是个外交官,心脏就会因为动脉瘤而骤停,造成猝死;如果是我,或许肺炎会对我说'对不住啦'! 就像它曾对那位死于情感过于丰沛的、乌尔班的拉斐尔[1]说的那样。

"我就是这样活着的!我来到尘世,要么太早,要么太迟;毫无疑问,我若是不像这样消耗精力,那我就太危险了。正是因为亚历山大在狂欢宴会结束之后,还痛饮了一番美酒[2],这个世界才得救的!总之,对于一些生不逢时的人来说,要么上天堂,要么下地狱;要么去纵欲狂欢,要么去圣贝尔纳的救济院。

---

[1] 根据意大利绘画大师乔治·瓦萨里的说法及其著作内容,拉斐尔对医生隐瞒了"寒夜里多次外出"去见情人的经历,医生当时诊断拉斐尔发烧是由"情绪过度波动"或血液引起的,因此对他实施了放血疗法,这导致其身体进一步衰弱。

[2] 据传,马其顿的亚历山大大帝是因为痛饮了美酒才导致并发症而死。原文中的赫拉克勒斯之杯(la coupe d'Hercule)是指五升的葡萄佳酿。

"刚刚我没勇气对这两个小东西说教。"他指着欧弗拉齐和阿奎丽娜说，"她俩不正是我故事的化身，我生活的缩影吗？我没资格指责她们，在我看来，她们倒像是法官。

"在这首鲜活的诗歌中，在这场令人厌烦的疾病中，我遇上了两次使我感到痛不欲生的危机。当我投身于钻研萨达那帕拉[1]的死法后，没过几天，我在滑稽剧剧院的廊柱下遇见了费多拉。我们都在等候马车。

"'啊！您竟然还活着。'这句话完全能说明她笑容里包含的意思，说明她肯定私下里恶毒地对向她献殷勤的人讲过关于我的故事，评价过我的爱也很普通。她肯定在为自己鼓掌，认为自己洞若观火，虽然事实上她错得厉害。哦！我为她求死，我仍爱着她，在我放纵的时候、酒醉的时候、在女人床上的时候都能看见她，还是会因她的嘲弄而受伤！要是能剖开我的胸膛，挖出我的爱意，扔在她的脚下就好了！

"终于，我就这么轻而易举地花光了所有的钱。然而三年来节制的生活令我就算在健康的人中，都是最结实的那个；直到分文不剩的那天，我依然身康体健。为了继续求死，我签了一张短期期票，很快便到了付款的日子。还不了钱让人多么难受啊！可是这种情绪又鼓动着年轻的心！况且我又不打算变老；我的灵魂永远年轻、生机勃勃、强壮有力。我的第一笔欠债，重新唤起了我的良知，它们迈着缓慢的步子前来，出现在我的眼前，一副抱歉的样子。我知道如何对付它们，就跟对付老姨妈一样。一开始的时候，她们总是抱怨你，但是到最后却为你流泪，还给你钱。

---

[1] 拜伦在 1821 年发表的诗歌中，描写了尼尼微的国王在失去权力之际，为了不让宫殿和财宝落入敌人手里，下令烧毁宫殿，自己也和最爱的美酒、佳肴和美人同归于尽。

我的想象力则更严苛，它让我看到自己的名字从一个城市传到另一个城市，在整个欧洲范围内传遍。我们的名字，便是我们本人。厄塞布·萨勒维尔特[1] 曾如是说。像这样漫游了一大圈后，我又像那个德国的双影人一样，回到了我的住处，让我突然惊醒过来，我其实从来没有出去过[2]。

"我曾经漠然地看着这些银行的人，这些唯利是图而良心不安的人，穿着老板发放的灰色制服，在巴黎的大街上走来走去；但今天，我开始提前憎恨他们。会不会有一天早晨，他们中的一员前来要我兑现胡乱签的期票中的一张？我的签名虽然值三千法郎，但我本人却值不了这个价！这些执达吏的脸，对一切绝望都无动于衷，甚至连死亡都不例外。他们会站在我的面前，像个刽子手对死刑犯说话那样，对我说：'现在是三点半。'他们的办事员有权逮住我，逼我画押签字，玷污我的名字，嘲笑我的名字。

"我欠债了！欠债，不就是属于别人了吗？其他人不就会来清算我的生活了吗？为什么要吃猪肉肠做的糕点？为什么要喝冰镇的饮品？为什么我还能睡觉、走路、思考、娱乐，却不付钱？每当我正在作诗的时候，沉浸在思考中的时候，吃早餐的时候，被朋友、欢笑、善意的嘲弄包围的时候，我总能见到一位穿着棕色套装的先生走进来，手里拿着一顶磨破了的帽子。这位先生就是我的债主、是我签下的期票，是使我的快乐枯萎的幽灵，迫使我从桌前离开，同他讲话。他将会夺去我的快乐、情妇，甚至我的床。相比起来，悔恨更容易忍受，它不会将我赶到街上，也不

---

[1] 厄塞布·萨勒维尔特（Eusèbe Salverte，1771—1839），法国诗人、政治家。

[2] 霍夫曼的小说《魔鬼的迷魂汤》中的主人公梅达尔杜斯，他的双影人到处旅行，做尽荒淫之事，最后惊醒发现自己还在修道院之中。

会将我送进圣佩拉吉监狱。它不会将我们扔进这种让人难以忍受的脏污境地，只会将我们送上断头台，而刽子手会为我们加爵封侯：到行刑的时候，所有人都会相信我们是无辜的；然而，对于那些身无分文还浪荡放纵的人，社会却不会给他们任何好话。然后，这些'债务'，便会踏着两只脚，穿着绿色呢绒衣服，戴着蓝色的眼镜，或是拿着五颜六色的雨伞。我们会在街角面对面地碰上这些债务的人形化身，我们露出笑容时，这些人会仗着自己的特权说：'德·瓦朗坦先生欠我钱。我终于逮住他了。啊！他倒是没有对我板起脸！'我们必须要和债主打招呼，而且必须从容。'您什么时候能还我钱呢？'他们会这样问。而我们则只能撒谎，然后再去求另一个人给我们钱，再次向坐在柜台前的蠢货卑躬屈膝，任由他用冰冷的眼神打量我们，他的眼神像水蛭一样黏在我们身上，比扇我们耳光还要令人憎恶，我们还要忍受他像巴雷姆[1]一样的德行和他的无可救药的愚蠢。一笔债务就是一项想象中的事业，这是他们无法理解的。一个借债的人，往往是被生的冲动所引诱、所征服。那些只为钱活着、只认钱的人，是不会被任何崇高的目标、慷慨的品性所征服、所引领的。我厌恶金钱。总之，一张期票有可能会变成一位老人，他有一家人要养活，早已顾不上什么品德。我的债主或许是格勒兹[2]画中的人，或许是被孩子环绕着的瘫痪之人，或许是个将士的寡妇，这些人全都向我伸出乞求的手来。可怕的债主是那些和我们一样在流泪的人，就算我们偿还了欠款，但仍旧要救济他们。

---

[1] 弗朗索瓦·巴雷姆（François Barrême，1638—1703），法国数学家，后来他的名字也用来指精于计算的人。

[2] 让－巴蒂斯特·格勒兹（Jean Baptiste Greuze，1725—1805），法国画家。

"在还款日的前一天晚上，我在一片虚假的宁静当中入睡，就像是那些第二天就要被处决的人、将要去决斗的人一样安静睡着。他们总是放任自己被虚伪的希望抚慰。然而一觉醒来，我四肢发冷，感到灵魂被囚禁在银行家的钱包之中，躺在用红色墨水写就的财务清单之上。我的债主突然就冒了出来，到处都是。他们像蝗虫似的，在我的座钟里，我的扶手椅上，或是嵌在我最喜爱的那些家具里。这些奴仆般温顺的物件变成了法院鹰犬的猎物，它们会被执达吏的助手夺走，粗暴地扔到广场上。啊！只有我这具行尸走肉仍旧属于自己。公寓的门铃声在我心中响起，它敲击着国王才该被敲击的地方——脑袋。这是一场殉道，然而却换不来上天堂。是的，对于慷慨的人来说，债务就是地狱，是有执达吏和证券经纪人的地狱。欠债不还是卑鄙的，是欺诈的开始，更糟糕的，它还是谎言！它催生了犯罪，为断头台收集来木板。

　　"我签下的期票被拒绝汇兑了。三天之后，我却又付清了欠款。我跟你讲讲我怎么能付清。有个投机商来找我，建议我卖掉卢瓦尔河中属于我的那个小岛，就是我母亲坟墓所在的那地方。我接受了他的建议。在买家的公证人的事务所，我签下了合同。我感觉他的办公室最里面就像是地窖深处，冷飕飕的。我不禁打了个寒战，然后意识到我曾在埋葬父亲的公墓旁，感到过同样一种潮湿的冰冷。我将这个巧合视为死亡的先兆。我仿佛听见了母亲的声音，看见了她的亡灵。某种未知的力量使一个叫着我名字的声音，混杂在钟表走动的声响里，在我耳中回荡！在还完了所有的欠款后，卖岛的钱还剩两千法郎。

　　"当然，在尝尽生活的滋味过后，我本该带着见识过大千世界的头脑和已获得的某种名声，回到我的阁楼，回归平静的学者生活。但费多拉却不放过她的猎物。我们常常碰见。她的那些情人们，被我的才智、我的骏马、我的成功和我的今非昔比所惊讶，这让他们在费多拉的耳边念叨我的名字。她仍旧对一切都冷漠以待、无动于衷，甚至包括这句拉斯蒂涅告诉她的、可怕的话：他在为了您自杀！我用尽一切手段报复，但我并不快乐！我就像这样蛀空着生命，直至它只剩一摊烂泥，我越发觉得，只有与他人分享爱，才能更快乐；我在放浪生活和纵欲欢宴中寻找机遇，追逐爱的幻影。不幸的是，我的美好信念成空，修桥补路无尸骸，杀人放火金腰带。这是邪恶的哲学总结，但对纵欲者来说，却是不争的事实！

"总而言之，费多拉已把她虚荣的恶习传染给我了。我探究自己的灵魂，只觉得腐坏、堕落。恶魔已经将它的蹄印印在了我的额头。从今以后，我再也不可能抛弃这种由不停冒险的生活和可憎的穷奢极欲所带来的刺激不断的日子了。我要是个百万富翁，我肯定会不停地赌，不停地胡吃海喝，四处放浪。我再也不想一个人待着了。我需要女人、需要酒肉朋友、需要酒、需要珍馐美馔来麻醉我自己。我身上和家庭的纽带已经彻底断掉了。我是快乐的苦役犯，我必须要走完自杀的宿命。在生命最后那段还有钱的日子里，我每天晚上都过得荒唐至极，然而到了早上，死神却又把我扔还给了生命。我本来也可以像拥有终身年金的人那样，平静地度过动荡的生活。终于，我只剩一枚二十法郎的银币了。我想到了拉斯蒂涅的幸福生活……"

"对！对！"拉斐尔叫起来，他突然想到了符咒，并从口袋里拿出了它。

或许，是今日漫长的挣扎让他疲惫不堪，又狂饮了葡萄酒和潘趣酒，他再没有力气保持理性；又或许，是被他过去一幕幕的生活图景所刺激，不知不觉沉醉在了自己滔滔不绝的描述之中，他就像是个彻底失去理智的人，手舞足蹈，兴奋狂热。

他挥舞着驴皮，大声叫道："让死亡见鬼去吧！我现在想活着！我有钱了，还有各种美德，没有什么能够抗拒我。当一个人无所不能的时候，怎么会不仁慈善良呢？嘿！嘿！呜呼！我希望能有二十万法郎的年金，这样我就能如愿以偿了。都向我致敬吧，你们这些蠢猪，你们在这些地毯上打滚，就像在猪圈里打滚一样！您这个闻名遐迩的地主，您的东西都属于我了！我有钱了，我能将你们所有的东西都买来。我甚至能收买在那儿打鼾的议员。来吧，上流社会的混蛋们，都来感谢我吧！我就是教皇。"

拉斐尔的叫喊声之前一直被持续不断的低沉鼾声所掩盖，这时突然被听见了。大部分酣睡的人叫嚷着醒了过来，他们见到这个搅扰清梦的人双腿颤颤巍巍，站都站不稳，便开始一齐咒骂他喝得醉醺醺的、还吵人。

"你们闭嘴！"拉斐尔接口说，"你们这些狗东西，回狗窝去吧！爱弥尔，我有宝贝了，我要送你哈瓦那的雪茄。"

"我听见你说的话了。"那个诗人回复道，"要么得到费多拉，要么去死！你继续！这位蜜糖似的费多拉玩弄你。所有女人都是夏娃的女儿。你的故事没什么特别的。"

"啊！你不是在睡觉吗？你这个卑鄙的人。"

"我没有！要么得到费多拉，要么去死。我听见了。"

"你快醒醒！"拉斐尔一边大叫，一边用那张驴皮拍打爱弥尔，仿佛想通过拍打激发出驴皮中的电流。

"该死的！"爱弥尔说着站了起来，他拦腰抱住拉斐尔，说道，

"我的朋友，你想想，现在这儿可有一群女人。"

"我是百万富翁。"

"如果你不是百万富翁，那你就铁定是喝醉了。"

"我如果醉，也是因为权力而醉的。我能杀了你！我是尼禄大帝[1]！我是尼布甲尼撒[2]！"

"可是啊，拉斐尔，我们身边的可都不是什么善茬，为了保持尊严，你也该安静了。"

"我的生活已经安静太久了。现在，我要向全世界复仇。挥霍这些低劣的钱财不能使我感到快乐，我要模仿我们这个时代，要消耗掉人的生命、才智甚至灵魂。这是一种恢宏大气的奢侈，就像疫病一样丰富多彩！我要和黄热病、绿热病、蓝热病抗争，和军队，和断头台抗争。我能得到费多拉。但不，我不想要她。这是我的病，我会死于费多拉！我想忘记费多拉。"

"要是你再这么喊下去，我就把你扔去餐厅。"

"你看到了这张皮吗？它是萨洛蒙的遗产。它属于我了，萨洛蒙，这个小小的自命不凡的国王！我拥有阿拉伯，还包括佩特雷。全世界都是我的。你也是我的，如果我想要的话。啊！要是我想要的话，都给我当心些？我能把你的报馆买下来，你将会成我的仆人。你要为我写那些陈词滥调，你要帮我管理报纸的发行。仆人！仆人就意味着身体健康，因为不用动脑。"

听到这些话，爱弥尔把拉斐尔带到了餐厅。

"好啦！好啦！我的朋友。"爱弥尔对拉斐尔说，"我是你的仆人。但你马上就要成为报纸的主编了，所以闭上嘴吧。庄重点

---

[1] 罗马帝国的皇帝。
[2] 巴比伦王国的皇帝。

儿，就当是为我考虑考虑！你爱我吗？"

"我当然爱你！有了这张驴皮，我要给你哈瓦那雪茄。驴皮万岁，我的朋友，这是张尊贵的皮！它是灵丹妙药，我能治鸡眼。你有鸡眼吗？我来帮你除掉。"

"我从没见你像现在这么蠢过。"

"蠢，我的朋友？我每有一种欲望，这张皮就会缩小一点……这是个反语。婆罗门，它下面有个婆罗门！婆罗门肯定是个爱嘲笑别人的人，因为欲望，你瞧，肯定会膨胀……"

"嗯！好，对。"

"我跟你说……"

"对，说得太对了，我和你想的一样。欲望会膨胀……"

"我跟你说，这张皮！"

"对。"

"你不相信我。我了解你，我的朋友，你就像新上任的皇帝一样，是个骗子。"

"你怎么能让我相信你醉后的胡言乱语呢？"

"我跟你打赌，我会向你证明我说的。量量它的大小。"

"算了，他是不会睡的。"爱弥尔看着拉斐尔在餐厅中到处寻找，不禁叫唤道。

瓦朗坦兴奋起来，他动作灵敏得如同猴子。醉鬼的视野虽然模糊不清，但偶尔他们会表现出与前者截然不同的异常清醒，也归功于这种清醒，拉斐尔找到了一个文具盒和一条餐巾。他嘴里还一直念叨着："量量！量量！"

"哎！好，行。"爱弥尔回道，"量量！"

两位朋友将餐巾铺开，将驴皮叠在上面。爱弥尔的手看上去要比拉斐尔稳一些，他用羽毛笔蘸了墨水，沿着符咒的轮廓描了一圈边。在此期间，他的朋友对他说："我刚刚许愿有两万法郎的年金，对吧？等我真得到了，你就能看到我的驴皮整块缩小。"

"好的，现在睡觉吧。你想让我扶你去长沙发上吗？来吧，还舒服吗？"

"好的，我在报业的门生。你会讨我欢心的。你来为我驱赶苍蝇。落难时的朋友有资格成为我掌权后的朋友。因此，我要给你……雪……雪茄，哈瓦……"

"好啦，百万富翁，醒醒你的黄金梦吧。"

"你，你去写文章吧。晚安。我跟尼布甲尼撒说晚安了吗？爱情！喝酒！法国……光荣……有钱……有钱……"

没过一会儿，两位朋友的鼾声就和厅堂中传来的音乐声混在了一起。这是无人倾听的音乐会！蜡烛一支接一支地，在水晶烛台上发出爆裂的声响，然后熄灭。夜晚用它的黑纱包裹住了这场漫长的狂欢宴饮。在这欢宴之中，拉斐尔的讲述也像是一场言语的狂欢，尽是些没有意义的句子，或是缺乏阐释的概念。

将近中午，美丽的阿奎丽娜起床了。她打着呵欠，满脸倦容，她的脸颊上有大理石花纹般的印子，那是天鹅绒凳子的印迹，昨晚她将脑袋枕在那上面了。欧弗拉齐被她同伴的动作弄醒了，她突然起身，发出一声尖叫。她秀丽的面容，昨天晚上还白皙而红润，现在却蜡黄苍白，像是要被送去医院的女孩。渐渐地，宾客发出不适的呻吟，重新活动起来，他们的胳膊和小腿都感到僵硬，一觉醒来，便被无数种各不相同的疲惫压得难以忍受。有个仆人前来打开厅堂的百叶窗和窗户。温暖的阳光照在沉睡者的头上，将他们唤醒，众人便纷纷站起身来。睡梦中的翻动毁了他们精心打理的发型，弄乱了仪容仪表。天光照在女人身上，暴露出丑陋的景象：她们披头散发，形容狼狈，脸上的神情也变了，曾经闪亮的眸子因倦怠而失去了光泽，曾经灯光下光彩照人的脸变得蜡黄，令人恐惧。她们休息的时候还那么白皙、那么柔软的脸，现在却萎靡下垂，还发青。曾经诱人而红艳的嘴唇，现在失去了血色，变得干燥，带着酒醉的可耻痕迹。男人见到昨夜的情妇像现在这样颜色消退、死气沉沉，像是街上被游行队伍碾压而过的娇花，便马上背弃了她。

然而这些傲慢的男人却比她们更狼狈。要是看见这些人的脸，你或许会颤抖。他们眼窝深陷，挂着黑眼圈，看上去如同失明了一般。他们因酒精而麻木迟钝，因睡眠不足而茫然无措，显得比修理工更加疲倦。这些憔悴的面孔，已经失去了那种装饰灵魂的诗意，于是将肉体的欲念赤裸裸地呈现了出来，带着我不知该如何形容的野兽般的凶残和冷酷。邪恶苏醒了，没有衣冠蔽体，没有脂粉修容；罪恶化身的骸骨挂着褴褛的衣衫，冰冷、空洞，再没有机智的诡辩或是奢侈的魔法为它们添彩。那些惯于同纵欲生活搏斗的无畏的勇士，还是会被这幅场景吓住。

艺术家和女人们都鸦雀无声，用惊恐的眼睛检视着狼藉的房间，房里的一切都被情欲的火焰烧得破乱不堪。正当塔耶菲听见他的客人们在低沉喘息，准备挤出虚情假意的笑脸招呼他们时，一阵魔鬼般的笑声突然响起。塔耶菲那张涨得通红、汗水涔涔的脸，使得这幅地狱般的场景之上又添了一个不知忏悔的罪犯的形象。这幅画作如此便完整了。这就是钟鸣鼎食的肮脏生活，这混杂着穷奢极欲和人类悲苦的可怕场面，便是纵欲过后清醒时的所见所闻。纵欲这头怪兽用它强硬的双手压榨尽了生命的果实，使得它身周只剩卑污的残渣和它自己都不相信的谎言。

你或许会说，这里仿佛是死神正站在患鼠疫的家庭中微笑哩。没有香氛，也没有耀眼的烛火；没有欢乐，也没有欲望；只有散发着恶心气味和包含痛苦哲思的厌倦。然而明亮的阳光就像是真理，纯粹的空气就像是美德。燥热的氛围中充斥着疫气的恶臭，是狂欢散发的恶臭，阳光和空气与之格格不入！这些年轻的姑娘虽然早已过惯放浪的日子，但其中有几个人还是想起了曾经睡醒时的景象，那时候她们还天真纯洁，透过忍冬花和玫瑰花环绕着的乡间窗栅，能见到清新自然的景色。云雀在用欢快的歌声歌颂这晨光熹微中沾满晨露的朦胧美景。还有的人在回忆和家人共进早餐的时刻，孩子和父亲围坐在桌子旁边，质朴纯真地笑着。桌上的菜肴简简单单，一如人的本心，整幅画面散发着无法描述的魅力。有个艺术家想到了他宁静的工作室，他纯白无瑕的雕塑作品，还有那等着他的优雅模特。一个青年人，想起了一桩将决定一家人命运的诉讼，想到了一场很紧要的和解，他本该到场。学者则想起自己的书房，深觉抱愧，那儿还有等他完成的严肃作品。几乎所有人都感到了羞愧。正在这时候，爱弥尔却神清气爽、脸色红润地笑着出现了，就像是在时髦商店中最漂亮的销售员。

"你们真是比执达吏的助手还丑。"他大声说道，"你们今天是什么事都做不了了，铁定要浪费掉这天了。照我来看，还是吃午饭吧。"

听到这话，塔耶非就出去吩咐仆人了。女人纷纷来到镜子前，无精打采地重新打理好仪容。每个人都重又振作起来。最放浪的人开始对最规矩的人说教。女人们嘲笑着那些看上去已无力继续享用丰盛大餐的人。憔悴苍白的诸位宾客又活泛起来，形成一个个小团体，互相问候、谈笑。一些手脚轻快的仆人迅速地将家具和所有物品都归还原位。丰盛的早餐被盛了上来。宾客于是又涌向餐厅。在那儿，虽然所有的一切都带着昨夜纵欲无度留下的不可磨灭的痕迹，但至少有了一点儿生的气息和思考的迹象，像是将死之人最后的抽搐。

正如狂欢节最后一天的游行队伍，盛装出席的人跳了太久的舞而疲惫不堪，喝了太多的酒而酩酊大醉，是以纵情狂欢难以为继。人们只想说服自己，是这些乐子已经变得乏味，却不愿承认是自己已无能为力。

这群英勇的人再次坐到了资本家的桌边时，卡多特那张亲切的脸出现在了人们面前。一个温和的笑容从他脸上一闪而过。昨天晚上，晚饭过后他便谨慎地离开了，去他妻子的床上完成了这场狂欢。他像是胸有成竹，知道这里有一桩遗产继承案要为他奉上，和他分享，等待着他去盘点财产，用大字抄写造册，知道这个案子有许多文件要起草，酬金丰厚，鲜美多汁得如同那块东道主叉子下颤动着的里脊肉。

居尔西大叫道："哦哟！哦哟！我们要在公证人面前吃早餐咯。"

银行家指着整桌佳肴对他说："你来得可真及时，刚好能为这些文件签字、画押。"

学者说道："这里可没有遗嘱要订立，不过说不定有什么婚前协议要拟！"一年之前，他头一次攀了一门好亲事。

"哦！哦！"

"啊！啊！"

"只需要一会儿。"不怀好意的调笑响成一片，卡多特耳朵都要被震聋了，"我是为了正事来的。我给你们中的一位带来了六百万法郎。"（一片鸦雀无声。）"先生，"他对拉斐尔说，"令堂是不是奥弗莱厄蒂家的小姐？"这时拉斐尔正不拘小节地用餐巾一角擦着眼睛。

"对。"拉斐尔下意识地回答说，"她叫巴尔贝－玛丽。"

卡多特问道："您手里有您和德·瓦朗坦夫人的出生证明吗？"

"应该有吧。"

"这就好了！先生，您现在是奥弗莱厄蒂少校的唯一继承人了。他于1828年8月在加尔各答逝世。"

批评家大叫道："少校，了不起！"

"少校在遗嘱中，指定有几笔款项要留给几家从事公共事业的机构。法国政府曾向东印度公司要求收回少校的遗产继承权。"公证人继续说，"现在，他的财产已经清算清楚，并且可以转结了。这半个月来，我一直在寻找巴尔贝·玛丽·奥弗莱厄蒂小姐的继承人，但都徒劳无获，直到昨天在餐桌上……"

这时，拉斐尔突然站了起来，他的动作生硬，似乎受到了伤害。餐厅里仿佛响起了无声的喝彩，宾客们的第一反应是暗自嫉妒，人们的眼睛都像是燃着一簇簇火苗，纷纷转向他。接着，压低的议论声响起，就像是剧院的大厅里响起了观众的抱怨；然后场面越来越嘈杂，骚乱的动静越来越大，每个人都要为这笔公证人带来的巨大财富发表一句意见。命运突然变得如此顺遂，拉斐尔理智起来，他迅速地将那张用来量驴皮大小的餐巾铺在桌子上。他对身边的一切都置若罔闻，将那张符咒叠在餐巾上。他看见用线条勾出的轮廓和驴皮之间空着明显的一截距离，狠狠地抖了抖。

"哎？他这是怎么了？"塔耶菲大声问，"钱来得太容易了吗？"

"扶住他，沙蒂永[1]。"比西欧对爱弥尔说道，"他会乐死的。"

这个继承人憔悴的脸被可怕的苍白浸透了。他的脸部线条抽搐着，面容上凸起的部分发白，凹陷的部分发灰，面无血色，眼神凝滞。他看见了死神。豪奢的银行家被神色憔悴的女人和酒足饭饱的宾客围绕着，这欢宴的谢幕时刻正是他生命的真实写照。拉斐尔看了三遍那张符咒，它就那么随意地躺在餐巾上那冰冷无情的线条之中。他想质疑，然而清晰的预感让他不得不相信。这个世界都属于他了，他无所不能，却什么都不想要了。他就像个走到沙漠中心的旅人，有一点儿水可以解渴，然而有多少口水，就意味着还能活多久。他明白每一种欲望都要消耗他的寿命。再然后，他彻底相信了驴皮的神力，他听见自己的呼吸声，他感到自己已经病了，自问道："我是不是得肺炎了？我的母亲不正是死于肺炎吗？"

"啊！啊！拉斐尔，您可得好好庆祝一番！您准备给我点儿什么呢？"阿奎丽娜说道。

"让我们为您死去的舅舅喝一杯！他是叫马丁·奥弗莱厄蒂吗？他可真是位人物啊！"

"他会成为法国议员的。"

"啧！七月革命之后，议员算得了什么？"批评家说道。

"你会在滑稽剧剧院包个包厢吗？"

比西欧说："我希望你能请我们大吃一顿。"

爱弥尔说："像他这样的人出手总是大方的。"

这群欢快的人的起哄声震荡着瓦朗坦的耳朵，然而他一句话都听不进去。他模模糊糊地想起了布列塔尼农民那种无欲无求的

---

[1] 来自伏尔泰的戏剧《扎伊尔》的台词。

机械般的生活，他们养育孩子、耕种田地、吃荞麦面，用自己的酒壶喝苹果酒，虔信圣母或是国王，在复活节的时候领圣餐，星期日在绿茵上跳舞，却听不明白自己教区神父的布道。而此刻他眼里的场景——镀金的墙裙、女人、盛宴，这奢侈的一切，都令他如鲠在喉，不禁咳嗽。

"您想来点儿芦笋吗？"银行家大声问他。

"我什么都不想要。"拉斐尔声如雷鸣地回答。

"了不起！"塔耶菲说，"您已经明白财富就是无礼的证书。您是我们中的一员了。先生们，让我们为金子的力量喝一杯。德·瓦朗坦先生成为拥有六百万法郎的富翁，大权在握。像所有有钱人一样，他就是国王，他可以为所欲为，凌驾于一切之上。从此之后，对他来说，'法律面前，法国人人平等'就是写在大宪章开头的一句谎言。他不必遵守法律，是法律要听他的。对百万富翁来说，是没有断头台，也没有刽子手的。"

"是有的。"拉斐尔回应，"他们是自己的刽子手！"

"哈哈！"银行家说，"喝酒喝酒。"

"喝酒喝酒。"拉斐尔附和道。他将符咒塞回了口袋。

"你在做什么？"爱弥尔阻止了他手上的动作，"先生们，"他继续对着宴席上被拉斐尔的举动惊到的宾客说，"要知道我们的朋友德·瓦朗坦，我应该怎么称呼来着？德·瓦朗坦侯爵先生有个获得财富的秘诀。只要他许下愿望，立马就能实现。除非他是个冷漠小人，不然他就会让我们一起发财。"

欧弗拉齐叫道："啊！我的小拉斐尔，那我想要一串珍珠项链。"

阿奎丽娜说："如果他有情有义，就会给我两辆配着骏马、跑得飞快的马车！"

"我想要十万法郎的年金！"

"羊绒衣物！"

"帮我还债！"

"让我舅舅，那个又高又瘦的家伙中风吧！"

"拉斐尔，给我一万法郎的年金，我就再不来烦你了！"

公证人叫喊道："多么慷慨呀！"

"他得帮我治好痛风。"

银行家说："把年金的利息降一点儿吧。"

所有的这些话，就像是最后一束烟花绽放，转瞬即逝；而这些疯狂的欲望，或许不止玩笑这么简单。

"我亲爱的朋友，"爱弥尔郑重其事地说，"我只要二十万法郎年金的收入就满意了。快去许愿吧！"

拉斐尔说："爱弥尔，你难道不知道我要付出什么样的代价吗？"

"多好的借口！"诗人嚷道，"我们难道不该为朋友牺牲吗？"

"我几乎就想许愿让你们通通完蛋了！"瓦朗坦用阴郁的目光深深看了宾客一眼，这样回复他们。

"死到临头的人果然残忍得可怕！"爱弥尔笑着说，"你现在有钱了。"他严肃地补充说，"哎！我打赌要不到俩月，你就会变成卑鄙的自私鬼。你现在已经变蠢了，听不出什么是玩笑话。以后你会除了那张驴皮，什么都不信。"

拉斐尔害怕众人嘲笑他，不再说话；但他疯狂饮酒，只想暂时忘记这不祥的神力。

死到临头

十二月初，有位七旬老人冒着雨在瓦雷纳大街的每一户宅子前抬头仰望门牌，以孩子般的纯真和哲学家的专注寻找拉斐尔·德·瓦朗坦侯爵的家。他的脸上混合着刻骨的忧郁和独裁的暴虐，对比强烈，灰白的长发凌乱，看上去就像火中卷曲的羊皮卷。如果有画家遇见了这位穿着黑衣，瘦骨嶙峋的奇特人物，毫无疑问他会返身回到工作室，将他画进写生集中，并在肖像画下批注：推敲韵脚的古代诗人。在找到了被告知的门牌号后，这个有如罗兰再世的老人轻轻地敲响了一栋华丽宅子的大门。

　　"拉斐尔先生在吗？"老人问穿着仆人制服的瑞士人。

　　"侯爵先生不见任何人。"仆人一边回复，一边吞了一大口长面包块。他刚刚用面包在一只大碗里蘸了咖啡。

　　"他的马车在那儿。"陌生的老人指了指停在木制顶棚下的豪华车马，顶棚就好像人字斜纹布做成的帐篷似的，荫蔽着门廊的台阶。"他总要出门，我在这儿等他。"

　　"哎呀，我的老先生，您可能会在这儿等到明早。"瑞士人接着道，"随时都有马车为先生备着。算我求您了，您还是走吧。

我要是没收到吩咐，便让陌生人进了宅子，哪怕只一次，都会丢掉六百法郎的终身年金。"

就在这时，一个高大的老人从前厅出来，穿得好像是内阁大臣的看门人。他迅速下了几级台阶，端详这个神色诧异的年老的求见人。

"呐，这位是若纳唐先生。"瑞士人说，"您跟他说吧。"

两位老人都打量着对方，或是出于同情，或是出于好奇。他俩在宽阔的前庭中央一个圆形区域汇合，几条种着一簇簇植物的石径在这里交汇。可怕的沉寂笼罩在这栋府邸之上。看到若纳唐，你或许会想要洞悉他脸上的神秘神情，这样便能知道发生在阴沉府邸中的一切事情。

在接手了舅舅的巨额遗产之后，拉斐尔的头一桩事就是要找到以前的老仆人，老仆人对他感情深厚，忠心耿耿，值得信任。当若纳唐重新见到年轻的主人时，忍不住流下了欢乐的泪水，他本以为已和他道永别了。而侯爵将管家的重要职责托付给他，他更是幸福得无以复加。老若纳唐成了拉斐尔和整个世界的中间人，势力不小。他是主人财产的最高管理者，是主人那常人闻所未闻的疯狂构想的执行人。他就像是一种第六感官，只有通过他，拉斐尔在生活中才能体会到各种各样的情绪。

"先生，我想要同拉斐尔先生说话。"那老人边对若纳唐说话，一边为了躲雨，上了几级门廊的台阶。

"和侯爵先生说话，"管家说，"他都不怎么和我讲话，而我可是他的奶公……"

"可，我也能算是他的奶公。"老人高声叫道，"如果说您的老婆曾经给他喂过奶，那么我则是曾让他吮吸过我的缪斯女神们的乳汁。他是我的乳儿[1]，我的孩子，我的亲爱的徒弟[2]！我能骄傲而光荣地说，是我塑造了他的大脑，开发了他的智力，将他教养成了有才之士。他难道不是我们这个时代最杰出的人物之一吗？他在我的照管下，读了六年级、三年级[3]，然后是学习修辞学。我是他的老师。"

"啊，您是佩里凯先生？"

"正是在下。敢问您是？"

"嘘。嘘。"有两个厨房小厮在交头接耳，打破了笼罩着房子的修道院般的寂静。若纳唐制止了他们。

"先生，"老师重拾话头，"侯爵先生是生病了吗？"

若纳唐回答说："我亲爱的先生，只有上帝才知道是什么魔住了我的主人。您看看，在巴黎不可能找出第二栋像我们这样的房子了。您听到了吗？第二栋。我保证，绝没有。侯爵先生买下来的这间宅子之前是属于一位公爵和议员的。他花了三十万法郎购置家装。您瞧瞧，三十万法郎，这可是多大笔钱啊！我们宅子里的每个房间都像是真正的奇境。天啊！当我看到这等气派的场景时，我以为又回到了他已故的父亲家中！年轻的侯爵准是要接待整座城市和整个宫廷里的人！然而一个人都没有。先生谁也不想见。他过着一种荒唐的生活。佩里凯先生，您听清楚了吗？过着不可理喻的生活。他每天早上都在同一时刻起床。只有我，我一个人，能进他的房间。您瞧瞧！我七点推开他的房门，冬夏都是如此。这是提前约好的时间，一点不能错。进了房间，我便对

---

[1] 在法语中，nourrisson 既有"乳儿"的意思，也有"门徒"的意思。

[2] 原文为拉丁语"carus alumnus"。

[3] 法国的学制中学有四年，六年级为最低年级，三年级为结业年级。

他说:'侯爵先生,您该起床更衣了。'于是他就起床,更衣。我将晨袍递给他。他的晨袍总是同一种样式和布料的。当旧的那件穿得不能再穿了,我就得替他换一件,免得他开口跟我要。况且他绝对不会开口!然而事实上,这个孩子每天都有一千法郎供他花销,他想做什么就能做什么。更何况,我是多么喜爱他啊!如果他给了我右边脸颊一耳光,我会将左边脸再凑上去!他就算是想让我做最艰难的事情,我也会帮他做的。您听到了吗?再说,他让我做的琐事也够多了,我忙得不可开交。他不是要读报纸吗?他要我把报纸整理好,放在同一个地方,同一张桌子上。我还得在同样的时间亲自为他剃胡子,手还不能抖。要是先生死了,厨师可就丢了一千法郎的终身年金,所以早餐总会在每日早晨十点,晚餐会在下午五点,被准时盛到先生面前,风雨无阻、一丝不苟。一整年,每天吃什么都是定好了的。侯爵先生没什么想要的。等草莓上市的时候,他就能吃上草莓。第一波鲭鱼游到巴黎的时候,他就能吃上鲭鱼。菜单都被印刷了出来,他早上就能知道晚餐吃什么。

"就像这样,他在同样的时间换衣服,穿同样的外衣,同样的衬衫。而且您要知道,那衬衫总是被我放在同一把椅子上。我还务必要保证他穿的衣服用的是同样的呢料。在必要的情况下,比如说,他的外衣破了,我便默默地给他换一件。如果天气好,我就会进他房间问他:'先生,您想出去走走吗?'他有时会说好,有时会拒绝。如果他想去散步,根本不用等马被套好,马车夫手拿着马鞭、风雨无阻地等在那儿。就像您看到的那样。吃完晚饭后,他要么就是去歌剧院,要么就是去意大……哦不,他还没去过意大利剧院。直到昨天,我才在那儿弄到一个包厢。接下来,他十一点就会准时回来睡觉。白天空闲的时候，他什么都不做，只读书，他总是在读书。你瞧瞧，他就只有这一个年头。我奉命在他之前先看一遍出版业的新闻，然后去买新出的书，这样他就能在图书发售的当天，在壁炉上找到它们。我还要遵从他的命令，时不时地进他房间检查炉火，以及室内的一切，看看有没有他缺的东西。先生，他给了我一本小书，让我烂熟于心。那书上写着我所有的工作，简直就是本《教理问答》。夏天，我得用厚厚的冰块使室温保持在一个凉爽的温度上，还得在四处都布置上新鲜的花。他很富有！每天有一千法郎供他花销，他能够搞这些花哨的玩意儿。而且曾有很长一段时间，他衣食堪忧，这可怜的孩子啊！他不会折磨任何人，善良极了。但是，他从来不多说一句话，你看啊，绝对的寂静笼罩了这宅子、这花园！总之，我的主人是没有任何需求的，所有的一切不过都是按要求进行的，不出半点差错！但他这么做是对的，要是没有仆人，全都会乱套。我跟他讲需要做什么，他就听我的。你不会相信他竟然把事情做到了这种程度。他的所有房间都是……怎么说呢……都是打通的。比如说，他打开卧室或书房的门，咔嗒！所有的门都会自己打开，这是专门做的机械装置。像这样，他就能从房子的这头走到那头，不会遇见任何一扇关着的门。对我们其他仆人来说，这可是太和善了，方便又省事！这可是花了一大笔钱呢，瞧瞧！

"总之，佩里凯先生，他最后对我说：'若纳唐，你得把我当襁褓中的婴儿照顾。'襁褓中的，是的，先生，他竟然说襁褓中的。他还说：'你得为我想到我的需求。'

"您听到了吗？这下我倒成主人了，而他成了我的仆人。这到底是为了什么呢？啊！我想，这世上除了他自己和上帝，没人能想出其中的原因了。简直不可理喻！"

老教师嚷嚷说："他是在作诗。"

"先生，您觉得他是在作诗？这任务也未免过于繁重了！但是您看，我是不相信的。他常常对我说，他要像植物一样活着，慢慢枯萎。佩里凯先生，就在昨天，他看见了一朵郁金香，在更衣的时候说：'这就是我的生命。我可怜的若纳唐，我在枯萎。'像这种情况，其他人肯定会认为他得了偏执狂。简直不可理喻！"

"若纳唐，种种迹象都在向我表明，"老教师用庄严而高深的口吻说道，这让老仆人心中有了深深的敬意，"您的主人正专注地在创作一部著作。他沉浸在无边的冥思之中，不愿为了日常生活的琐碎小事而分心。当一个富有才华的人正从事着脑力工作时，他会忘记其他的一切。有一天，著名的牛顿……"

"啊？牛顿？"若纳唐说，"好吧，我不认识他。"

"牛顿是一位伟大的数学家。"佩里凯继续说，"他手肘撑着桌子，就这么度过了二十四小时。当他从幻想中醒来，以为还在前一夜，自己只睡着了一会儿。我得去看看这亲爱的孩子，我能帮到他。"

"等等。"若纳唐叫道，"您难道不知道，除非您强行推开大门，从我的尸体上跨过去，不然哪怕您是法国国王，我说的是古代国王，您都进不去。不过，佩里凯先生，我能跑进去对他说您在这里，然后像这样问他：'要让他上来吗？'他会回答好或者不。我从来不会对他说您愿意吗？您想要吗？您有需求吗？这些句子在我们的对话之中被抹去了。有一次我不小心说漏了嘴，他就大发雷霆地对我说：'你是想让我死吗？'"

若纳唐将年迈的教师留在门廊处，示意他别再向前。不过他很快就带着好消息回来了，引着年迈的退休教师穿过一间间富丽堂皇的房间。这些房间的门全都是开着的。佩里凯远远地便看见了在壁炉角落旁的曾经的学生。他裹着一件有大印花的晨袍，坐在弹簧逍遥椅中，正在读报。从那病恹恹的姿态和羸弱的身躯上能看出，他忧思郁结。他的额头上、他如凋零褪色的花朵般苍白的面容上，都写满了郁郁寡欢。弱不禁风的秀美和有钱人生病时才有的怪脾气充分凸显了他的性格。他那双手，堪比美女的柔荑，白皙、柔软、纤美。金色的头发变得有些稀疏，经过了精心打理，在两鬓周围卷曲着。山羊绒制成的希腊式圆顶帽缀着流苏，流苏对这种轻薄的材质来说过重了，将帽子拽得从他脑袋一侧搭下来。一把孔雀石镶金小刀掉在他的脚下，是用来裁开书页的。他的膝盖上放着华丽的印度水烟的琥珀烟嘴，水烟的螺旋形珐琅烟管像蛇一样盘旋在房间当中，可他竟然忘了吸清凉的香烟。

然而，和这具羸弱的年轻躯壳所不相称的，是他那双好像汇聚着全部生命力的蓝色眼睛。他的眼中闪耀着异常的情感，让人一见心惊。这眼神让人看得难受。有些人在其中读出了绝望，有些人则揣测他的内心正在挣扎，还包藏着类似悔恨的可怕情绪。这深沉的一眼，要么是来自一个无助的人，他拼命将欲望埋葬在内心深处；要么是来自一个吝啬鬼，他一想到自己的财富能为他带来的种种乐趣，便觉得快乐，可为了不使财富缩水，又要拒绝那些乐趣；要么来自被捆住的普罗米修斯；要么来自1815年失势的拿破仑，他在爱丽舍宫得知了敌人采用的错误战略，要求获得二十四小时的统帅权却未获批准。这真是兼具了胜利者和受难者两种人的眼光！说得再准确些，这正是几个月前，拉斐尔看向塞纳河，看向他用来赌博的最后一枚金币的眼光。

他让自己的意志、智力屈服于老农民的粗俗常识。这个农民所受的唯一教养是从五十年的仆役生活中摸索得来的。他几乎要为变成某种意义上的人偶尔感到高兴，为了活下去，他放弃了生活，将所有受欲望催生的诗性从灵魂中剥离了。他接受了那种残忍的神力所下的战书，为了更好地对抗它，他如同奥利金[1]一样持身端正，阉割了自己所有的想象力。

那天，他因为舅舅的遗嘱突然变得富有，然后见到驴皮缩小了。第二天，他去了公证人家。在那儿享用甜点的时候，一位风头正健的医生一本正经地讲述了某个得肺炎的瑞士人治愈身体的方式。这个瑞士人十年之中没有说过一句话。他严格按照医嘱，在牛棚里浑浊的空气中，一分钟只呼吸六次。此外，他的饮食还相当清淡。我要像这个男人一样！拉斐尔对自己说，不惜一切代价地活下去。他身处金玉丛中，却过着蒸汽机般的生活。老教师打量这具年轻的尸体，不禁颤抖了。在这具纤细而虚弱的躯体上，没有一处是自然和谐的。他看着眼神饥渴、额头遍布忧思痕迹的侯爵，无法认出他就是记忆里在一群青少年中仍显得突出的、面色红润饱满的学生。如果这个气质古典的老人、洞若观火的批评家、品位高雅的保守派读过拜伦勋爵的诗，他会觉得自己本以为会见到恰尔德·哈洛尔德，结果看见的却是曼弗雷德。

"您好，佩里凯老爹。"拉斐尔对他说，用潮湿发热的手握住了他冰冷的手，"您身体怎么样？"

"我嘛，我还行。"老人触到这温热的手，不禁讶异，"您呢？"

"哦！我希望自己的身体能够健康。"

"您肯定是在创作某部伟大的作品吧？"

---

[1] 奥利金（Origenes，约185—约254），早期基督教神学家，教父哲学的主要代表之一。

"没有。"拉斐尔回复说，"我已建造了纪念碑 [1]。佩里凯老爹，我已经写完了一本大部头，现在我和学问道永别了。我现在甚至连手稿都要找不到了。"

"不用说，这部作品的文风一定是纯净优雅的吧？"教师问道，"我希望您没有用那个新学派的粗俗言辞，他们以为出了个龙沙 [2] 就了不起了。"

"我写的是纯粹的生理学作品。"

"哦！一切都和文风有关。"教师继续说道，"在科学研究中，为了有所发现，是要运用合适的语法。然而，我的孩子，清晰和谐的文风，就像玛希隆 [3]、布丰 [4]、伟大的拉辛 [5] 他们采用的语言，那种古典的文风是永远不会出错的。不过，我的朋友，"老教师中断了这个话题，接着说，"我差点忘了来访的目的了，我是为了私事来的。"

拉斐尔这才想起漫长的教学生涯让他的这位老师习惯了用词考究的长篇大论，而且说话绕来绕去，他几乎后悔接待了老教师，可惜为时晚矣。然而正当他想将老教师送出门去时，他偷偷瞥了一眼驴皮，迅速地将自己的愿望压制了下去。那张驴皮就悬挂在他的面前，贴在一块白布上，驴皮那决定他命运的轮廓被他用红线细致地勾画出来，毫厘不差。自那场致命的欢宴过后，拉斐尔连最微小的愿望都要压抑扼杀。他像这样生活，只为了不让这块可怕的符咒有些微颤动。伴符如伴虎，他不能唤醒符咒的凶性。

<hr>

[1] 原文为拉丁文 "Exegi monumentum"，来自古罗马诗人贺拉斯的诗歌。
[2] 皮埃尔·德·龙沙（Pierre de Ronsard，1524—1585），法国抒情诗人，七里诗社主要代表。
[3] 让·巴蒂斯特·玛希隆（Jean Baptiste Massillon，1663—1742），法国天主教著名传教士。
[4] 布丰（Georges Louis Leclerc de Buffon，1707—1788），法国博物学家。
[5] 让－巴蒂斯特·拉辛（Jean-Baptiste Racine，1639—1699），法国著名剧作家。

于是他只好耐心地倾听老教师滔滔不绝的讲述。佩里凯老爹花了一个小时，向他讲了在七月革命之后，他成了众矢之的，遭到了许多迫害。这位老人希望能有一个强有力的政府，他表达了爱国的心愿，希望让杂货商继续待在柜台后面，政治家继续治理公共事务，律师仍旧待在法院，法国议员则还是待在卢森堡宫。然而有一位公民皇帝[1]的人民部长却将他打作卡洛斯派，禁止他再做教师。这个老人失去了职位、退休金，没有了维生的办法。他还是他穷侄子的保护人，供他在圣叙尔皮斯读书。他不是为着自己，主要是为领养的孩子，才前来恳求曾经的学生去向新任部长求情，不是想恢复职位，只想在外省的学校谋一个校长的职位。当老人那单调的声音终于不再回荡在拉斐尔耳边时，他就快忍不住陷入昏睡了。出于礼貌，他不得不注视着老人浑白的、近乎停滞的眼睛，听着他缓慢而沉闷的叙述。他呆滞发愣，像是被无法解释的肌无力魔住了似的。

"啊！是这样，我的好老爹佩里凯，"他回答说，"这事我帮不上忙，完全帮不上。我真心愿您能成功……"然而他不知道自己是针对哪个提问做出的回答。

拉斐尔没有注意到这些毫无新意的推辞，充满了自私自利和漠不关心的推辞，引起了老人满是皱纹的发黄的额头什么样的变化。就在这时，他突然如一只受惊的狍子一般站直了。他看见一条细细的白线出现在驴皮的黑色边缘和勾出的红线之间。他发出一声可怕的尖叫，吓了老教师一大跳。

"滚，你这老蠢货！"他叫道，"您会当上中学校长的！您向我要一千埃居的终身年金，都比让我许下这个会杀死我的愿望要

[1] 指七月革命后的皇帝路易·菲利普。

好！只要不许愿，您的造访本来不会让我付出任何代价。在法国有数十万个职位，然而我却只有一条命！一个人的生命比世上所有的职位加起来还要珍贵。若纳唐！"若纳唐出现了。"看啊，这就是你干的好事！你这个大蠢货，为什么要问我见不见这位先生？"他指着目瞪口呆的老人对若纳唐说，"我将自己的性命放到你手中，难道是为了让你撕碎它吗？就这么一会儿，你就让我少活十年！再有一次，你就要扶着我的灵柩，把我送到埋葬我父亲的地方去了。与其为了这把老骨头、这种破烂货许愿，难道我不该去许愿拥有美丽的伯爵夫人吗？我是能给他钱……然而，就算世上所有的佩里凯都要饿死了，跟我又有什么关系呢？"

愤怒使拉斐尔脸色发白，眼神凶狠，他颤抖的嘴唇中飞溅出星星点点的唾沫。见他这副样子，两位老人就像是毒蛇跟前的孩童，不由自主地战栗。年轻人跌坐在他的椅子上。他的灵魂深处产生了某种反应，泪水从燃烧着怒火的双眼中决堤而下。

"哦！我的生命！我美好的生命！"他说，"本该有更多于世有益的思想！更多美好的爱情！什么都没了！"他转身面对教师，"我的老朋友，坏事已经发生了。"他用温柔的声音接着说，"我将会百倍报偿您对我的照顾。至少，我的不幸能使一个善良体面的人得到幸福。"

他用满含柔情的口吻说出这些几乎让人无法理解的话，而两位老人就像是听见了用陌生语言演唱的动人歌曲一样，忍不住潸然泪下。

佩里凯低声说："他患癫痫了。"

"朋友，我知道您这么说是一番好意。"拉斐尔继续轻声说，"您想要谅解我。毕竟得病是无可奈何的意外，而薄情寡义就是恶了。

现在请让我一个人静静，"他又补充说，"明天，后天，甚至有可能是今天晚上，您就能收到任命了。毕竟抵抗党已经胜过了运动党[1]……再见。"

老人惊恐地离开了，对德·瓦朗坦的精神健康怀着深深担忧。对他来说，这场景简直就是超自然现象。他不由自我怀疑，追问自己是否是从一个沉重的梦境中醒来。

"听着，若纳唐，"年轻人对他的老仆人说，"你得弄明白我交给你的是什么样的任务。"

"好的，侯爵先生。"

"我就像是个不能以常理理解的人。"

"好的，侯爵先生。"

"生活中的一切欢愉在我的床榻周围，都扮演着死神的角色；它们就如美丽的女人在我面前舞蹈。如果我呼唤了它们，我就会死。死亡如影随形！你应该成为我和世界之间的屏障。"

"好的，侯爵先生。"老仆人一边说，一边擦拭掉遍布着皱纹的额头上的汗水。"但如果您不想看见美人，今天晚上怎么能去意大利剧院呢？有一户英国人家回伦敦去了，他们将租期未满的包厢转让给我，于是您有间上等的包厢了。哦！绝佳的包厢，就在第一层。"

拉斐尔已经陷入了沉思之中，对他的话置若罔闻。

您看见了这架豪华的马车吗？它的棕色外观简洁，然而来自高贵的古老家族的盾形纹章却在壁板上闪耀。当这辆马车疾驰而过，布衣荆钗的女子艳羡地瞧着它。她们垂涎装饰马车的黄色锦缎、萨弗纳里地毯、鲜艳如稻穗的花边、柔软的坐垫，还有一尘

---

[1] 在七月革命时期，运动党是改良派，抵抗党是保守派。

不染的玻璃窗。两个穿着制服的仆役站在这架式样古典的马车后部。车厢里面，拉斐尔将头枕在绸缎上。他的眼圈青黑，脑里烧成一团，郁郁寡欢、思虑深重。这正是一幅财富害人的画面！马车如同一束焰火般穿过巴黎，来到喜歌剧[1]剧院的门廊前。搁脚板放了下来，两个仆人扶稳搁脚板。一堆嫉妒的人看了过来。

"那人到底干了什么，竟然这般阔绰？"右侧的一个穷学生这样说道。他凑不够一个埃居，听不成罗西尼那神妙的和弦曲。

拉斐尔缓缓地走在剧院大厅的走道上。他曾经那么渴望这种乐趣，而此刻却没有半分期待。在等待《塞米拉米德》第二幕开始的间隙，他在休息区散步，漫无目的地穿过回廊，压根儿不关心他的包厢，他也还没有进去过。他的内心深处已不在乎所有权了。像所有的病人一样，他满脑子想的都是病情。他倚靠在位于休息区中央的壁炉台上，壁炉周围簇拥着举止优雅的老老少少，有前任和现任的部长，有没有爵位的贵族议员，有不是贵族议员的爵士——这便是七月革命造成的结果了，还有一群投机者和新闻记者。在众人中，拉斐尔瞧见了一张古怪得不可思议的面孔。

他眯缝着眼，极其无礼地朝着这怪人走了几步，想要凑近了仔细瞧他。

他想道，好一幅画面！

陌生人虚荣地将眉毛、头发和马萨林[2]似的八字胡都染成了黑色，然而他本来的发色无疑是太白了，于是染发剂制造出了一种拙劣的淡紫色，随着光线的强弱变化，头发也呈现出不同的色

---

[1] 喜歌剧是 18 世纪以来，为应对意大利正歌剧弊端而兴起的歌剧类别。

[2] 马萨林（Jules Mazarin 或 Giulio Mazarini，1602—1661），法国首相（1643—1661）。原籍意大利。

泽。在他那狭窄扁平的面孔上，皱纹都被白色和红色的粉填平了，显得既诡诈、又不安。他的脸上有几处没有被这层粉扑到，反而清晰地凸显出衰老的样貌和铅灰的肤色。当看到这张尖下巴、额头凸起、像是德国牧羊人在闲暇时雕出的怪诞木雕的脸时，不笑出来是不可能的。如果有人来来回回地观察这个作美少年打扮的老人和拉斐尔，便能发现，侯爵戴着一副衰朽年迈的面具，却有一双年轻人的眼睛，而那人戴着一副青年人的面具，却有一双黯淡无光的老人眼。瓦朗坦努力回想曾在什么样的场合见过这位矮小干瘪的老人。他一丝不苟地打着领结，穿着年轻人喜欢穿的靴子，让鞋后跟的马刺发出声响；他双臂交叉，仿佛正值青春年少，有无穷精力可以消耗。他的步伐铿锵，没有半点勉强。他穿着一件优雅的外套，扣子扣得齐整，将他的形体修饰得古典有力，让他的身形看上去就像是个仍旧时髦的老胖子。这种充满生机的玩偶般的人一出现，就迷住了拉斐尔。他凝视着老人，就像在凝视一幅被熏黑了的伦勃朗的老画。这画最近得到了修复，涂上清漆，换了新框。这种对比使得他在混乱的记忆中摸到了真相的线索，他认出了这位古董商，正是他不幸的源起。

就在这时，这位神秘人物那冰冷的双唇被一口假牙撑开，露出了个无声的笑容。看见这个笑容，拉斐尔那活跃的想象力向他指出，这个人身上和画家们赋予的歌德的摩菲斯托菲勒斯的理想形象有惊人的相似。无数迷信的思想占据了拉斐尔坚强的内心，他终于相信了魔鬼的力量，相信了来自中世纪传说、又被诗人写进作品的种种巫术。他惊恐地拒绝浮士德的命运。他就像是濒死之人一样，突然开始祈求上苍，虔诚地信仰上帝和圣母玛利亚。一道灿烂明亮的光让他看见了米开朗琪罗和画家拉斐尔所描画的天堂：云朵，白胡子老人，长着翅膀的人，坐在光晕之中的美丽女人。现在，他懂得了、接纳了这些美好的形象，在想象中，他们近似人类。这些形象能使他的遭遇变得合理，并让他仍然抱有希望。

然而当他的目光落回意大利剧院的休息室时，他没看见圣母，却见到了个迷人的女子，是可恶的欧弗拉齐。这位女舞者的身体柔软轻盈，穿一袭鲜艳的长裙，缀满来自东方的珍珠，她匆匆到来，为的是见那位正焦急等着她的老人。她出现在这群心怀嫉妒、投机钻营的人面前，一副不可一世的模样，额头高扬，双目炯炯。她似乎是想要证明傍上的商人拥有无限的财富，而这些财富都能供她挥霍。

拉斐尔想起，他本来是想嘲弄那老人，才接受了他的致命礼物。然而现在看到这位超然的智者丧伦败行，他品尝到了复仇的全部乐趣。曾经他以为老人是绝不可能堕落的。这个百岁老人对欧弗拉齐露出一个苦笑，她则对他说了句情话。他将枯瘦的胳膊递给她，两人在休息室转了两三圈。他愉悦地接受了众人投向他情妇的热切目光和恭维话，却看不见轻蔑的笑容，听不见那些针对他的刻薄嘲笑。

"这个年轻的食尸鬼是从哪座坟里刨出来这具尸体的？"在一群浪漫派中，最俊秀的那个大声叫道。

欧弗拉齐笑了起来。开玩笑的是个金色头发的年轻男人，他有双明亮的蓝眼睛，留着小胡子，身形修长，穿着短款燕尾服，帽子斜到了一边耳朵上。他才思敏捷，什么话题都能接住。

拉斐尔暗自想道：有多少老人一生刚正不阿、兢兢业业、德高望重，却陷入情事而晚节不保。这一位行将就木，却谈起了恋爱。

"哎，您好啊，先生。"瓦朗坦拦住商人，给欧弗拉齐使了个眼色，说道，"您还记得您奉行的极度清心寡欲的人生哲学吗？"

"啊！"商人用衰老嘶哑的声音回复说，"我现在像青年一样快乐。我活转了回去。一个钟头的爱情便抵得上一辈子。"

这时，观众们听见了开场的铃声，于是离开休息室回到自己的座位上。老人和拉斐尔也分开了。走进包厢的时候，侯爵看见了费多拉。她就坐在大厅的另一侧，正对着他。伯爵夫人显然刚到，她将披肩扔在身后，露出了脖子。为了卖弄风情，她在就座时有一系列难以形容的小动作。所有人的视线都集中在了她的身上。一位年轻的法国贵族陪同着她，她跟他索要观剧镜，这是她提前要他带着的。从她的姿态，从她看这位新同伴的样子，拉斐尔知道他的继任者又臣服在了她的暴政之下。这个年轻人肯定和曾经的他一样为她着迷，被她蒙骗，在用真爱的力量和这个女人冰冷的算计做斗争，他肯定在遭受瓦朗坦已经不必受的折磨，瓦朗坦感到庆幸。

费多拉用观剧镜扫视了一圈包厢，迅速地检视了其他人的仪容后，意识到自己的服饰和美貌能艳压群芳，挫败了巴黎最优雅的女人们。于是，一种难以言喻的快乐让她容光焕发。她笑起来，露出洁白的牙齿；摇晃着点缀着鲜花的脑袋，让众人欣赏她的美貌。她的目光在包厢之间逡巡，她嘲笑一位俄罗斯公主戴着一顶贝雷帽，却笨重地盖住了前额；嘲笑有位银行家的女儿的帽子款式普通，佩戴的方式也很难看。她和拉斐尔的视线相遇，他正凝望着她。突然间，她的脸色就发白了。她不曾放在眼中的追求者正用一种让人难以忍受的轻蔑目光看她，她如遭雷击。被她拒绝的追求者都会承认她的魅力，而瓦朗坦是世上唯一一位不受她诱惑的人。一种力量容忍挑衅，又不降下惩罚，那么这种力量离毁灭也就不远了。这句格言深深地刻在女人心里，比在国王的脑子里刻得更深。而且费多拉还看到，她的特权和风情对拉斐尔都不再起作用了。前一天晚上，拉斐尔在歌剧院说的一句话，已经在巴黎的沙龙上流传开来。这句可怕的挖苦话有如利刃，给伯爵夫人留下了难以愈合的伤口。在法国，我们能通过烧灼伤口来止血，却还找不到治疗言语伤害的方法。当所有的女人都来回打量着侯爵和伯爵夫人时，费多拉恨不得将拉斐尔投入巴士底狱的地牢之中。因为不管她多么善于作伪，她的对头们还是能猜出她受到了伤害。

　　甚至，她连最后的安慰也要没有了。"我是最美的！"连这句甜蜜的话，这句永远都能平息她因虚荣而产生的所有苦闷的话，都变成了谎言。在第二幕开场的时候，有个女人坐进了拉斐尔旁边的包厢中。这间包厢之前一直是空着的。大厅中的观众交头接耳，纷纷赞叹。这由人脸组成的海洋掀起了波澜，聪明人纷纷抬头观望，所有的目光都聚集在了那位陌生女人身上。不管老的少的都在惊叹，这阵骚动持续了好长时间，以至于在幕布拉开的时候，乐团的乐师们不得不先转身示意观众安静。然而，他们转身后也加入了赞叹的队伍，使得场面更加混乱嘈杂。每个包厢中都传出激动的谈话声。女人们全都拿起了双筒望远镜。老人也都青春焕发，用手套的皮子擦拭着观剧镜的镜头。人们的热情渐渐平息，舞台上歌声响起，一切逐渐恢复秩序。这群上流人士，为刚刚那自然流露的举动感到羞耻，重又拾起了彬彬有礼的贵族式冷漠。有钱人不想为任何东西感到惊讶，为此他们得一开始便发现美好作品的缺陷，以此避免对它赞叹有加，为它付出这种庸常的情感。然而还是有些人仍呆若木鸡地盯着拉斐尔的邻座，对音乐充耳不闻，沉湎在天真的陶醉当中。

拉斐尔看见楼下的包厢中有张丑陋、泛着红光的脸，那是塔耶菲，阿奎丽娜在他身边。塔耶菲朝他做了个意含赞许的鬼脸。接着他看见了爱弥尔，他站在乐团边上，像是在对他说："快看看你旁边那个美丽的尤物！"然后是拉斯蒂涅，他坐在一位年轻女人身旁，大概也是位寡妇。他紧紧抓握着手套，满脸沮丧，像是被捆在了那里，为无法去到那陌生的神女身边而发愁。

拉斐尔的生命全系于一份契约之上，这是他自己签下的，而且契约还未完成。他发誓绝不仔细看任何女人，免得遭受诱惑。他戴着一副夹鼻眼镜，配有特制的显微镜片。透过镜片看去，再美的容貌都不和谐，都是一副丑样子。他仍旧被那个早上席卷他的恐惧所困扰。他不过是说了句礼貌的祝福话，那道符咒便迅速地缩小了。拉斐尔下定决心，绝不转身去看他的邻座。他像是位贵妇人般端坐，将背朝着她的包厢，无礼地挡住了陌生女人的视线，使她只能看到一半的舞台，一副即使背后坐着位美丽女人，他也看不上、不在意的样子。邻座照着瓦朗坦的样子，摆出了一模一样的姿势。她用手肘撑着包厢的边缘，侧过四分之三个脑袋，观看着台上的歌者。她好像是在画家面前摆姿势一样。这两人就像是正在闹别扭的情侣，背对背互不搭理，但只要一句情话便会相拥在一起。

时不时地，女人那轻盈的羽毛头饰或头发会擦过拉斐尔的头，引起他的情欲，而他英勇地与它抗衡。隔了一会儿，装饰长裙边缘褶皱花边又在轻轻触碰他。裙子像是被施了妖媚的魔法，在轻轻颤动，他能听到褶皱摩擦发出的窸窸窣窣的轻柔响动。美人呼吸之间，胸膛、背部和服饰都在微不可见地晃动。终于，拉斐尔就像是被一道电光穿过，突然从这些响动之中感受到了美人那甜美的存在。美人裸露着的白皙背部的熨帖温热，通过罗纱和衣服花边忠实地传递到了他发痒的肩头。

造化弄人，这两个人守着礼法，没有结合，然后又被死亡的深渊隔开，此时却呼吸着同一处的空气，或许心里也正想着彼此。

芦荟沁人心脾的幽香让拉斐尔陶醉其中。他越是不看，越是约束自己，想象越癫狂，越离奇。他迅速地想象出了一位热情如火的女人。他蓦地转身。女人猛然触碰到陌生男子，被吓了一跳，也同样转过身子。于是他们打了个照面，脸上是因为同一种想法而出现的激动神情。

"波利娜！"

"拉斐尔先生！"

他们两人都震惊了，沉默地对望了一阵子。拉斐尔看到波利娜打扮简单，却透出不俗的品位。薄纱端庄地遮掩着她的胸口，然而眼神好的人，能透过薄纱看见百合花般的纯白，想象出连女人都羡慕的体形。而且她依然一派天真，有着处女般的谦逊，姿仪优美。她的袖口微微颤动，说明她的身体因为心情激动而战栗。

"啊！明天请过来，"她说，"请来圣康坦旅馆拿回您的手稿。我中午的时候会在，请您一定要来。"

她迅速地起身离开。拉斐尔本想要跟着波利娜走，却又怕影响了她的名声。于是他留下来，再看费多拉，只觉得她面容丑陋。但他再听不进一句唱词，在剧院的大厅中只觉得压抑，心里沉甸甸的，于是离开剧院，返回家中。

"若纳唐，"他躺在床上时，对老仆人说，"在方糖上滴半滴吗啡拿给我，明天中午 11 点 40 叫我起来。"

"我想让波利娜爱我。"第二天中午，他带着难以形容的焦虑对那张符咒喊道。驴皮没有丝毫动静，像是已经丧失了缩小的能力。它或许无法实现已经达成了的愿望。

"啊！"拉斐尔解脱地大叫，似乎终于脱掉了从获得符咒那一天起便披在身上的沉甸甸的外套，"你撒谎了，你不听从我的指令，协议作废！我自由了，能活下去了！这一切不过是个拙劣的玩笑罢了。"他虽然口中这么说，心里却不敢真这么想。

他像过去那样，穿上朴素的衣裳，想要步行前往曾经的住处。他尝试着回忆过去那幸福的日子，那时候他可以放任自己沉湎在欲望之中，而不必担心被其报复，那时候他也还没有体会过人间的种种享乐。他走在路上，想着波利娜，不是圣康坦旅馆的波利娜，而是昨天晚上见到的波利娜。她是个他常常幻想拥有的、完美的情妇，聪颖可爱的少女，有艺术家的特质，懂得诗人的心思，也富有诗意，还生活优渥。总而言之，就是一位有美好灵魂的费多拉，或者说是比费多拉更加有钱的波利娜女伯爵。

他来到旅馆破败的门槛前，站在门口碎裂的石板上。在这个地方，他曾经数度感到绝望。这时，一位老妇人从大堂中出来，对他说："您是拉斐尔·德·瓦朗坦先生吗？"

他回答："和善的老妈妈，是我。"

"您还记得您以前住的房间吧。"她说，"有人在那儿等您。"

他问："这间旅馆还是戈丹太太在经营吗？"

"哦，不再是了！戈丹太太现在已经是男爵夫人了。她住在河对岸一栋漂亮的宅子里。她的丈夫回来了。老天！他带回来了成千上万的财富。人们都说如果她想的话，可以买下整个圣雅克区。她让我在这儿的底层白住，又把剩下的部分租给了我。啊！她真是位好心肠的女人！她以前有多谦和，现在也还那样。"

拉斐尔步履轻快地朝他的阁楼走去，当他踏上最后一级台阶时，听到了钢琴的乐声。正是波利娜在那儿弹琴，她穿着一袭低调的丝光棉长裙。然而裙子的样式，还有随意扔在床上的手套、帽子和披肩，无不透露着昂贵的气息。

"啊！您终于来了。"波利娜转过头嚷道，然后站起来。她的动作中流露出天真的快乐。

拉斐尔走过去，坐在她的身边。他红着脸，又是羞愧，又是幸福。他一言不发地看着她。

"您到底为什么要离开我们？"她的脸一下子也红了，她垂着眼睛继续问道，"您发生什么事了？"

"哎，波利娜，我那时……现在也相当不幸。"

"我就说！"她满含同情地高声叫起来，"我昨晚瞧见您穿戴得这么好，表面上看着荣华富贵的，然而实际上，哎……我当时就猜到您过得不好了！拉斐尔先生，我们是不是还和以前一样？"

瓦朗坦没能忍住泪水上涌，眼泪在他的眼眶里打转，他喊道："波利娜！我……"他没能说完。他的心意已从眼神中流露了出来，爱意在眼中闪烁。

波利娜叫起来："哦！他爱我，他爱我！"

拉斐尔点了点头，他感到此时没必要说一句话。看到他的动作，少女拉住了他的手，紧紧握住，又哭又笑地对他说："我们有钱了，有钱了，我很幸福，我们有钱了。你的波利娜有钱了。但是我，我今天肯定会变得很穷。我千百遍地许下这样的愿望：'我愿拿世上所有的财富去换他爱我。'哦，我的拉斐尔！我有几百万财产。你喜欢奢侈的生活，你会满意的。但你也要爱我这颗心才行，这心里满是对你的爱！你还不知道吧？我父亲回来了。我是个富有的继承人了。我的父母放手让我为自己的命运做主。我自己可以做主，你明白吗？"

拉斐尔感到一阵狂喜，他捧起波利娜的手，亲吻她的手背。他亲得如此热烈、如此贪婪，看上去像是在抽搐一样。波利娜抽出双手，搭上拉斐尔的肩头，紧紧抱住他。他们心意相通，贴近彼此，拥吻在一起。他们怀着神圣而甜美的激情，不顾一切的激情全都灌注在这一吻之中。这是让两个灵魂彼此相属的第一个吻。

"啊！"波利娜跌坐回椅子上，叫道，"我不想再离开你了。我不知道哪儿来的这么大勇气！"她红着脸补充了一句。

"我的波利娜，你需要勇气吗？哦！你会无所畏惧，这就是爱情，真正的、深刻的、永恒的爱情。我对你也是如此。不是吗？"

"哦！继续说，说下去，快说。"她说，"我已经太久没听到过你说话了！"

"所以你一直爱着我吗？"

"哦，老天爷！我一直深爱着你！就在那儿，我在帮你整理房间的时候，不知道哭过多少回，哀叹你和我的贫穷。要是能让你不再忧郁，我愿意把自己出卖给魔鬼。而今天，我的拉斐尔，因为你已经属于我了。这漂亮的脸、这颗心，都属于我了！哦！是的，你的心，它是永恒的宝藏！呃！对了，我说到哪里了？"她停了一会儿，又接着说，"啊！对，我想说，我们有三百？四百？五百万财产。应该是这么多。如果我像过去那么穷，我可能会想要拥有你的姓氏，被人称为侯爵夫人；然而现今，我愿意为你牺牲全世界，我仍然愿意做你的女仆，未来也不会变。来吧，拉斐尔，我的心、我的人、我的财富都是你的。那一天，我把几枚五法郎银币放在那儿。"她指了指书桌的抽屉，"而我今天献给你的一切，并不比那天更多。哦！你那天的欢乐神情真是让我难过。"

"为什么你变得有钱了呢？"拉斐尔嚷着，"为什么你就没有虚荣心呢？这让我什么都没法儿为你做。"他又是幸福、又是失望、又是爱怜地搓着手。"当你成为德·瓦朗坦侯爵夫人，我了解你，你的灵魂多么圣洁，我的头衔和财产都配不上⋯⋯"

"配不上你的一根头发。"她大叫道打断了他。

"我现在也和你一样，拥有几百万的财产。但现在财富对我们来说算得了什么呢？啊！我还有一条命，我把命给你，你拿去吧。"

"哦！你的爱，拉斐尔，你的爱就抵得过整个世界。你的思想也是属于我的吗？那我真是幸福之人中最幸福的那一个了。"

拉斐尔说："别人会听见我们说话。"

"欸！这里一个人也没有。"她无意中流露出了俏皮的姿态。

"哎哟！这样的话，那来吧。"瓦朗坦向她伸出手臂，大喊道。

她雀跃地跳上拉斐尔的膝盖，双手搂着他的脖子。"吻我。"她说，"你曾经带给我那么多的悲伤，你的快乐曾经伤害过我，你曾让我独自一人画着团扇度过那么多的夜晚。你得补偿我，抹去对我的伤害。"

"团扇？"

"既然我们都有钱了，我的宝贝，我就可以把一切都告诉你了。可怜的孩子！要欺骗聪明人是件多简单的事啊！你真的觉得，每个月花三法郎，就能每周洗两次衣服，能够换上洁白的背心和干净的衬衣吗？而且你实际上喝的牛奶，是你花钱买的牛奶的两倍。我什么都瞒着你：火、油，乃至一切和钱有关的事。哦！我的拉斐尔，别娶我为妻，"她笑着说，"我可是个诡计多端的人。"

"那你是怎么做到的呢？"

"我每天都工作到凌晨两点。"她回答说，"画团扇得来的钱，一半我给了妈妈，还有一半都花在了你身上。"

他们彼此凝望了一会儿，都沉浸在欢乐和爱情当中。

"哦！"拉斐尔大喊，"有朝一日，我们会为了此刻的幸福付出代价的，我们会陷入可怕的痛苦中。"

"你难道结婚了吗？"波利娜叫喊起来，"啊！我是不会把你让给任何女人的。"

"亲爱的，我还是自由身。"

"自由身。"她重复道，"自由身，但是是属于我的。"

她从他的膝头滑下来，双手交叠，热烈而虔诚地看着他。

"我真怕变成疯子。你实在是太好了！"她的一只手穿过情人的金发，接着说道，"你的费多拉伯爵夫人真是太蠢了！昨天晚上，我发现自己被众人喝彩的时候，我多么高兴。都是因为她，她从来没像这样被赞美过！亲爱的，我跟你说，当我的背触到你的胳膊时，我听见一个不知从哪儿来的声音在对我说：'他在那儿。'我转过身，就看见了你。哦！我赶紧逃走了，我当时有种冲动，想当着所有人的面，跳起来搂住你的脖子。"

"你还能说出话来，真是幸福。"拉斐尔叫道，"至于我，我的心都收紧了。我想哭，但却哭不出来。不要抽开你的手。我感到自己一生都会像此刻一样，望着你，幸福又快乐。"

"哦！再跟我说一遍，我的爱人。"

"言语算得了什么！"拉斐尔任由一滴热泪滴落到波利娜的手上，接着说，"过一会儿，我再尝试向你说出我的爱意，而现在我只能默默感受它……"

"哦！"她嚷着，"美好的灵魂，纯粹的天才，这颗我已深知的心，都是我的了。我也完全属于你。"

"是的，直到海枯石烂，我温柔的可人啊！"拉斐尔激动地说，"你会成为我的妻子，我仁慈的女神。你的存在总能驱散我的忧愁，荡涤我的灵魂。就像现在，你天使般的笑容就好像有这样的功能，净化了我。我感到生命的新历程开始了。残酷的过往和我可悲的疯狂行为就好像只是噩梦。在你身边，我是无罪的。我置身在快乐的氛围之中。哦！我真想永远待在这里。"他补充道，然后庄重地紧紧拥抱着她，让她感受他跳动的心脏。

"如果死亡要降临，就让它来吧。"波利娜陶醉地叫道，"我已经活过了。"

只有体会过的人，才能知道他们有多么幸福！

"哦！我的拉斐尔！"安静了片刻，波利娜说道，"我希望今后没人能进这间珍贵的阁楼。"

"必须得把门封死，给老虎窗钉上栅栏，再买下整栋房子。"侯爵这样回道。

"就是这样。"她说。两人又安静了一会儿，她才接着说："我们是不是忘了找你的手稿？"

他们带着甜蜜的天真神情，都笑了起来。

"哎哟！什么样的手稿我都不在乎啦！"拉斐尔高声说。

"啊！先生，那你的荣誉怎么办？"

"你就是我唯一的荣耀。"

"为了写下这些密密麻麻的蝇头小字，你当时是多么痛苦。"她一边翻着纸页，一边说。

"我的波利娜……"

"哦！是的，我是你的波利娜。怎么了？"

"你现在住在哪儿？"

"圣拉扎尔大街。你呢？"

"瓦雷纳大街。"

"我们隔得这样远，要等到……"她停了下来，神态娇媚而狡黠地看着她的恋人。

拉斐尔回答："不过，最多再有半个月，我们就不用分开了。"

"是的！要不了半个月，我们就要结婚了！"她像个孩子似的跳了起来，"哦！我真是个无情的女孩。"她继续说，"我已经想不到我的父亲、母亲，世上的一切我都不在意了！我亲爱的可怜人，你还不知道，我父亲病得很重。他从印度回来，受尽了磨难。他差点就死在了勒哈弗尔[1]，是我们去那儿把他接回来的。啊！老天爷，"她看了眼手表，叫起来，"竟然已经三点了。他四点会醒来，我得在那之前回家。我是家里的女主人：母亲什么都听我的，父亲也宠爱我，我不想辜负他们的心意，那样太不好了！我可怜的父亲，昨天是他让我去意大利剧院。你明天要来看看他吗？"

"德·瓦朗坦侯爵夫人能赏脸挽着我的胳膊吗？"

"啊！我要带走这个房间的钥匙。"她说，"这难道不是座宫殿，是我们的宝藏吗？"

"波利娜，我们再亲吻一次吧？"

"一千次！我的老天爷，"她望着拉斐尔说，"以后都会像这

<hr>

[1] 法国西北部港口城市。

样吗？我觉得自己在做梦。"

他们慢慢地从楼梯上走下来。他俩牵着手，步调一致，沉浸在同样一种幸福之中，兴奋到发颤。他们像两只鸽子，紧挨着彼此，就这样走到了索邦广场上。波利娜的马车在那儿等着。

"我想到你家去。"她嚷道，"我想看看你的卧室、你的书房，坐在你工作的书桌旁，就像以前一样。"她红着脸补充道。

"约瑟夫，"她对一个仆人说，"在回家之前，我要去一趟瓦雷纳大街。现在是三点十五，我得在四点前回家。让乔治把马赶得快些。"

没耽误一会儿，这对情人就来到了瓦朗坦的府邸。

"哦！能够看到这一切，我实在是太开心了！"波利娜一边揉着罩在拉斐尔床上的丝绸床幔，一边叫唤，"当我睡觉的时候，我就想象自己躺在这里，想象出你英俊的面容枕在这只枕头上。拉斐尔，你告诉我，在布置你的宅子时，你没听任何人的意见。"

"我没有。"

"真的吗？难道不是女人……"

"波利娜！"

"哦！我只是可恶的嫉妒心突然发作。你的品位真好。我明天就想要一张和你一模一样的床。"

拉斐尔沉醉在幸福中，抱住了波利娜。

"哦！对了，我的父亲，父亲！"她突然说。

"我陪你回去。我一刻都不想和你分开。"拉斐尔喊道。

"你是多么爱我啊！我都不敢要求你这样……"

"你不就是我的命吗？"

忠实地记录下这些爱情中的喋喋不休是枯燥乏味的，只有说话时的口吻、眼神和姿势才有真正的价值。瓦朗坦一直将波利娜送到家，回程时，他心里盛着这世上的男人能感受和得到的所有快乐。

他坐到炉火旁的扶手椅上，想着自己所有的希望就这么一下子十全十美地实现了。这时，一阵冷意穿透他的灵魂，就像匕首的利刃刺穿胸膛。他看向那张驴皮，发现它已经缩小了一些。他不像安都耶特[1]女修道院院长虚伪地犹豫，直接大声咒骂了一句法国人的脏话，他将头枕在扶手椅上，一动不动；眼睛盯着挂大衣的钩子，然而并没有聚焦。

"上帝啊！"他喊道，"为什么！我所有的希望，所有的！可怜的波利娜！"他拿出一把圆规，量了量这个上午让他减少了多少寿命。

"我只剩不到两个月的命了。"他出了一身冷汗，突然他生出一股无名火，抓住驴皮大声吼道，"我太蠢了！"他出门，奔跑着穿过花园，将符咒扔进井底。"随他去！"他说，"让这些糊涂事都见鬼去吧！"

拉斐尔放任自己沉浸在爱情的幸福之中，和波利娜心意相通地生活在一起。波利娜没想到会因为一些不值一提的原因，他们的婚礼被推迟了，定在了三月初举行。他们彼此理解，互相信任，他们所感受到的幸福已经向他们证明了爱情的力量。从来没有两个灵魂、两个人能像他们这样，因为爱情，完美地结合在一起。他们越是了解对方，就越是深爱。对彼此而言，他们都同样文雅、腼腆，又充满了诱惑——在所有的诱惑中，最甜蜜的那种，天使一般的诱惑。他们的天空中没有一丝乌云；他们中的一个想要什

[1] 劳伦斯·斯特恩《伤感之旅》中的角色。

么，另一个就会自然而然地去做。

他们俩都很富有，就算突然兴起想做什么事，几乎都能做到，是以他们也少有心血来潮的时候。高雅的品位、高尚的情感、真正的诗性使得妻子的灵魂鲜活灵动。她对穿金戴银毫无兴趣，在她看来爱人的微笑比霍尔木兹的所有珍珠加起来都美。而薄纱和鲜花就是她最华丽的佩饰了。波利娜和拉斐尔都避开了社交，对他们来说，孤独是多么美好而丰饶！

那些游手好闲的人每晚都能在意大利剧院或是歌剧院见到这对非正式的夫妻。刚开始的时候有一些流言蜚语在沙龙上流传，被人取笑，而接下来在巴黎发生的一系列大事就让人们忘记了这对与人无害的恋人。终于，为了不让那些假正经的人嚼舌根，他们公布了婚讯。而且碰巧他们的仆人也都很谨慎。于是，没什么太过分的恶毒言行破坏他们的幸福。

二月底，正是天朗气清的日子，让人能感受到春天即将来临的欢愉。有天早上，波利娜和拉斐尔在一间植物暖房中共用早餐，暖房中种满了鲜花，和花园比起来，也毫不逊色。冬日柔和浅淡的阳光穿透稀疏的灌木，让气温变得暖和。多种多样的叶子生机勃勃、姿态各异，一簇簇的鲜花艳丽缤纷，光与影变幻无穷，这一切无不令人赏心悦目。当整个巴黎的人都还在可悲的壁炉前取暖时，这对年轻夫妇已经在一丛丛山茶、丁香和欧石楠下谈笑了。他们的笑靥在水仙、铃兰和孟加拉玫瑰间浮现。在这间蓬勃富丽的暖房中，人们的脚踏在非洲草席上，草席的色彩鲜艳得有如地毯；墙壁上贴着的绿色亚麻布，没有一点潮湿的痕迹。室内放置的木头家具表面上看未经雕琢，但实际上木头的表皮被抛光打磨得十分干净。一只奶猫被牛奶的味道吸引过来，蹲在桌子上，用波利娜的咖啡把自己搞得脏兮兮。波利娜和小猫嬉闹起来，她让小猫闻到奶油的味道，但又不让它吃着，一人一猫就一直这么闹着。每当小猫龇牙咧嘴，她就会笑出声。她还一直开玩笑，打断正在读报的拉斐尔。他已经不下十次放下了报纸。这幅清晨的画面中满溢着的幸福是难以描述的，就像一切自然真实的事物一样。

拉斐尔一直装着在读报，私下却观察着波利娜和小猫逗乐。他的波利娜裹着一身宽大的晨衣，却遮不住窈窕的身形；他的波利娜头发蓬乱，一只雪白的、能见到蓝色血管的小脚踩着黑色天鹅绒拖鞋。她身着便装也魅力四射，甜美得像是韦斯托尔[1]画中神仙般的人物一样。她看上去既是少女，又是女人；或许少女的成分更多一些，她享受着纯粹的幸福，只识得爱情最开始的快乐。

这时拉斐尔已经完全沉浸在了甜蜜的幻想之中，完全忘记了报纸。波利娜拿过报纸，揉成一个球，扔进花园中，小猫追逐着那团滚动的"时政新闻"。政治本身也是如此，始终在周而复始地轮回。拉斐尔被这幕充满童真的场景吸引了心神，他想要继续读报，举起双手，然而手中却已没有了报纸。于是一阵笑声响起，如同鸟儿的吟唱般经久不息。

"我都要嫉妒报纸了。"她一边说，一边抹去孩子般的大笑引出的眼泪。她突然又端出了女人的姿态，继续说道："在我面前阅读俄国的公告；比起和我聊天、充满爱意地看着我，更喜爱尼古拉皇帝[2]的文辞；这难道不是一种背叛吗？"

"我没有读报，亲爱的天使，我在看你。"

这时候，园丁沉重的脚步声在暖房旁响起，他那钉了钉子的

---

[1] 威廉姆·韦斯托尔（William Westall，1781—1850），一位英国风景艺术家。
[2] 指俄罗斯皇帝尼古拉一世。

鞋底踏在小径的沙石上，嘎吱作响。

"侯爵先生，夫人，抱歉打搅了。但我带来了一样从未见过的稀奇玩意儿。我刚刚打了一桶水，发现了这种神奇的水生植物！就是这个！它肯定习惯了水里的环境，既不潮，也不湿。它就像木头一样干燥，一点儿也不滑腻。侯爵先生肯定比我见多识广，我就想着一定要带给他看看，他肯定有兴趣。"

于是园丁就把那块不足六寸[1]见方的、残忍无情的驴皮递向了拉斐尔。

"谢谢你，瓦尼埃。"拉斐尔说，"这东西真是神奇。"

波利娜叫起来："我的天使，你怎么了？你的脸怎么这么白！"

"瓦尼埃，你先下去吧。"

"你的语气吓到我了，"少女接着说，"突然之间它就变了。你怎么了？你有什么不舒服吗？生病了吗？你肯定病了！找医生！"她嚷着，"若纳唐，快救人。"

"我的波利娜，别嚷了。"拉斐尔恢复了冷静，回复说，"我们出去吧。我身边有一种花的香气让我不舒服。可能是马鞭草？"

波利娜冲到无辜的植物旁边，一把扯断它的根茎，扔进花园。

"哦，我的天使。"她叫道，抱住了拉斐尔。她抱得是那样紧，热烈得一如他们的爱情。她一副惹人怜爱的娇媚样子，将红唇凑近拉斐尔，等他亲吻。"看到你脸色苍白的样子，我就明白，我是不能失去你的：你的命就是我的命。我的拉斐尔，用手摸摸我的背，好吗？我刚刚感受到了些许死亡的滋味，我好冷。你的唇是烫的。你的手呢？它好冰。"她说。

"你疯了！"拉斐尔叫道。

---

[1] 这里指的是法寸，约合三毫米。

"你为什么流泪？"她说，"让我饮下这滴泪。"

"哦，波利娜，波利娜，你实在是太爱我了。"

"拉斐尔，你是不是遇到了什么不可思议的事？如果是这样，我马上要知道。把它给我。"她拿起了那张驴皮。

"你真是在要我的命。"青年恐惧地瞥了一眼那张符咒。

"你的语气变得真大！"波利娜回复说，任那张象征命运的符咒从她手中滑落。

他接口问："你爱我吗？"

"这还用得着问吗？"

"那好，那就别管我，让这事过去吧。"

于是可怜的波利娜离开了。

"老天为何要这样待我！"等只剩一个人时，拉斐尔叹道。"在受到了启蒙的时代，人们懂得钻石是炭的结晶，在一个一切都能得到解释的时代，在一个警察可以把新的弥赛亚送上法庭，把奇迹交给科学院去研究的时代，在一个人们除了公证人的花押什么都不信的时代，我这样的人！难道还会相信 Mané，Thekel，Pharès[1]之类的咒语吗？不，我向上帝起誓，我不相信最高主宰会以折磨一个诚实的人为乐。我们去找学者研究一番吧。"

很快，他便来到了一个小池塘前。池塘位于葡萄酒市场和硝石库救济院之间。葡萄酒市场是酒桶的大集会，而医院中则是醉鬼的大集会。鸭子在池塘中戏水。可见各种珍稀的品种，它们的颜色变幻多彩，像是教堂的彩绘玻璃窗，在阳光下熠熠生辉，十分惹眼。世上所有的鸭子似乎都在那里了，它们嘎嘎叫着，扑腾

---

[1] 在《圣经》故事里，伯沙撒王举行宴会时出现在王宫墙上的文字，意思为"数过、称过、分掉"。

着水，上下浮动，它们满心不情愿地集合在此地，组成了鸭类的议会，不过幸好它们没有宪章，也没有政策要遵守。它们还不必面对猎人的追捕，受到时不时来观测它们的自然学家的保护。

"这位便是拉夫里耶先生。"一位守门人对拉斐尔说。拉斐尔是专程来找这位动物学的权威的。

侯爵看见一位对着两只鸭子、陷入深思冥想的小个子男人。这位中年学者本来就长得温润，他的神态还很亲切，就更增柔和。但他整个人看上去，确有一种从事科学研究的专注。他不停搔着他的假发，于是假发怪模怪样地卷了起来，露出了一丝白发的痕迹，正说明了追求科学发现的狂热无异于人们其他的欲望，不容抗拒地使我们忘记了世上的一切事物，进入忘我的境界。

拉斐尔作为一个懂得科学、钻研学问的人，十分敬佩这位自然学家。为了拓展人类的认知，他熬更守夜；即便犯了错误，也依然能让法国因他而光荣。但是毫无疑问，一位年轻女士准会嘲笑这位学者条纹背心和短裤的搭配。而且他为了完成对动物繁殖的观察，一会儿弯腰，一会儿起身，将衬衣弄得皱皱巴巴，将裤腰的空隙塞得满满当当。

拉斐尔出于礼貌，在寒暄过后，还认为有必要对拉夫里耶先生说些恭维他的鸭子的客套话。

"哦！我们拥有的鸭子品种十分丰富。"自然学家回复说，"你肯定也知道，在蹼足鸟类中，鸭子是品种最繁多的一种。从天鹅到辛辛鸭，一共有一百三十七个品种，而且种类之间区分明显。它们有各自的名称、习性、出生地，而且外貌各异，彼此之间的区别大得就像白人和黑人一样。先生，事实上，当我们在吃鸭子的时候，我们大部分时候是想不到这么多……"一只漂亮的小鸭子从池塘边的斜坡上爬上来，打断了他的话。"您看那里，脖子上像是打着领结的那只天鹅，这只来自加拿大的可怜孩子，它从千万里外而来，只为了向我们展示它棕灰相间的羽毛，和脖子上那黑色的'领结'！看，它在整理自己的羽毛。那儿是著名的绒毛鹅，也叫绒鸭。我们那些漂亮的小情人，睡着的正是它们的鸭绒。它可真美！有谁会不喜欢这带着淡粉色的白色小肚子、这绿色的小尖嘴呢？"

"先生，我刚刚见证了我从未想过能看到的交尾。"他继续说，"婚礼进行得十分愉快，我正焦急地等待着交配的结果。如果我能得到第一百三十八个品种，并能以我的名字为它命名，那我将会感到十分荣幸！那就是这对新婚夫妇，"他指着两只鸭子说，"这一只是白额雁，学名 anas albifrons；这只是大赤头鸭，学名 anas ruffina de Buffon。有很长一段时间，我在赤头鸭、白眉鸭和琵嘴鸭三种鸭子之间纠结许久。琵嘴鸭的学名是 anas clypeata，看，那就是琵嘴鸭。这个棕黑色的胖胖的小无赖的脖子是暗绿色的，还娇媚地泛着红。不过，先生，大赤头鸭是有羽冠的。所以您应该明白为什么我不再犹豫了。我们这里就缺一只戴黑帽的鸭子了。其余研究鸟类的先生们一致认为这种鸭子和有钩形喙的绿翅鸭没什么不同，至于我……"

他摆出了一个优美的姿势，从这个动作中同时流露出了学者的谦逊和自傲，是一种顽固的骄傲，自负的谦逊。

"我却不这么想。"他补充说，"我亲爱的先生，您看，我们在这儿可并不是在玩乐。我正忙着专门研究鸭类。但我愿意为您服务。"

他们走在布封大街上，前往一栋漂亮的房子。拉斐尔将驴皮交给拉夫里耶先生研究。

"我认识这东西。"学者将放大镜举在驴皮上，"它曾经用来包裹箱子。这块皮有些年头了！现在的制箱商更喜欢用鳐鱼皮。您肯定知道，鳐鱼皮就是拉贾·塞芬鱼[1]的皮，这是一种在红海生活的鱼……"

"先生，既然您已经大发了善心，这东西，您看……"

"这东西，"学者打断他说道，"又是另外一回事了。先生，海生的和陆生的、鱼类和四足动物之间有多少差别，鳐鱼皮和驴皮就有多少差别。但是，鱼类的皮比陆生动物的皮更结实。这东西，"他指着那张符咒，"您肯定知道，是动物学中最为神奇的事物了。"

"可不是！"拉斐尔叫道。

"先生，"学者边说边陷进了他的扶手椅中，"这是一张驴皮。"

"这我知道。"青年说。

"在波斯，有一种非常稀有的驴。"自然学家接着说，"它是古代的一种野生驴子，叫作 equus asinus[2]，鞑靼人则叫它作 koulan。帕拉斯[3]曾经观测过它，让科学界认识了它。事实上，这种动物长时间以来被人们认为是传说中的事物。您肯定知道，它在《圣经》当中很有名，摩西不允许它和它的同类交配。不过，《圣经》中那些先知常常提到野驴作为奸淫的对象，这些事让它更为出名。您肯定知道，帕拉斯在他的《圣彼得堡会议记录》（*Act. Petrop.*）第二卷中说，经由宗教传说的传播，波斯人和突

---

[1] 原文为"raja sephen"。

[2] 为拉丁语。

[3] 彼得·西蒙·帕拉斯（Peter Simon Pallas，1741—1811），德国博物学家。

厥人深信这种荒唐的行为是治疗腰痛和坐骨痛的灵丹妙法。而我们这些可怜的巴黎人，却不怎么相信。博物馆中都没有野驴的标本。这是多么神奇的动物！"学者继续说，"它浑身充满了神秘色彩：它的眼睛蒙着一层反光的膜，东方人认为正因如此它具有蛊惑人的力量；它的皮毛比我们最漂亮的马儿还要华丽、光滑。它身上有黄褐色的、深浅不一的条纹，很像斑马的皮毛。它的毛质柔软，摸上去起伏不平，触感滑腻。它的视力和人一样精准。它和我们家养的那些最好的驴子相比，也要稍微大一些，而且具有超凡的勇气。如果它偶然地遇上了突袭，会以令人咋舌的强硬姿态，去对抗那些最为凶猛的野兽。至于它脚程之快，甚至可以和飞鸟相比。先生，野驴能在赛跑中赢过阿拉伯和波斯良驹。尼布尔博士为人严谨认真，您肯定知道，他的父亲最近去世了，我们为此感到遗憾。据他的父亲说，这种惊人的生物的平均步速是每小时七千步。看我们这些退化了的驴子，是完全无法想象出那种独立而骄傲的野生驴子的。它们身姿敏捷，好动，神情伶俐精明，样貌优美，一举一动都流露出媚态！它是东方的动物之王。突厥和波斯的迷信传说赋予了它神秘的起源，萨洛蒙这个名字又出现在西藏和鞑靼的说书人所讲的那些故事中，又将许多功绩归在了这种高贵的动物身上。"

"总而言之，一只被驯服的野驴可抵万金。在群山之中，几乎不可能抓住它，它有如狍鹿般敏捷，飞鸟般迅疾。关于飞马——我们的佩加索斯的传说，毫无疑问就是起源于这样的崇山峻岭之中。当地的牧人肯定经常看见野驴从这一块岩石上跳到另一块。波斯人用来当坐骑的驴子，便是一只母驴和被驯化的野驴交配得来的后代。根据某种过于久远、模糊不清的传统，它们被染成了红色。这种习俗或许能解释我们的一句谚语——凶得像头红驴子。我想，在博物学完全不被法国人重视的时代，有个旅行者带回了一只这种神奇的动物，它完全无法忍受人类的奴役。这句话就是这么来的！你给我看的那块皮，"学者继续说，"就是野驴的皮了。对于这个名字的来源，我们行内有争议。一些人认为 Chagri[1] 是突厥语，还有些人认为 Chagri 是一座城市，这种动物的皮毛正是在那里进行了初步的化学加工。帕拉斯曾详细地记录过加工流程。经过加工，驴皮才有了让众人喜欢的纹路。而马尔泰朗先生曾写信告诉我，他认为 Chagri 是一条河，而……"

"先生，十分感谢您对我的这些指点。如果本笃会至今尚还存在的话，对卡尔梅阁下[2]那样的人来说，它会是可贵的注释资料。不过，我想烦请您看，这块皮最初和……和这张地图一般大。"拉斐尔指着一张打开的地图对拉夫里耶说，"然而过了三个月，它就逐渐缩小到……"

"好的，我知道啦。"学者继续说，"剥下来的皮毛本是生物的原生组织，必然要遵循自然衰亡的规律。这点很好理解。衰亡的过程又会受到大气的影响。就连金属也会明显地膨胀和收缩。工程师们曾经观测到，原本被铁条固定在一起的大石块之间，出现了明显的空隙。科学是无止境的，而人的生命是短暂的。是以我们不能认为人类可以认知世间的一切现象。"

"先生，"拉斐尔仍旧疑惑重重，"请原谅我冒昧地问一问，您真的确定这张皮会遵循动物学的一般规律吗？它还能膨胀？"

---

[1] 驴皮的法语是"chagrin"。
[2] 安东尼·奥古斯丁·卡尔梅（Antoine Augustin Calmet，1672—1757），法国本笃会修士，以学识渊博著称，对于宗教经典进行了大量的注释工作。

"哦！当然。啊！该死的。"拉夫里耶先生试图扯动驴皮，不由骂了一句，"不过,先生,"他接着说道,"如果您去拜访普朗谢特,那位著名的力学教授,他肯定能找到治它的办法,让它变软,让它松弛膨胀。"

"哦！先生,您救了我的命。"

拉斐尔同自然学家告别,奔向普朗谢特家中,将好心人拉夫里耶留在他充斥着广口瓶和植物标本的书房中。在这次拜访之前,拉斐尔并不知道他会带回全人类的科学知识——一本术语词典！这位好心人就像是桑丘·潘沙向堂吉诃德讲述母山羊的历史,数着羊群并给每一只编号,并且乐在其中。出于不可知的目的,上帝将数不胜数的羊群撒在五湖四海。土都埋到脖子的时候,桑丘·潘沙才刚刚算清那庞大羊群中的一小部分。

拉斐尔高兴极了,他喊道:"我能给这头驴套上笼头啦！"

在他之前,斯特恩就曾说过:"我们要是想活到老,就要把我们的驴子管好。"

这畜生实在是太古怪！

普朗谢特是个又高又瘦的男人,是位真正的诗人,时时刻刻都在沉思之中,总是凝视着叫作"运动"的无底深渊。庸才将这种崇高的智者视为疯子和不可理喻的人,他们活在一种令人欣羡的无忧无虑之中,不在乎吃穿用度和世俗目光。他们整日抽着一根已经熄灭了的雪茄,或是常常纽扣都系错了孔,便出现在沙龙之中。突然有一天,在长时间测量空间之后,又或是从 Aa-gG 取 x 的积分过后 [1],他们分析出了某条自然规律,用最简单的科学概念阐明了某个现象。于是突然之间,便出现了引得民众啧啧

---

[1] 原文为 "entassé des X sous des Aa - gG", 此处代指"复杂运算后"。

称奇的新机器，或是出现了平板双轮马车，让人们为其简易的结构而惊叹。而谦逊的学者便能笑着对他的仰慕者说："我创造了什么呢？什么都没有。人类是创造不出力的，我们只能运用它。而科学就在于模仿自然。"

这位力学专家本来笔直地站着，就像是直挺挺地吊在绞刑架上的人。拉斐尔惊动了他。普朗谢特在观测一个正在日晷上滚动的玛瑙球，等待着看它会停在哪里。这个可怜人既没被授予勋章，也没有获得奖金，因为他不懂宣扬自己的计算结果。他寻寻觅觅一个发现，就这样活着便很幸福，他想不到荣誉、世俗，甚至也想不到自己。他活在科学之中，也为科学而活。

他嚷着："这是难以确定的。"他看见了拉斐尔，"啊！先生，有什么要我效劳的吗？您妈妈身体还好？去见见我妻子吧。"

拉斐尔心想，要是我也能像这样活着多好！拉斐尔将学者从默想中拽了出来，向他展示了驴皮，并询问有没有什么对付它的办法。"您肯定会嘲笑我的轻信。"侯爵先生在谈话快结束时说，"我什么都没有瞒您。这块皮像是拥有一种阻力，没什么东西能和其对抗。"

"先生，上流人士对待科学的态度总是相当傲慢。所有人跟我们说话，语气都像是在日食之后带着夫人们到拉朗德[1]面前的公子哥。'劳烦您再来一次。'

"您想要达到什么样的效果呢？力学研究的目的就是为了利用运动的规律施加力，或是使力互相抵消。至于'运动'这件事，我只能向您自揭其短，我们还没有能力去定义它。但不管如何，我们确实观察到了一些恒定的现象，固体和液体的运动都符

[1] 法国天文学家。

241

合这些现象。通过模拟现象的成因，再现这些现象，我们能移动物体，以一个设定好的速度加速物体，将速度转化为物体的动能，从而能将物体抛掷出去，还能让物体简单地分裂，或是无限地分裂，也就是说是要打碎物体，还是将其磨成粉末。接下来，我们还可以使物体扭曲、旋转、变形、收缩、膨胀、延展。先生，这门科学是建立在唯一一种事实上的。您看这个球，"他说，"它本来在这块石头上。现在，它在那儿。这一过程在现实层面是如此自然，但在精神层面却相当超然，我们该叫这个过程什么？运动？移动？位置变换？词汇下藏着的是怎样的自负啊！难道给它一个名字，就能解决问题吗？然而所有的科学都是这样。我们的机器要么利用、要么分解这一过程、这种事实。这种无足轻重的自然现象，如果得到了大量应用，能够撬动整个巴黎。我们能通过消耗力来提高速度，通过速度来增加力。那什么是力和速度呢？我们的科学还无法解释，就像它不能制造出运动一样。不管运动是什么东西，它都能产生巨大的力，而人类是不可能发明出力的。运动是力的基础元素，而力也是一样，是基础元素。一切都是运动。思考也是一种运动。自然是建立在运动的基础上的。死亡也是一种运动，而我们对它的结局还知之甚少。如果上帝是永恒的，那您应该相信他一直都在运动；或许，上帝就是运动本身。这就能够解释为什么运动和上帝一样难以阐明，如同上帝般深邃、无垠、难以理解、不可触碰。难道有谁曾经摸到过、弄懂过、测量过运动吗？我们只能感受到它的效用，却看不见它。我们甚至可以否认它的存在，就像否认上帝存在。它在哪儿？它不在哪儿？它从哪儿来？它的原理是什么？它的结局是什么？它包裹住我们、挤压着我们，我们却抓不住它。它如事实一般显而易见，又有如抽象概念一般晦涩难明。它是果，又是因。它像我们一样需要空间。而空间又是什么？只有运动能向我们揭示空间，没有运动，空间不过是个含义空洞的词汇。这是个未能解决的问题，就像虚空、创造和无限一样，运动将人的思想搞得一团混乱。对于它，人唯一能够想到的是：它是永远不能够被设想的。这个小球在空间中连着占据的每一个点位，都是人类理性遭遇的深渊，帕斯卡[1]就坠落在这样的深渊之中。"

学者继续说："为了控制一种没见过的新东西，您想借助一种新的力使它发生变化，那我们首先得研究这种东西。它有什么样的特质，是会在冲击之下粉碎，还是能够对抗冲击。如果它四分五裂了，而您并没有打算要分享它，那我们便没有达成本来的目标。您想要压缩它吗？那我们需要将运动的力均匀地传递给这东西的每一个部分，这样才能将物质内部的间距均衡地压缩。您想要拉抻它吗？我们则要努力向它的每个分子施加均匀的离心力。如果我们不严格地遵循这条规律，那么在拉抻的过程中，就会造成断裂。先生，在运动当中，存在着无穷的模式，有无数种组合方式。您想要什么样的效果呢？"

拉斐尔不耐烦地说："先生，我想要一种强大的力量，不管是哪种，只要能让这块皮能无限地延展开……"

"物质是有限的，"这位力学兼数学家回复说，"是以物体无法无限延展。不过通过压紧，肯定能使物体的表面积增大，毕竟它的厚度变薄了。物体能够不断变薄，直到它的材料不够……"

"先生，如果您能让它变大，"拉斐尔大声道，"您将得到百万财富。"

---

[1] 布莱瑟·帕斯卡（Blaise Pascal，1623—1662），法国数学家、物理学家、哲学家。

"那我可要抢走您的钱了。"这个教授像荷兰人一般冷静地回复说，"让我简要地向您说明一下，现在有种机器，就算是上帝在它下面，也会跟只苍蝇似的被压扁。在它的挤压下，人会变得像吸墨纸一样薄，哪怕这人穿着长靴、配着马刺、戴着领结、帽子、金饰、珠宝，一切东西都……"

"这机器太可怕了！"

"残忍的父母把他们的婴儿扔进水中溺死，倒不如用这机器处理他们。"学者像这样回道，完全没考虑要尊重人类的后代。

普朗谢特完全沉浸在了自己的思考中，他拿起一个底部留有孔洞的空花盆，把它放到日晷的石板上，接着他在花园的角落里挖了些黏土。拉斐尔被迷住了，就像是个在听奶妈讲神奇故事的孩子。普朗谢特将黏土也放在石板上，然后从他的口袋中掏出一把截枝刀，剪下了两根接骨木树的枝条。枝条是空心的，他向里面吹气，彻底将其清空，专心得就好像拉斐尔并不在旁边。

他说："这些就是组成机器的配件了。"

他用黏土做成连接部件的弯管，将一根接骨木枝管子接到花盆底部，管子的洞口对准了花盆底部的孔洞。您可以把它想象成一支大烟斗。他又将黏土敷在石板上，铺成铲子的形状。他将花盆固定在宽的那头，将接着花盆的接骨木枝条固定在像是铲子手柄的地方。在这根接骨木管子的尽头，他又扔了块黏土上去，做成弯管，将另一根空心的枝条笔直地插进去，接通平放的枝条，与其垂直。这样一来，空气，或者是特定环境中的液体就能在这个临时制作的机器中流通，从直立的管道入口进入，通过中间的管道，进入那个空的大花盆。

"先生，"他用院士发表入院演说般的严肃态度，对拉斐尔说，

"这台机器，就是我们所敬仰的帕斯卡的最好的头衔。"

"我不明白。"

学者露出个笑容。他从果树上解下一只酒瓶来。他的药剂师曾在里面装了甜烧酒送给他，是以酒瓶周围有很多蚂蚁。他敲碎瓶底，将酒瓶做成漏斗，小心翼翼地将它和垂直固定在黏土中的空心枝条接在一起，和花盆做成的大储水器相对。接着，他找来个浇水壶，将一定量的水倒入漏斗，直到大花盆中的水位和狭窄的接骨木通水管道中的水位齐平，才不再倒水。拉斐尔一直想着他的驴皮。

"先生，"力学家说，"直到今天，水仍旧被看作无法压缩的物体。但不要忘记这条最基本的原理，它其实是能够被压缩的，只不过程度十分轻微，我们几乎可以把它的压缩能力视为零。您看到花盆中积水的表面积有多大了吗？"

"是的，先生。"

"那好！假设它的表面积是我倒水进去的那根接骨木管道横截面面积的一千倍。瞧，我把漏斗拿走了。"

"我同意。"

"那好！先生，甭管用什么方式，如果我继续将水从狭窄的管道入口灌进去，增加水的体积，管道中的液体受到压迫下降，花盆储水器中的水平面就会上升，直到储水器和管道中的水位再次齐平才会停止上升……"

"清晰明了！"拉斐尔喊道。

"但两边有种差别。"学者继续说，"假设往那根直立管道中添加的水所形成的细小水柱有一磅重，它向下压的力就会被忠实地传递给全部液体，然后作用到花盆积水表面的每一处。如果花盆中有一千根这样的水柱，它们同时都受到一股向上推的力，这个力和使直立的接骨木管道中水位下降的力是一样的。"普朗谢特指着花盆的开口对拉斐尔说，"那么，这一千根水柱就必然会在这个平面上产生推力，是那一磅下压力的一千倍。"学者又用手指指着垂直插在黏土中的接骨木管子给侯爵看。

拉斐尔说："这很简单。"

普朗谢特笑了。

"换言之，"普朗谢特带着数学家天生有的坚实的逻辑，继续讲，"如果要阻止水位上涨，就要在宽阔的水平面的每一处，均匀地施加一个力，这个力和使直立管道中水位下降的压力相同。不过，因为两边的受力方式有这么一点儿不同，如果注入直立细管中的水柱高一尺，那在大容积储水器中的一千根水柱只会稍稍升高一点。"普朗谢特伸出手指弹了弹他的管道，说，"现在，让我们把这台可笑的小机器换掉，将这些管子换成坚固程度和尺寸都更合适的钢管。您用一块结实的可活动的钢板将储水器的水平面盖住，再在这块钢板上放另一块钢板，后者的承压能力要强，而且要固定好。接下来，请您允许我往直立的细管中不断加水，也就是说不断朝全部水体施力，那么，夹在两块坚固钢板中的物体，一直受到挤压，必然会屈服在巨大的力量之下。至于要如何不停将水注入细小管道中，以及如何将全部水体所受到的力传导到钢板上，在机械学上，就都是不值一提的小事了。加上两个活塞和几个阀门就能做到。"他挽起瓦朗坦的胳膊，说，"亲爱的先生，您现在能想明白了吗？处在这两种无限对抗的压力中间，没有什么东西是不会被压扁的。"

"啊！《致外省人信札》[1] 的作者有这样的发明！"拉斐尔喊道。

"先生，这是他一个人发明的。在机械力学的领域中，再没有比它更简单更美妙的东西了。和液压系统的原理相反，人们制造出蒸汽机是建立在水的膨胀原理上的。不过，水的膨胀是有限度的，然而它的不可压缩性，从某种程度上来说是种副作用力，因而压缩力理论上是没有限度的。"

"如果这张皮张大了，"拉斐尔说，"我向您承诺，会为布莱瑟·帕斯卡树一座巨大的雕像，还会设立十万法郎的奖金，每十年颁发一次，奖给以最优美的方式解决了力学问题的人。我会赞助您的表姐妹，以及您远房的表姐妹的嫁妆。我还会设立一座救济院，专为疯了的或贫穷的数学家开放。"

"这真是太有用了。"普朗谢特以一种活在知识世界中的人特有的冷静态度，继续说道，"先生，我们明天去斯皮加尔德家拜访。他是位杰出的数学家，他曾经根据我的想法，制造出了一台完美的机器。有了那台机器，哪怕是个孩子，也能把一千包干草塞进自己的帽子里。"

"明天见，先生。"

"明天见。"

"到时候好好跟我讲讲力学！"拉斐尔叫道，"它难道不是所有科学中最杰出的一门吗？另一位学者只知道研究野驴、生物类别、鸭子、属种，还有装满怪胎的大口玻璃瓶，他不比公共台球厅中的记分员高明多少。"

第二天，拉斐尔兴高采烈地去找普朗谢特，他们一同来到健

---

[1] 帕斯卡的著作。

康大街，这条路的名字可真是个好兆头。到了斯皮加尔德，拉斐尔发现自己是到了个巨大的车间，他的目光落在屋子里轰隆作响的火热锻造炉上。在这里，火花四溅如雨点，钉子堆叠如洪流，到处都是螺栓、螺丝、撬棍、锉刀、螺母，堆积得如同海洋，还有浩如烟海的生铁、木头、气阀和钢条。锉屑呛人喉咙，空气中飘散着铁屑，人身上也覆盖着铁屑，所有的东西都散发着铁的气味。铁拥有了生命，成了有机物，它化身成各种形状，有无穷变换，它流动、行走、思考。穿过风箱的咆哮、榔头的渐强乐、车床的嘶鸣，以及车床上钢铁的怒吼，拉斐尔来到一间干净通风的宽敞屋子中。在这里，他可以尽情欣赏普朗谢特曾跟他说起的巨大的压力机。他赞赏地看着生铁浇筑的厚实平板，以及对称的机械部件，对称部件被坚牢的机器核心固定在一起。

"如果您迅速地转动这个手柄七次，"斯皮加尔德指着抛光过的铁质传动杆对拉斐尔说，"您就会使一块钢板化为上千根钢针，然后如同缝衣针般扎进您的大腿。"

拉斐尔嚷道："哟！"

普朗谢特亲自将驴皮放进了这台强大的机器的两块铁板之间，出于对科学的信心，他十分笃定地、迅速地转动了手柄。

"全都躺下，我们要完蛋了。"斯皮加尔德趴到地上，并用雷鸣般的声音叫喊道。

一阵可怕的轰鸣声回荡在车间。机器中的水冲破了铁罐，产生了不可估量的巨大冲力。幸好这股冲力冲向了一台老旧的锻炉，将炉子掀翻，将它撞得变形，就像是龙卷风扭曲并刮走了房屋。

"哦！"普朗谢特冷静地说，"我绝没有看眼花，这块驴皮完好无损！斯皮加尔德先生，您的铁罐出了什么问题，又或者是大管道中有缝隙。"

"不，不会的。我了解我的铁罐。先生将您的怪东西带回去吧，里面住着魔鬼。"

这位德国人拿起一把铁匠的榔头，将驴皮扔在铁砧上，用尽愤怒激发的全部力气，拼命地敲打驴皮，在这些车间中，还从未发出过如此可怕的敲击声。

"什么痕迹都没有。"普朗谢特抚摸着桀骜不驯的驴皮说道。

工人们跑了过来。工头拾起驴皮，将它扔进煅炉的煤堆中。所有的人在炉火前围成半圆形，焦急地等待着风箱鼓噪。拉斐尔、斯皮加尔德、普朗谢特教授居于这群黢黑而专注的人中心。拉斐尔看着这些白色的眼球、沾满了铁粉的脸、污黑油腻的衣服、长着胸毛的胸膛，还以为自己来到了德国歌谣中的神奇的黑夜世界。等驴皮在炉子中烧了十分钟，工头用钳子将它夹了出来。

拉斐尔说："请把它给我。"

工头开玩笑地直接将驴皮递给了他。而侯爵却轻易地用手指接住了冰冷而柔软的驴皮。工人们发出惊恐的尖叫，一哄而散。空旷的车间中只剩下拉斐尔和普朗谢特。

"这里面肯定有魔鬼之类的东西。"拉斐尔，"靠人类的力量，我是一天都多活不了！"

"先生，是我想错了。"数学家神情懊恼地说，"我们应该用轧钢机来处理这张奇怪的驴皮，我竟然建议您来找液压机器。"

"是我自己提的要求。"拉斐尔回复说。

学者就像是个被十二位陪审员判定无罪的嫌疑人一样，长舒了口气。不过，这张驴皮的古怪之处勾起了他的兴趣，他思考了一会儿，说道："应该用化学试剂来测试一下这种未知的物质。

我们去找雅费吧，化学家说不定会比力学家幸运一点。"

瓦朗坦快马加鞭，一心想要在著名化学家雅费的实验室中找到他。

"哎呀！我的老朋友，"普朗谢特看到雅费坐在扶手椅上凝视着一种沉淀物，问候说，"化学研究进行得如何？"

"陷入了停滞，什么新发现都没有。不过最近科学院[1]承认了水杨苷的存在。不过水杨苷、天门冬酰胺、马钱子碱、洋地黄苷，这些都不算什么发明。"

"你们本就没有发明事物的能力。"拉斐尔说，"看上去你们只能发明一些名词。"

"年轻人，你说得真是太对了！"

"瞧瞧。"普朗谢特对化学家说道，"试试帮我们分析下这东西。如果你从中提取出了某种成分，我要先命名它为魔鬼苷。我们为了挤压它，打碎了一台水压机。"

"让我们来看看，看看这玩意儿。"化学家兴奋地叫道，"这说不定是一种新元素。"

拉斐尔说："先生，这不过是块驴皮。"

"先生，您在开玩笑？"著名的化学家严肃地问。

"我没有开玩笑。"侯爵回复说，并将驴皮递给他。

雅费男爵用他敏感的舌尖舔了舔驴皮，对于盐、酸、碱、瓦斯的味道，他是极为敏锐的。他尝了几口，说道："什么味道都没有！瞧着，我们滴一点儿磷酸上去试试。"

这种化学制剂能迅速地破坏动物组织，然而驴皮却没有丝毫变化。

---

[1] 法兰西学院下设机构，法兰西科学院，成立于 1666 年。

"这不是驴皮。"化学家叫道,"我们应该把这种神奇的陌生物质归为矿物一类,给它点颜色瞧瞧,将它放进难熔物质专用的熔炉中,我刚好往里面放了红色的钾肥。"

雅费出去了一下,很快便回来了。

"先生,"他对拉斐尔说,"请允许我从这神奇的东西上割一块下来,它实在是太非凡了……"

"割一块?!"拉斐尔叫道,"割掉头发丝那么细的一根都别想。更何况,你不妨来试试。"他的神色悲伤又嘲讽。

学者为了剪一块驴皮下来,弄断了把剪子。他还试图用强劲的电流击破它。他用伏特电池朝驴皮放电,最终,他的科学方法所制造的霹雳打击也没能制伏这张可怕的符咒。到了晚上七点,普朗谢特、雅费和拉斐尔丝毫没有察觉到时间的流逝。他们等待着最后一个实验的结果。他们使用了大量的氯化氮,制造出骇人的爆炸,用来爆破驴皮,然而驴皮依旧获得了胜利。

"我完蛋了!"拉斐尔叫道,"上帝在上,我要死了。"他将两个目瞪口呆的学者留在原地,离开了。

好一阵子,普朗谢特和化学家面面相觑,却不敢和对方交流自己的想法。最后,普朗谢特说:"我们别把这场历险讲给科学院的人听,同事们会嘲笑我们的。"

他们就像是在天堂中没有找到上帝,只能从坟墓中爬出来的基督徒一样。科学?毫无用处!强酸?就跟清水似的!红色的钾肥?可太丢人了!伏特电池和电击?好像是两个不倒翁玩偶!

"水压机就像面包条一样裂开了。"普朗谢特又补了一句。

男爵雅费沉默了半晌,开口说:"我相信有魔鬼了。"

普朗谢特则回应道:"我相信有上帝了。"

这两位的想法倒是符合他们的身份。对于机械力学家来说，宇宙就是台机器，需要一位工人来操纵它；对于化学家来说，分解一切不就像是魔鬼的工作吗？而世界就是一团在不断运动的气体。

"我们不能抵赖事实。"化学家再次开口。

"哎哟！为了安慰我们，空论派的先生们创造出了这条晦涩难明的格言：像现实一般蠢。"

"在我看来，你的格言要改一改，"化学家回复说，"像蠢货一样行动。"

他们都笑起来，然后一起用了晚餐，就像那些见到了神迹，却只把它当成奇观的人一样。

回家路上，瓦朗坦沉浸在绝望的暴怒之中。他再也不相信任何东西了。他就像是所有面对不可能发生的事实的人一样，无数想法在脑子里搅成一团，盘旋着、晃荡着。他可以说服自己，是斯皮加尔德的机器出了难以察觉的故障；科学和炉火不起作用，也不算匪夷所思。可是，他触摸到驴皮时，能感受到它的柔软，然而当人们采取各种方式想要毁掉它时，它又坚硬到了令人惊恐的地步。这一不容否认的事实令拉斐尔头晕。

"我肯定是疯了。"他自言自语，"从早上起，我就没吃过东西，可我既不渴，也不饿，还感到胸腔中有个火炉，要使我烧起来。"他重又将驴皮放进之前安置它的画框中，蘸红墨水沿着符咒现下的轮廓勾了一圈红线，然后坐在了扶手椅中。

"已经八点了。"他嚷着，"这一整天就像梦一样。"他用胳膊肘撑住椅子扶手，左手支着脑袋，沉浸在了忧思愁绪之中，陷入只有死刑犯才识得其中滋味的、令人心力交瘁的想法之中。

"啊！波利娜，"他喊道，"可怜的孩子！不管爱情的双翼是如何有力，还是有它无法飞越的深渊。"

就在这时，他清晰地听见了一声压低的叹息。出于爱情赋予他的最动人的一种特殊能力，他能知道，那是他的波利娜的气息。

"哦！"他自言自语地道，"那就是我的终点。如果她在那儿，我希望能死在她的怀里。"

突然一阵爽朗、欢快的笑声响起，他不由转头看向自己的床。他看见在半透明的床幔后面，波利娜的脸上绽出一个顽童恶作剧得逞后的快乐笑容。她的秀发打着无数的卷儿，披在肩头。她坐在床上，就像是白玫瑰丛中的一朵孟加拉红玫瑰。

"我收买了若纳唐。"她说，"这张床难道不属于我，不属于你的妻子吗？亲爱的，你别怪我，我只不过想睡在你身旁，让你大吃一惊。原谅我这么疯。"

她像猫儿一样跳下床，身着轻纱，光彩照人。她坐在拉斐尔的膝上："我的爱人，你刚刚在说什么深渊？"她忍不住皱起眉头，流露出忧郁的神情。

"死亡的深渊。"

"你叫我难过死了。"她回答说，"对于我们这些可怜的女人来说，一旦有了某些念头，就再也摆脱不掉，那念头会杀死我们。这到底算是爱情的力量，还是因为我们缺乏勇气？我也不知道。我并不惧怕死亡，"她笑着继续说，"如果明天清晨，我和你接最后一次吻，然后一同死去，对我来说是一种幸福，足以抵得过让我活过一百岁了。如果一个夜晚、一个小时之中，我们能享尽一生的安宁与爱，那还剩多少日子，有什么重要的呢？"

"你说得对。这是上天通过你漂亮的嘴唇下达的旨意。让我吻你，然后我们一起死去。"拉斐尔说。

"那就一起死吧。"

第二天早晨快到九点，日光从百叶窗的缝隙中泄进来，透过窗纱变得浅淡，但依然能够使人看清房间中色彩绚烂的地毯和表面光滑的家具。这一对璧人正在房中休息。几件镀金的器物闪亮。一缕阳光消隐在一床被戏水鸳鸯扔在了地上的柔软鹅绒被下。波利娜的长袍挂在一面巨大的活动穿衣镜上，看上去就像个朦胧的幽灵似的。小巧的鞋子被扔到了离床很远的地方。一只夜莺停在了窗台上，啁啾不停；它突然起飞，扇动翅膀，声响惊醒了拉斐尔。

"要是死亡，"他接着睡梦中开始的所思所想继续说，"那我的身体组织，也就是说这台由肉和骨搭就、靠我的意志力发动、使我成为独立个体的机器，必须要表现出明显的病变才行。医生肯定了解生命力遭到了攻击时的表征，他们能告诉我到底是健康的，还是得病了。"

他凝视着还在熟睡的妻子，她依旧捧着他的脸，在睡梦中都流露出了对他的柔情蜜意。她就像小孩子似的，伸展着身躯，脸朝着他。她就像仍在凝视着他，均匀地呼吸着，朝他微张漂亮的嘴唇，吐气如兰。她那陶瓷般洁白的小巧牙齿，更衬出红唇娇艳。她的唇边还带着一丝若有若无的笑意。比起白日中最动人的时候，此时此刻的她更是面若桃花、肌肤胜雪。她那充满了自信的慵懒而优雅的姿态，混合了爱欲的魅惑和熟睡孩子的可爱特质。

即使是最为质朴的女人，在白天也要遵守某些社会规约。这些规约拘束着她们的灵魂，不让其天真无邪地肆意发展。而睡眠却能使她们迅速地返回童年的生活状态中。没什么能让波利娜感到羞愧，她就像是高贵的神仙人物般，还未受到理性的污染，不会借着姿态表态，不会在眼神中藏有秘密。枕头用的是上等细亚麻布制作，将她的侧颜衬得愈发明媚。枕头厚厚的褶皱花边和她蓬乱的秀发缠在一起，让她看起来像是个捣蛋鬼。她睡得香甜，长长的睫毛戳到了面颊，像是在为她遮挡过于强烈的光线，又像是在帮她在静心冥思，好留住如此美妙，却转瞬即逝的肉欲之欢。她那可爱的、白里透红的耳朵，被一绺头发环绕，被马林花边衬托着，肯定会让艺术家、画家和老人爱得发疯，或许还能让疯子恢复理智。

他看着睡得正沉、在梦中微笑的情人。她在你的怀抱中如此安宁，在梦中也仍旧爱着你。这时候，她看起来像是已不在尘世，可她依旧将无声的嘴唇朝向你，在睡梦中也在邀请你一亲芳泽！看着这个全心信赖你、半裸着的女人，不过，她却将爱情织成了外衣包裹住自己的身体，在放荡之中仍旧显得端庄。你看着散乱的衣物，昨天晚上，为了取悦你，她迅速脱下了长筒丝袜，解开了腰带，流露出了对你的无限信任。这难道不是一种没有命名的快乐吗？这根腰带本身就是首完整的诗，腰带所保护的那个女人不存在了，她属于你了，她成了你。从此以后，你若是背叛她，就是伤害你自己。

拉斐尔注视着这间弥漫爱意、充满回忆的房间，就连日光也染上了情欲的色彩，一切使他大为感动。他的目光又回到了这个体态天真、青春洋溢的多情女人身上。她对他的一腔柔情是毫无保留的。他渴望能永远活下去。当他的目光落在波利娜身上，她就像是被阳光射中了似的，立马睁开了眼睛。

"晨安，朋友！"她笑着说，"你可真漂亮，坏家伙！"

爱情、青春、朦胧的光线和宁静的氛围让这两张脸显得优美雅致，构成了一幅神圣的画面。可惜魔法是短暂的，只在热恋初期生效，就像天真质朴是儿童才有的品质。哎呀！这些属于青春的鱼水之欢，和年轻时的大笑声一样，都会消逝，然后只存在于我们的回忆之中，使我们绝望，又或是带给我们馨香的慰藉。感到绝望还是宽慰，取决于我们沉思默想时怀着怎样的心情。

"你怎么就醒了呢？"拉斐尔说，"看着你睡觉，我感到无比快乐。我都高兴得哭了。"

"我也一样。"她回答说，"晚上，我看着在睡梦中的你也哭了，但不是因为高兴。听我说，拉斐尔，你在听我说话吗？当你睡着的时候，你的呼吸都是急促的。你的胸膛中回响着某种声音，让我感到害怕。你在睡梦中也有些干咳，跟我父亲的状况十分相似，他就是得肺痨去世的。从你肺部发出的声响中，我认出了肺痨的某些征兆。而且我确信你在发烧，你的手又湿又热。亲爱的！你还这么年轻，"她颤抖着说，"如果真的不幸得病，你肯定能够痊愈……不！"她又欢快地叫起来，"没什么不幸的，医生说这种病是会传染的。"她张开双臂，抱住拉斐尔，倾注了灵魂地拥吻他，让他喘不过气来。

"我并不想活到老。"她说，"就让我们俩在青春年华死去吧，双手捧满鲜花去往天堂。"

"在我们身体健康的时候，总会像你这样胡思乱想。"拉斐尔一边将手伸进波利娜的头发中抚摸她，一边回答她。然而紧接着他便发出一阵可怕的咳嗽声，那声音沉重、响亮，好像是从棺材当中发出的。剧烈的咳嗽震颤病人的神经，摇动他的肋骨，搅动他的脊髓，将无法想象的重压灌注到他的血管之中，于是，他的脸变得苍白，浑身颤抖，直冒冷汗。虚弱而惨白的拉斐尔慢慢地躺倒在床上，他就像是在最后挣扎中耗光了所有力气的人一样精疲力竭。波利娜目不转睛地看着他，双目因惊恐而大睁。她一动不动地待着，面色苍白，一言不发。

"我们别再发疯了，我的天使。"她说道。她有了些可怕的预感，但她想要瞒着拉斐尔，不让他知道。她用双手捂住了脸，因为她已经瞥见了死神那张可怕的骷髅脸。

拉斐尔的双颊透出青灰色，凹陷了下去，就像是某位学者为了研究，从墓穴深处挖掘出来的头骨。波利娜想起了昨夜瓦朗坦不由自主发出的感叹。她也对自己说："确实有爱情也无法飞越的深渊，不过，爱情会舍身其中。"

这伤心的一幕过去了几日后，在三月的一个上午，四位医生围着拉斐尔。而他按照他们的要求，坐在房间窗户下的扶手椅中。医生们轮流为他号脉，按压他的身体为他诊病，询问他的病情，神情甚是关切。病人则从他们的手势，从他们微微皱起的眉头去揣测他们的想法。这次会诊是他最后的希望。这群最高法官将向他下达判决，决定他是生是死。为了得到人类科学对他最后的断语，瓦朗坦将这些现代医学界的权威人物召集了起来。人类知识可分为三种体系，由于拉斐尔的财富和名声，现下每种体系的权威都站在他面前。这三位医生带来了医学的所有知识，分别代表着性灵派、分析派和剩下一种我也不知该叫什么的折中派。他们代表各自的派别，一争高下。第四位医生是贺拉斯·毕安训，他学识渊博、前途无量，是新派医生中最杰出的一位。他睿智且谦虚，是一群勤奋好学的青年人中代表性的人物。他们那群人已经准备好继承巴黎学派五十年来累积的知识宝藏，或许还能靠着过去几个世纪留下来的丰富资料，建立不朽的功勋。毕安训是侯爵和拉斯蒂涅的朋友，几天来一直在照顾拉斐尔，帮他回答其余三位医生的问询。他还有好几次坚持说，根据他们的诊断，看起来正像是证明了拉斐尔得的是肺痨。

"毫无疑问，您过着放纵的生活，没有节制。您是不是还致力于艰辛的学术工作？"其中的一位名医对拉斐尔说。他方头大脸，体魄强壮，看上去似乎要比其他两位同行拥有更高的天赋。

"我曾花了三年撰写一部长篇巨著，或许有一天您会看到它。在那之后，我希望通过纵欲无度来自杀。"拉斐尔回答他说。

大医生点点头，表现得相当满意，他像是在对自己说："我就知道！"

这位医生便是闻名遐迩的布里塞，有机学派的领头人，也是卡巴尼斯[1]和比夏学说的继承者，拥有实证主义和现实主义的精神。他将人视为完整的个体存在，只是会受到自己身体器官运行规律的制约，所以不管是身体的正常状态，或是有害身心的病态，都能找到显而易见的成因。

听到这个回答之后，布里塞沉默地看着那个中等身材，红光满面，目露精光的男人。他看上去就像古代的半人半兽神，正背靠在窗洞的一角，安静而专注地盯着拉斐尔。他是充满热情与信仰的卡梅里斯图斯医生，生机论的领军人物。他是医生中的巴朗什[2]，充满诗性地拥护着范·海尔蒙特[3]的抽象理论。他认为人类的生命中有一种高贵的、神秘的元素，生命力是不可解释的现象。手术刀被它戏弄，外科医学被它蒙骗，药剂师的药物控制不住它，

---

[1] 乔治·卡巴尼斯（Georges Cabanis，1757—1808），法国生理心理学家。

[2] 皮埃尔·西蒙·巴朗什（Pierre-Simon Ballanche，1776—1847），法国神学家、哲学家。

[3] 扬·巴普蒂斯塔·范·海尔蒙特（Jan Baptist van Helmont，1580—1644），西班牙哈布斯堡王朝－尼德兰的化学家、生理学家和医生。

代数中的 x 分析不了它，解剖学也无法证明它。它嘲笑着我们的一切努力。生命是一团无法触摸、隐而不见的火焰，它受某种神圣的规律支配。那些在我们眼中必死无疑的人，却往往能活下去；而那些器官运转良好的人，却会丢掉性命。

第三个医生的嘴角浮现出一抹讽刺的笑容，他是医生莫格雷迪。他机智非凡，然而是个怀疑论者和喜欢冷嘲热讽的人，除了解剖刀他什么也不信。他部分赞同布里塞，认为一个素来健康的人会死亡，也和卡梅里斯图斯一样，认为一个人死后还能活着。他能找到每一种理论的优点，但却不采纳任何一种。他认为最好的医学体系就是没有任何理论，一切都基于事实去解决。他是这一学派的巴汝奇，是观察家之王，是大探险家、大讽刺家，是不择手段的尝试者。他正在观察那张驴皮。

"我希望能够证实一下您的愿望和它的缩小之间存在怎样的巧合。"他对侯爵说。

"这有什么用？"布里塞喊道。

"这有什么用？"卡梅利斯图斯也喊道。

"啊！你俩终于达成一致了。"莫格雷迪说道。

"这种收缩只是十分简单的现象。"布里塞补充了一句。

"是种超自然现象。"卡梅里斯图斯说。

"事实上，"莫格雷迪神情严肃地接口道，他将驴皮还给拉斐尔，"毛皮的萎缩是一种无法解释的真实现象，但它是自然的。从创世以来，这一现实就困扰着医学界和漂亮女人。"

瓦朗坦观察了三位医生很久，没在他们身上发现对他病痛的一丝同情。不管他有什么样的回应，这三人总是沉默以待。他们冷漠地检查他，毫无怜悯地询问他。他们的彬彬有礼中透出了一股漫不经心。或许是为了精确无误，或许是因为正在思考，他们的话说得很少，语调懒散，有些时候拉斐尔觉得他们是在走神。时不时地，面对毕安训向他们指出的、拉斐尔身上确实有的令人绝望的病征，布里塞只是简单回复说："好的！是的！"卡梅里斯图斯一直沉浸在高深莫测的幻想中，莫格雷迪则像是正在研究两个人物原型的喜剧作家，想要将他们俩忠实地还原在舞台之上。而贺拉斯脸上的沉痛神情则出卖了他心中所想，那是一种怀着悲伤的怜悯。他成为医生的时间还太短，不足以使他面对人的痛苦时、站在临终的床榻旁时，无动于衷、冷漠疏离。他无法遏制住眼中为友情而涌出的泪水。然而，医生有如一军之帅，泪水会让他看不清楚，无法抓住有利胜利的时机，所以他要将临终者的哭号置若罔闻。

他们花了约莫半个小时对病症和病人做各种检查，就像是被青年人请来做新婚礼服的裁缝在为衣服量尺寸。他们还进行了一些毫无新意的谈话，甚至聊到了公共事务。接着，他们提出想去拉斐尔的书房去交流一番并做出诊断。

"先生们，"瓦朗坦对他们说，"我不能参加你们的讨论吗？"

听到这话，布里塞和莫格雷迪都激动地叫起来。尽管病人一再恳求，他们还是拒绝在病人面前讨论病情。拉斐尔最终遵从了惯例，想着他可以溜到走廊中，在那儿他能轻易地听到三位医生即将进行的医学讨论。

"先生们，"布里塞一进门就说，"请允许我快速地讲一下我的看法。我并不想将我的意见强加给你们，可也不觉得它是有争议的：它清晰、准确。我们被请来检查的病人，和我曾经的一位病人症状极为相似，我从中得出了结论。再者说，我的医院正等着我，有重要的事情必须我到场处理，所以请让我率先发言。我们诊断的这位病人，同样也是因为脑力工作而油尽灯枯……他到底写了什么，贺拉斯？"他朝年轻的医生问道。

"《意志论》。"

"啊！见鬼。这个议题包含得太多了。要我说，他就是被过度思考、饮食无度和反复服用过于刺激的兴奋剂搞得精力憔悴。身体和大脑的剧烈活动会损害整个有机体的运转。先生们，根据他脸上和身上的症状，很容易就能判断出他的胃部炎症已经相当严重，同时伴有交感神经失调引起的神经官能症，胃部极为敏感，季肋部[1]萎缩。你们发现了他的肝脏肿胀凸起。而且毕安训先生一直在观察病人的消化情况，他告诉我们病人消化困难。实话实说，他已经没有胃了，不再算个完整的人。因为他无法消化，所以智力也在衰退。作为生命中枢的胃部持续发生病变，会危害整个人体系统。病变从胃部出发，持续扩散到全身，引发明显的症状。病变通过神经丛造成大脑器官的重度炎症，最终使大脑混乱，引起偏执症。病人被一个念头折磨得不堪重负。那张驴皮或许一直是我们见到的那样大，但对他来说，驴皮就是真真切切地在缩小。不管驴皮会不会收缩，于他而言这张驴皮都是眼中钉、肉中刺。应该马上将蚂蟥放在他的胃部进行放血治疗，缓解人赖以为生的器官的炎症，然后让病人节制饮食，偏执症就能痊愈。我不会对毕安训医生多说什么，他能够把控治疗的大局和细节。或许会有并发症，或许呼吸道也在发炎，但我认为比起治疗肺部，治疗胃肠道器官才是更为重要、必要和迫切的。对于抽象材料的钻研和猛烈的激情会使维生系统发生严重紊乱。当然，现在还没有

---

[1] 季肋部，即指将腹腔进行九分法划分后左右上腹部为季肋部。

发生什么不可挽回的错乱，还有时间使胃肠道恢复动力。您很容易就能挽救您的朋友。"他对毕安训说。

"我们博学的同僚将结果当成原因了。"卡梅里斯图斯回答说，"他观察到的那些病变病人身上确实都有。如果玻璃上裂了一个口，裂缝就会以它为中心扩散开去。但胃部并非裂口，它没有使病变在机体中扩散并传递到大脑中去。被砸中，玻璃窗才会有裂口。那是谁砸的呢？我们知道吗？我们对病人的观察真的足够了吗？他一生的际遇我们都了解了吗？先生们，他的生命元素——范·海尔蒙特所说的阿修斯[1]受到了损伤，生命力的本质也受到了攻击。而瞬间产生的智慧——神圣的火花，是联系身体这台机器的构造。正是因为它，人才有了意志，这就是生命的科学，而它却不再能够调节人体机器的日常生理现象和每个器官的功能了。这才引发了我们博学的同僚刚刚诊断的失调症状。病症并不是从胃部发展到大脑的，而是大脑影响了胃部。不是的，"他用力拍着胸脯说，"我不认为人的存在取决于胃！不，问题不在那儿。我可没信心说，我只要有个好胃，其他地方就不用管了。"他放缓语气继续说，"我们不能将所有严重的问题都归结于某一种身体原因，用同一套治疗方案来解决它。而且这些问题在不同的病人身上，会诱发轻重不一的病症。每个人都是不同的。我们都有各种特殊的器官，为了实现我们所未知的、事物运行的规律，它们功用不同，汲取营养的方式不同，要完成各自不同的使命，并发展出各自必修的课题。万物一体，受某个崇高的意志支配。而这伟大整体中的一部分在维持我们的生命活动，它在每个人身上都以与众不同的形式出现，使人在表面上看起来是有限的存在，

---

[1] 炼金术术语，是指的星界中最低密的地方，是生命的源起。

而若将人视为整体的一点，他便与生生不息的起源同在。是以，我们必须单独研究每一个病人，深入探究他，了解他的生活是由哪些方面构成的，他的力量从何而来。从柔软的湿海绵到坚硬的浮石，失之毫厘，谬以千里。人也是一样。不顾淋巴体质者的海绵状组织和某些长寿者坚硬如金属般的肌肉之间的差别，都靠统一而僵化的医疗理论来诊断，总是认为人在发炎，全用使人力竭和虚脱的手段来治疗，将会犯下多少错误啊！因此，我希望能够采取纯粹的精神疗法，深入地检视病人的内心世界。不要在他身体的脏腑中，而是要到他灵魂的核心去找致病的原因！医生是受神灵启示的人，具有特殊的天赋，上帝将探察生命力的能力授予了他，就像授予先知能看透未来的眼睛，授予诗人再现造化的才华，授予音乐家将声音织成和谐旋律的能力，或许，音乐旋律本就来自天国！"

"又是那套绝对的、封建的、宗教性的医学论调。"布里塞嘟囔道。

"先生们，"莫格雷迪迅速地接口，立马将布里塞的感叹压了下去。"不要忘记了病人……"

"科学便是用在了这样的地方！"拉斐尔悲伤地叫喊道，"我是否能够痊愈，不是取决于玫瑰念珠，就是要靠水蛭念珠；不是凭借迪皮特朗[1]的手术刀，便是要靠霍恩洛厄[2]王子的祈祷！莫格雷迪站在事实和话语、现实和精神的边界上，犹豫不定。人间的是和否到哪儿都追着我！总归是拉伯雷的'叽哩咕噜，咕哩叽噜'罢了。要是我是精神上得了病，就叽哩咕噜！要是肉体上得

---

[1] 纪尧姆·迪皮特朗（Guillaume Dupuytren，1777—1835），法国解剖学家，外科医生。
[2] 霍恩洛厄家族是德意志贵族家庭，来自法兰克尼亚地区。

了病，就咕哩叽噜！至于我能活着吗？他们根本不在乎。普朗谢特至少比他们更坦诚，会直接说'我不知道'。"

就在这时，瓦朗坦又听到了莫格雷迪医生的声音。

"病人确实患有偏执症，呃，但是，他有二十万法郎的年收入：这样的偏执狂可不多见。我们至少得给到他一个诊断意见。不管是他的胃影响了大脑，还是大脑影响了胃，等他死了，我们总能通过检验找到事实真相。我们来总结一下。他得病了，这是毋庸置疑的。不管怎样他需要得到治疗。我们先放下理论派别。既然我们都一致认为他的胃肠道有炎症，并患有神经官能症，那就先放些蚂蟥缓解他的症状。然后我们将他送去温泉疗养：我们同时用两种方案治疗他。如果他真的是肺病，我们不大可能救活他，所以……"

拉斐尔迅速离开走廊，重新回到他的扶手椅坐下。没过多久，四位医生走出了书房。贺拉斯作为发言人，对他说："这几位先生一致认为需要针对胃部采取蚂蟥放血治疗，而且亟须生理和心理疗法双管齐下。首先，为了缓解您器官的炎症，要均衡饮食。"

听到这儿，布里塞做了个表示赞同的动作。

"接下来，为了恢复精神，您需要康养。我们一致建议您前往萨瓦省的艾克斯温泉，或者，如果您更喜欢的话，也可以去奥弗涅的蒙多温泉。萨瓦省的空气和风景都要比康塔尔省的更好，不过您按自己的心意选择就行。"

说到这儿的时候，卡梅里斯图斯医生比了个同意的手势。

"这几位先生，"毕安训接着说，"也都同意您的呼吸器官有一些轻微的病变，并且也都赞同使用我之前给您开的处方。他们觉得您的病不难治，但是需要明智地交替采用不同的治疗方法……呃……"

"这就是为什么您的女儿是哑巴了！[1]"拉斐尔微笑着说，他将贺拉斯拉进他的书房，给了他这次毫无用处的会诊的诊金。

"他们说的都有道理。"年轻的医生对他说，"卡梅里斯图斯感受，布里塞检查，莫格雷迪质疑。人不正是拥有灵魂、躯体和理性吗？我们总是受这三种最基本的因素影响，而且人类的科学总是离不开人的。拉斐尔，你要相信我，我们并不能治病，只能帮助病人痊愈。在布里塞的疗法和卡梅里斯图斯的疗法之间，还有一种观察疗法。不过，如果想要成功地实施这种疗法，医生至少要认识病人十年以上。就像所有的科学一样，医学也有力所不能及之处。所以你应该努力活得理性些,试着去萨瓦省旅行一次，最好是一直投身大自然之中。"

拉斐尔去了艾克斯温泉。

在一个美丽的夏日傍晚，一些从艾克斯温泉散步回住所的人，聚集在了温泉会所的大厅中。拉斐尔坐在一扇窗户旁边，背对众人，孤独而长久地沉浸在无意识的幻想之中。在幻想中，我们的想法一个接一个地诞生，又消散于无形，有如暗淡的轻云从我们身边掠过。于是，悲伤变得浅淡，欢乐变得朦胧，灵魂近乎陷于沉睡。瓦朗坦放任自己过着这种享乐的生活，他沐浴在傍晚温暖的气候中，呼吸着山区纯净香甜的空气，他很幸福，因为没感到任何痛苦，而那块可怕的驴皮也终于消停了。当日落的红霞终于在连绵的群峰之上消散，气温变得凉爽，他才关上了窗户，准备离开。

"先生，"一位老太太对他说，"能麻烦您别关窗户吗？我们

---

[1] 出自莫里哀的戏剧《屈打成医》，被用在了长篇大论的伪医学推理的最后。

都要闷死啦。"

　　这句话那特别尖酸刻薄的语气刺破了拉斐尔的耳膜。就像是那种人们都觉得很友善的人，冒冒失失地扔出一句话，从而破坏了因感情用事所致的某种甜蜜幻觉，暴露出内在的自私。侯爵就像个冷漠无情的外交官，冷冷地看了老妇人一眼，他叫来一个仆人，干巴巴地对他说："打开窗子！"

　　听见这话，所有人的脸上都现出惊异的神情。众人开始交头接耳，神情各异地打量这位病人，仿佛他做了相当无礼的举动。拉斐尔作为一个尚未完全褪去腼腆青涩的青年，不由得有些羞愧。但他从昏沉中清醒过来，恢复了精力，并自问这古怪的一幕到底是怎么发生的。突然，他脑中灵光一现，过往清晰地呈现在他面前，于是诱发出他情绪的种种原因都再清晰得如同尸体上的血管，那尸体经由自然学家巧妙地注入有色液体，哪怕是最纤细的静脉也都纤毫毕现。他在这幅闪过的画面中认识了自己，回顾了一生——每一个日子，每一个年头。他惊讶地发现，自己在欢笑的人群中显得阴郁而游离，总是在想着自己的命运，为疾病而忧虑，表现出一副十分蔑视那种毫无意义的闲谈的样子。前来旅行的人都觉得未来肯定不会再相见，于是迅速建立起了短暂而亲密的感情，但拉斐尔却格格不入。他对别人漠不关心，看上去就像狂风巨浪无法撼动的岩石一样不近人情。

　　而且，他还有一种罕见的天赋直觉，能够看透别人的灵魂。他在烛火的微光下看到一个面色发黄、神情讥讽的老人，他想起自己曾赢过他的钱，还没有给他回本的机会。他见到远处有个漂亮女人，然而她的媚笑却让他遍体生寒。表面上，每个人都在责备他那些无法解释的过错，然而他真正的罪过却是在无形中伤害了他们的自尊心。

他曾经无意中冒犯了围在他身边的虚荣小人。他宴请过的宾客、为其安排过车驾的人，恼恨起了他的奢靡。对于这些人的忘恩负义，他感到惊讶，于是便不再邀请他们，免得他们羞耻。从此以后，他们便觉得被他轻视了，斥责他是"贵族做派"。他便是通过这样的方式认识了人心，从此得以洞察人们最隐秘的想法。他厌恶社会，厌恶社会的虚礼和矫饰。他富有又才智卓绝，于是遭人嫉恨。他沉默寡言，不给好奇的人探究的机会；他的谦逊，在狭隘肤浅的人看来就是高傲。他猜到了，他对他们犯下了怎样一种不可饶恕的潜在罪行——他们的平庸无法判决他。他反抗审判者的专制，并不需要他们。为了报复他所拥有的隐秘的权威，所有人便本能地同气连枝，要让他感受到他们的权力，要以某种形式放逐他，要让他知晓，他们也不需要他。

当他见到世界的这副嘴脸时，他先是感到悲悯。但突然他想到了这种看似无害的洞察力能揭露出皮肉之下藏着的道德本质，便觉得不寒而栗。于是他闭上眼睛，什么都不想再看。突然间，黑色的帷幕落下，遮住了真相的不祥幻影。然而他又觉得身处可怕的孤独之中，正等待着各种势力和权威的来临。这时，他猛烈地咳嗽起来。他连一句虚情假意的客套话都没得到，在一群素有教养的人偶然聚集一堂时，这类客套话至少能表达某种出于礼貌的同情。然而他听到的只有充满敌意的感慨和低声的埋怨。或许是因为他已猜透一切，社会也不愿再为他保持伪装。

"他的病会传染。"

"会所的经理应该禁止他进入大厅。"

"咳成这个样子，实在是太失礼了。"

"得了这种病，就不该到温泉来。"

"有他在，我不想留在这儿了。"

为了避开众人的诅咒，拉斐尔只好站起来，在公寓楼中散步。他想要寻得他人的支持，于是又回来，走到一个闲着没事的年轻女人身边，寻思着要对她说几句奉承话。然而他一靠近，她便背过身去，假装正在看跳舞的人。拉斐尔担心在今夜已经使用了符咒。他既没有意愿，也没有勇气开启一段谈话，于是离开了大厅，逃到了台球室中。在那儿，也没有人跟他说话，向他打招呼，或是递给他一个最不起眼的表示欢迎的眼神。他天生喜欢沉思，直觉地明白了他引起众怒的泛泛而合理的原因。这个小圈子或许不自觉地遵循着统治上流社会的那一大套规则，而拉斐尔已经懂得那套冷酷无情的道德标准了。他回顾一下过去，就能在费多拉身上看到这套完整的标准。就像在那时，他心灵的痛苦得不到费多拉的怜悯，在这里，他身体的病痛也得不到同情。

上流阶层将不幸的人从他们之中驱逐了出去，就像是一个体格强健的人将病痛从他的身上祛除。上流社会厌恶痛苦和不幸，将它们看作传染病。如果在痛苦不幸和为恶之间做选择，他们从来不会犹豫：为恶是种奢侈的享受。一个人不管有多么崇高，只要他是不幸的，社会就会挖苦他，贬低他，奚落他；社会上流传的那些讽刺漫画，就是为了当国王被废黜的时候，以之谴责他们带来的耻辱；社会就像是角斗场中的年轻罗马女人，从不宽恕倒地的角斗士；她以黄金和嘲笑为生。

力弱者死！这是世界上所有国家的骑士团的信条。因为到处都有富人出现，于是这句话就刻进了那些被荣华富贵塑造、被贵族社会培养的心灵深处。您要不将一群孩子集中在学校？这样，您就能见到社会的缩影,不过这幅缩影比社会更真实、天真、坦诚,您总是会在其中看到贫穷的底层人、饱受苦难的人,而他们不断地受到蔑视和怜悯:《福音书》许诺他们上天堂。您要不俯身向下,去到低级生物中?这样,您就能见到如果饲养场的鸡群中有只鸡得了病,其他鸡就会追着它,用嘴啄它,拔掉它的羽毛,直到弄死它。

世界忠诚地履行自私自利的宪章,如若有不幸的人和事胆敢前来搅扰它的盛宴、破坏它的欢乐,那它会对其降下严峻的惩罚。不管是谁,只要他的灵魂或躯体有一处在受苦,只要他缺乏金钱或是缺乏权力,他便是贱民。他只能留在荒漠之中。他一旦越过了边界,就会被严冬包裹,只会遇到冰冷的目光、冰冷的态度、冰冷的话语和心肠。当他本该得到安慰的时候,只要没收到辱骂,便已算是幸运了。死到临头的人,就该躺在无人问津的床榻上;老迈的人,就该独自待在冷冰冰的家里;没有嫁妆的穷女孩,就该困在冷寂的阁楼里,陷在水深火热之中。如果这个世界还容忍着一个不幸之人,难道不只是为了利用他,榨干他,给他装上驮鞍、配上马衔和鞍褥,骑在他身上嘲笑他吗?

那些脾气不好的伴驾的女人们,佯装出欢乐的神情!忍受着你们以为是恩主的人的火气,抱着她的狗,和她那来自英国的长毛猎犬争宠,讨她欢心,猜她的心思,然后还要闭上你们的嘴!而你,就是没穿制服的仆人领队,是恬不知耻的寄生虫,将你的骨气丢在了家里;你的东道主让你往东你就往东,她哭你也哭,她笑你也笑,将她的挖苦当作荣幸。如果你想说她的坏话,得先等到她垮台。

社会就是像这样来尊重不幸的人的,它杀死他,或驱逐他,让他堕落或将他阉割。

这些反思从拉斐尔的心中涌出，让他瞬间获得了诗歌的灵感。他环顾身周，感受到了社会为了抛弃不幸者所散发出的冰冷恶意，它对人灵魂的侵袭，比起深冬严寒鞭肌刺骨有过之而无不及。他将双臂交叠在胸前，背靠着墙壁，陷入了深沉的忧郁。他想到，这种可怕的成规让世人获得的稀少的幸福。这算是什么呢？毫无意趣的行乐，没有喜悦的欢场，兴味索然的欢宴，缺乏快感的狂欢，总而言之，就像是壁炉中没有火光的木材和炭灰。当他抬起头时，发现只剩自己一个，其他玩台球的人都离开了。

"要让他们关心我的咳嗽，我只要显示出自己的权威就行了！"他对自己说。想到这儿，他就像套上外衣那样裹上了轻蔑，挡在自己和世界之间。

第二天，温泉会所的医生满脸关切地来探视他，十分担心他的健康状况。听见了之前不曾听到的友善问候，拉斐尔表现得十分愉悦。他觉得医生的面容温柔又和善，他那金色假发的发卷儿都散发着慈悲的气息，他那挺括西服的剪裁、裤子的褶皱，穿着公谊会教徒穿的那种大鞋子，所有的一切，甚至不断从扎着的头发上落到微驼的背上的粉末，都体现出了他教廷信徒般的人格，彰显着基督教的仁慈和他的献身精神。他就是那种对病人一腔热诚，会不得已同病人一起玩惠斯特牌和掷骰子的游戏，而且还玩得很好，总是赢病人的钱。

"侯爵先生，"他和拉斐尔闲聊许久之后说道，"我或许能排遣您的忧郁。现在，我已经十分了解您的体质了，能够确定巴黎的那些医生弄错了您病情的本质，虽然他们的才名我都如雷贯耳。

侯爵先生，如无意外，您能像玛土撒拉[1]一般长寿。您的肺和冶铁炉的呼啸声一般强健，而您的胃比鸵鸟的胃消化能力还强。但如果您一直待在气温高的地方，您恐怕就确实有马上上天堂的危险了。我就说两句话，侯爵先生便能明白我的意思了。化学已经证实，呼吸在人体中造成了一种燃烧，而燃烧剧烈与否，则全要靠燃素的多寡来决定。每个不同的生物机体所收集的燃素都是不同的。在您的体内，燃素十分丰富。请允许我这样措辞，您的含氧量过高，这是命中注定要投身于伟大激情的人物所拥有的火热的体质。体格虚弱的人呼吸浓郁而纯净的空气，确实能使生命力更加旺盛，然而您这样做，却使生命燃烧得过于快了。有一条适合您生存的条件就是空气要浊重，例如在牛棚中，或是在河谷里。就是这样，被天赋才华所吞没的人所需要的生命之气就在德国丰饶的牧场中，在巴登－巴登，在特普利茨[2]。如果您不介意去英国，它雾气弥漫的气候也能缓和您的炽热，但我们的温泉位于比地中海地区海拔高一千尺的地方，对您来说这是致命的。我的意见是这样，"他做了个表示谦卑的手势，"我是不顾我们的利益向您提的建议，因为如果您听从了我的意见，我们将会不幸地失去您这位客人。"

如果没听到最后这几句话，拉斐尔已经完全被这位口蜜腹剑的伪善医生绕进去了。然而他是一位过于敏锐的观察者，从医生说这话时那略带讽刺的腔调、姿态和眼神中，他轻易地便能猜出，这个小个子男人肯定是受那群欢乐的疗养病人的委托，前来游说他。这些面色红润的闲散人员、无所事事的老妇人、英国游民，

---

[1]《圣经》中记载最长寿的人。
[2] 和巴登－巴登一样都是德国城市。

还有这些想要躲避丈夫、被情人带来温泉的年轻女人，他们企图驱赶一位将死的病人，这个病人身体孱弱，看上去根本经受不住日复一日地迫害。拉斐尔在这场阴谋中发现了乐趣，决定接受这场战斗。

"既然您会因为我的离开而感到如此遗憾，"他对医生说，"我会尝试留在这儿，同时也接纳您的意见。明天起，我就在这儿建造一栋小屋，并且按照您的意见调控屋子里的空气。"

医生看到拉斐尔唇边挂着的辛辣讽刺的笑容，明白了他的意思，一句话都说不出来，只得向他施礼告别。

布尔歇湖是群山怀抱中有多处豁口的宽阔盆地，它的海拔高于地中海七八百尺，犹如一滴湛蓝的水珠般闪耀，世上再无其他的水域能够比拟。从猫齿山俯瞰，下面的湖泊就像是失落的绿松石。这滴美丽水珠的湖岸线长九里 [1]，在某些位置，水深可达五百尺。天朗气清的时候，坐船到湖心，耳边唯有桨声阵阵，触目尽是烟云笼罩的群山，还能欣赏法国莫列讷河谷 [2] 的晶莹雪景。船时而行过被蕨类植物和低矮灌木覆盖着、有如穿上绒衣的岩崖，时而行往令人心情舒畅的山峦。一岸是荒石滩，一岸是葱茏的草木，仿佛穷人闯入了富人的宴席。这种和谐和反差共同组成了一幅景观——一切都是浩大的，一切又都是渺小的。随着视觉和景物角度的变化，山景也不断变幻：百尺高的冷杉在您眼中就仿佛是一根芦苇，又或是宽阔的河谷有如羊肠小道。

这片湖泊是唯一一处能让我们开诚布公的地方。人们在此处思考，也在此处谈情说爱。您再也无法找出一处像这里山水天地

[1] 法国古里，一里约为四千米。
[2] 阿尔卑斯山的一处谷地。

272

交融得如此美妙的地方了。生活中的一切危机都能在这里找到化解之法。这地方帮痛苦的人保藏他们的秘密，安抚、减缓他们的哀愁；它还会为爱情加入某种莫可名状的庄严而虔诚的东西，使得激情更为深沉和纯粹。在这里拥吻是一件崇高的事。但最重要的，它是属于回忆的湖泊。湖面像是面镜子，能映出万物，而粼粼的水光则为回忆增添了色彩。

拉斐尔只有身处在这样的美景之中，才能承担命运的重荷。在这儿，他没有病痛，可以神游太虚，能保持无欲无求。在医生的拜访过后，他便泛舟漫游，并让人将船停在一座秀丽山丘上的荒凉沙嘴处。圣隐若真村就坐落在这片山丘上。在海岬的这个位置，不仅能观赏布尔歇湖，还能将比热区的群山都收入眼中。群峰脚下，流淌着罗纳河。然而拉斐尔却更喜欢从那里凝望河对岸的凄冷的上库姆修道院，撒丁岛历代的帝王都被埋葬于此，陵墓俯伏在群山之下，就像是朝圣者走到了他们朝圣之旅的终点，叩拜在地。一阵节奏固定、有韵律的桨声打破了此地的寂静，他听见单调的人声，仿佛是僧侣在唱圣诗。侯爵感到十分惊讶，湖泊的这一带一贯荒无人烟，他竟然能碰见泛舟的人。他虽然尚未完全从幻梦中抽离，但也仔细观察起小舟中坐的人物来。他认出坐在船后排的，正是昨晚上苛刻地质问他的老妇人。当船从拉斐尔身前经过时，只有陪同老妇人的年轻女士向他打了个招呼。他好像还是第一次见到这位高贵的贫穷女人。

过了一会儿，他已经忘记了那迅速消失在海岬后的那只游船，然而这时他却听见身后有裙子摆动的窸窣声和轻轻的脚步声。他转过身，看见给老妇人作陪的女人。看见她局促的神情，他猜到她是想要跟他说话，于是向她走去。她约莫有三十六岁，身材高挑瘦长，整个人显得干瘪而冰冷，就像所有的老处女一样，她的目光躲躲闪闪，使她本来就踟蹰、拘谨、不够轻盈的步伐更不协调了。她既苍老、又年轻，她的举止庄重，以表现出自己的美德修养具有崇高的价值。而且她的一举一动都是谨慎的，仿佛在修道院中修行，一看就是一贯洁身自好的女子，毫无疑问肯定从来没有陷入爱情的泥沼中。

"先生，您的性命堪忧，别再回会所了。"她对拉斐尔说，同时退了几步，仿佛像这样已经有损她的德行。

"但是，小姐，"瓦朗坦笑着回答，"既然您已屈尊来了这里，烦请您说得再清楚些……"

"啊！"她回答说，"如果不是有非要这么做的理由，我是不会冒着惹恼伯爵夫人的风险，要是她知道了我曾向您预警……"

"可小姐，有谁会去把这事告诉她呢？"拉斐尔高声说。

"这倒是。"老处女回答道，并用猫头鹰遇到太阳的那种发抖的眼神看了看他，"但您一定要为自己想想，"她接着说，"有几个年轻人想要将您赶出温泉疗养院，信誓旦旦地说要挑衅您，强迫您参与决斗。"

老妇人的声音从远处传来。

"小姐，"侯爵说，"我十分感激……"

前来保护他的人在听到女主人尖厉的声音在岩石后响起时，便赶紧跑掉了。

"可怜的女人！不幸的人总是同病相怜，互相扶助。"拉斐尔一边想着，一边坐在一棵树下。

如果科学大门有钥匙，一定是问号的形状。大多数伟大的发现都要归功于这样的问题：怎么办？而生活的智慧或许便在于我们能常常自问：为什么？可是，像这种经后天训练得来的先见之明，是会破坏我们的幻想的。瓦朗坦便没有考虑到这种哲学，于是将老处女的善行当作了他浮想联翩的素材，充满恶意地揣测起了她。

"我被一位贵妇的扮驾爱上了。"他想，"并不算出乎意料。我才二十七岁，有头衔，有二十万法郎的年收入！而她的女主人，一个跟猫一样患有恐水症的人，却把她带上船，带来我的身边，这难道不是一件奇怪又神秘的事吗？这两个女人来萨瓦省，就是为了像旱獭[1]一样睡觉，睡到中午她们还会问'天是不是亮了'，而今天却八点不到便起床了，难道不就是为了跟踪我，制造偶遇吗？"

不久之后，这位老处女和她四十岁的天真言行在他眼里就成了这个波谲云诡社会的又一新花样，是一场毫无价值的诡计，一个拙劣的阴谋，是教士或女人才使的小手段。决斗的事是不是也只是编造出来的呢？或者那些人只是想吓吓他？这些狭隘的人像苍蝇一样无礼又烦人，刺痛了他的自负，唤起了他的自傲，引起了他的好奇。他既不想上他们的当，也不想被看成懦夫，或许还觉得这出小小的戏码颇为有趣，他当天晚上还是回到了会所。他手肘撑在壁炉的大理石台面上，静静地站在主厅中央，他十分警觉，不给任何人可乘之机。他细细察看一张张面孔，从某种意义上来说，他在用自己的谨慎挑衅所有的人。他就像是一只胜券在握的看门狗，不会无用地乱叫，而是在家中等待着战斗。

晚会快要结束的时候，他在棋牌室中闲逛，从棋牌室的大门走到了台球厅的门口，时不时地瞥一眼在台球厅中玩得正欢的一

[1] 法国萨瓦地区训练旱獭的女郎包头的样式也被称为 marmotte（旱獭）。

群青年。他转了几圈之后，听到他们提到了他的名字。尽管他们压低了声音说话，拉斐尔还是能轻易地猜到他是他们讨论的对象。最后，他听到了几句声音较大的话。

"你？"

"是的，我！"

"你有这个胆子？！"

"我们打个赌？"

"啊！他走了。"

瓦朗坦想知道他们打的是什么赌，于是停了下来专心听他们的谈话。这时，一个高大、强壮，面色红润的青年从台球室走了出来，然而他的目光呆滞又蛮横，一看就是仗着力气为所欲为的人。

"先生，"他冷静地说，"您似乎忽略了一件事，我受托前来让您知道。您的身体和性格惹得所有在这里的人都很烦心，尤其是我。您是个懂得礼数的人，为了大家都好，我请您不要再出现在会所了。"

"先生，在帝国时期，这种玩笑话倒是常在军营里听到，但放在今天，这话可就没那么好听了。"拉斐尔冷冷地回道。

"我没在开玩笑。"青年接口道，"我再跟您重复一遍，您要是继续留在这里，对您的健康大为不利：气温、日照、大厅中的空气和在您身旁的人都会加重您的病情。"

"您是在哪儿学的医？"拉斐尔问道。

"我在巴黎勒帕热射击场获得过学士学位，还师从剑术大师洛兹，得到了博士学位。"

"那您还差最后一个学位没能拿到，"瓦朗坦回复说，"您应该读一读关于礼仪的规章，就能成为完美的绅士了。"

正在这时那群年轻人，或是笑着，或是沉默着，从台球厅里走了出来。而其他正在打牌的人，放下了手中的纸牌，全神贯注地听这场引发他们兴致的争吵。拉斐尔成了众矢之的，孤立无援，他努力保持镇定，不让自己犯一点儿错误。但是他的对手却出言不逊地挖苦他，在饱含敌意的辛辣诙谐的言语之中，是对他的侮辱，于是他严肃地反驳说："先生，现如今，扇人耳光是个不合适的行为，但我实在不知道该用什么样的词来斥责您这样的卑鄙行为。"

"好了！好了！你们明天再聊吧。"几个年轻人挤进他两人中间，劝说道。

拉斐尔被看成是得罪了别人的人，接受了约在波尔多城堡附近的决斗。决斗的地点定在一个小斜坡的草地上，离一条新修的公路不太远，获胜者可以通过这条路直达里昂。拉斐尔必须要做出决定，是继续保留在会所的床位，还是离开艾克斯温泉。离开的话，社会就赢了。

第二天早上八点，拉斐尔的对手就在两个见证人和一位外科医生的陪同下，率先来到了决斗的地点。

"在这儿我们肯定会顺利的。今天的天气正适合决斗。"他看到湛蓝的天穹，清澈的湖水，还有岩石，高兴地叫喊起来。他的内心没有丝毫疑虑和悲伤。"如果我击中了他的肩膀，"他继续说，"我是不是就能让他在床上躺一个月，嗯？医生？"

"至少一个月。"外科医生回复道，"不过您还是别再对着这株柳树射击了。否则您的手会太过疲乏，不能控制枪支。您会杀了您的对手，而不是只让他受伤的。"

驾车的声音隐隐传来。

"他来了。"见证人们马上就看见了一辆被两位车夫驾着、四匹马拉着的四轮马车出现在路上。

"排场可真大！"瓦朗坦的对手喊道，"他可是上赶着前来送死……"

决斗就像是赌博，胜负同对决者利害攸关，所以最微不足道的事件都会影响对决者的心理。是以，年轻人担忧地等待着马车到来，马车却在路上停了下来。老若纳唐第一个笨拙地从车上下来，再伺候拉斐尔下车。他扶着拉斐尔瘦弱的胳膊，表现出对侯爵无微不至的关切，就像是情人在照顾他的情妇。他俩消失在了分开大路和指定的决斗场地间的小径中，隔了好一会儿才又重新出现在人们的视野中：他们走得太慢。苍白又虚弱的拉斐尔扶着仆人的胳膊，像位痛风患者似的慢慢走着，低垂着头，一言不发。你甚至能说这是两位风烛残年的老人，一位是被时间所摧残，另一位则是被思想熬干，前者的岁数都写在白发之上，而后者却看不出岁数。四位观众看见这离奇的一幕，都显得十分动容。

"先生，我整夜没睡。"拉斐尔对他的对手说。这句冰冷的话和说话时可怕的眼神让对面那位真正的挑衅者感到不寒而栗。他意识到了自己的错误，对自己的行为暗自感到羞愧。在拉斐尔的态度、声音和动作中，有一种奇怪的东西。侯爵停了一会儿，所有的人都跟着他一同沉默。众人的焦虑和警惕都到了极点。

"现在还来得及，"他继续说道，"您给我稍微道个歉。但请您一定要道歉，否则您就会死。这种时候，您还倚仗着您的本领，觉得在这场决斗中您占尽了优势，而不愿退后半步。哎！好吧！先生，我是很慷慨的，我告诉您我的优势在哪里。我有一种骇人的神力。想要毁掉您的敏捷，模糊您的视野，让您的双手颤抖，让您心乱如麻，甚至要杀了您，我只需要许下一个愿望就行。我不想被逼无奈，动用我的神力，因为我将会付出高昂的代价。您不是唯一一个会因此丧命的人。如果您不给我台阶下，不管您对杀人这件事有多么熟悉，您的子弹都会失去准头飞入瀑布之中。而我不用瞄准，我的子弹都会直穿您的心脏。"

此时，困惑的声音响起，打断了拉斐尔。侯爵在说这些话的时候，一直盯着他的对手，他的目光清澈得让人无法忍受。他站得笔直，面色沉静，像是个凶恶的疯子。

"让他闭嘴。"青年对他的见证人说，"他的声音让我反胃。"

"先生，别说了。您的演讲毫无用处。"外科医生和见证人都朝拉斐尔喊道。

"先生们，我只是在尽我的责任。这位年轻人还有什么后事要安排的吗？"

"够了，别说了！"

侯爵一动不动地站在原地，目不转睛地盯着对手。他的对手已经被一种近乎魔法的力量掌控了，好像是一只在毒蛇面前的鸟。青年被迫接受这道杀人的目光，他躲开这道目光，但又继续被它锁定。

"给我水，我渴了。"他对见证人说。

"你害怕吗？"

"是的。"他回答，"这男人的眼睛中仿佛有火光，吓到我了。"

"你要跟他道歉吗？"

"来不及了。"

两位对手面对面站着，中间隔着十五步的距离。两人身边都放着两把手枪，按照决斗的传统，在见证人发出信号之后，他们可以任意开两枪。

"查理，你在干什么？"拉斐尔对手的副手叫道，"你怎么还没填火药就在装子弹？"

"我要死了。"拉斐尔的对手喃喃道，"你们给我安排的位置正对太阳。"

"太阳在你背后。"瓦朗坦沉着严肃地说，他慢慢地填装着手枪，完全不担心开枪的信号已经发出，也不在意对面的对手正在瞄准。

这种超出寻常的安全感中透出了可怕的意味，甚至吓到了因为残忍的好奇心而前来观战的两位车夫。不知拉斐尔是想卖弄还是想证明他的神力，当他的对手向他开火时，他竟然在看着若纳唐，和他说话。查理的子弹打断了一根柳树枝，然后击中了水面。而拉斐尔只是随便开了一枪便正中对手心脏，他丝毫不在意对面的青年是怎样倒地的，而是赶紧拿出驴皮，看夺去一个人的性命会让他自己付出怎样的代价。那张符咒变得不比橡木叶子大。

"哎,好吧！车夫们,你们还在那儿看什么？走了。"侯爵叫道。

当天晚上他就回到了法国，他立马取道奥弗涅大区，来到了蒙多温泉。在这趟旅途中，他突然从心里涌出了许多想法。那些念头照亮了他的精神世界，就像一束阳光穿过厚重的乌云，照进某个阴暗的峡谷中一样。这是悲伤的亮光，冷酷的智慧！它在木已成舟之后才叫人清醒，才揭示出我们犯下的错误，让人无法宽恕自己。他突然想到，即使一个人拥有权力，不管这权力多大，却并不意味着你就有能力使用它。君王的权杖对孩童来说就是玩具，对黎塞留来说是战斧，而对拿破仑来说，就是撬动世界的杠杆。权力不会让我们有什么变化，它只会让本身伟大的人更加伟大。拉斐尔什么都能做到，然而他什么都没做。

到了蒙多温泉，他又感受到了对他避之唯恐不及的人群，就像是动物遇到了一只将死的同类，远远地嗅了一下，便从它身边逃走，好像这样就能冲淡死亡的气息似的。这种仇视是相互的。他最近的遭遇也使他对这个社会有强烈的憎恨。是以，他的首要任务就是在温泉附近寻找一处无人问津的避难所。他本能地想要接近自然、真挚的情感，想要过着植物一般的生活，走入田野，悠然自得。他到温泉的第二天，就艰难地爬上了桑西山山峰，去走访风景如画的峡谷，辽阔的美景，不知名的湖泊，以及蒙多山区的村舍。这些粗野荒蛮的景象吸引着画家的画笔。偶尔，他也会在途中遇见清新雅致的美景，和荒山野岭的阴森气氛形成了强烈的对比。从村子走出差不多半里路，拉斐尔找到了个好地方。大自然似乎是个娇憨快乐的孩子，总是以藏匿宝藏为乐。见到这片不假雕琢的如画秘境，拉斐尔决定就在这儿住下。在这里的生活，会有如草木，清静自在。

你想象一下，这地方像个倒放着的圆锥体，不过是开口巨大的花岗石圆锥体，也像是个盆子，盆子的边缘有奇形怪状的豁口。这地方有几处寸草不生的立壁，这些石壁泛着青色，连成一片，阳光从石壁上掠过，就像是照在镜子上似的；岩崖之上，布满了被溪流冲刷出的道道石罅，石罅中能看到久经雨水冲刷而成的悬空石笋，周围还生长着饱经风霜、畸零弯曲的树木；偶尔还能见到在岩石那阴冷潮湿的突起处，生长着一些有雪松般高的栗木；还有黄褐色的岩洞，仿佛是张开的嘴，往里望去又深又黑，洞边长着荆棘鲜花，口中则是青苔铺就的绿色舌头。

在这个或许曾是古代火山口的盆子底部有个水池，池水澄明，有如钻石闪耀。在深邃的池子边，围绕着花岗石、柳树、菖兰、梣树，以及其他数以千计的芳香草木和花朵。而再往外，便是如英式草坪般的绿色草地。石涧潺潺，润泽了鲜嫩漂亮的青草；雨狂风骤，又不断将峰顶的腐草吹落盆底，成了青草的养料。水池的边缘就像狼牙般参差，也像是裙边，面积约有三阿庞[1]。由于池边到盆地石壁的距离不同，草地窄的地方有一阿庞，宽的地方有二阿庞，有几处，甚至只能容一群牛通过。沿石壁向上，到某个高度，植物便不再能够生长。空中的花岗岩形状千奇百怪，在烟云缭绕之中，竟同天空中的云彩有些微相似。光秃秃的山石呈现出一派荒山野岭的凄清景象，和山谷中秀丽的景色截然不同，让人深恐山石崩塌。岩崖的形状千奇百怪，其中一块被叫作嘉布遣会修士，因为它的形状像个僧侣。

有时，随着太阳的移动和大气的变化，这些削尖的岩顶、杂乱的石堆、半空中的岩洞逐一被照亮，染上金色、紫色，热烈的玫瑰红色，或是暗淡下去，染上灰色。随着海拔升高，风景连续而又变化多端，就像是鸽子颈部的七彩羽光一般。一块火山岩裂成了两半，你可能会觉得它像是被斧头劈成了两块石板。在黎明或日落时分，经常会有一道美丽的光照从两块石板之间穿过，一直照到风景宜人的环形山谷谷底，在池子水面闪耀，仿佛一道金光穿过百叶窗的缝隙，照进西班牙风格的卧室之中。而且为了午睡，这间卧室的窗户都被细心地关上了。这古老的火山口，在大洪水到来之前，便经历了动荡，蓄满了水。如今，当太阳运行到它的正上方，那嶙峋的侧壁开始发热，古老的火山被点亮。迅速

---

[1] 旧时的土地面积单位。

升起的温度使种子萌发，植物繁茂，鲜花艳丽，让这处小小的秘境中的果实成熟。

当拉斐尔踏入这地方，他见到草地上有几头牛。他向池子走了几步，在草地最宽阔的地方，看见了一栋花岗岩搭建、木头做屋顶的简陋房子。村舍的屋顶上爬满了青苔、常春藤，还生长着一簇簇鲜花，显示出了房子的古老，和此处的风景融为一体。残破的烟囱中升起一缕炊烟，鸟儿却已对此习以为常。门前有一张宽阔的长凳，被摆在两株巨大的金银花树之间。金银花树上的紫红色花朵散发着馨香。葡萄藤爬满屋墙，玫瑰和茉莉花肆意生长，让人几乎见不到墙面。住在这里的人并非刻意营造这种充满乡野风情的装点，只不过是任大自然施放它天然纯粹的魅力。襁褓挂在醋栗树上晾晒。一只猫蜷在栉梳机上，机器下面是一堆削下来的土豆皮，土豆皮上放着一口刚刚擦亮的黄色小锅。在房子的另一侧，拉斐尔发现了一道用干枯的荆棘围成的篱笆，显然是为了防止鸡群进去破坏蔬果。社会的气息仿佛在这里消散了。这处居所好像是巧妙地筑在岩石凹陷处的鸟巢，充满了艺术感和漫不经心的写意。这便是淳朴而美好的自然，是真正的乡野之气，它诗意盎然，却和那些精心雕琢的诗篇截然不同，却不减丝毫光彩；它不是人能构想出来的，源出本身，造化天成。

拉斐尔到来的时候，太阳光正好从右向左照射过来，照得植物熠熠生辉。岩石是深黄色的和浅灰色的，树叶有不同的绿色，大片大片的鲜花是蓝色、红色和白色的，这里还有藤蔓和藤蔓上的钟形花，有波光粼粼如天鹅绒的青苔，有欧石楠的紫红花束，尤其是有那清澈的水面，它如实地映照出高峰、树木、房屋和天空。因了光线的魔术和明暗的对比，这一切或是更为鲜明，或是被装点得更加漂亮。在这幅优美的画面中，从闪耀的云母石到藏在朦胧光线下的干草丛，一切都显得流光溢彩。奶牛的皮毛油光水滑。在一处洼地中，纤弱的水生花朵绽放，如流苏一般垂在水面之上，颜色如蓝、绿宝石般的蚊虫绕着洼地嗡嗡鸣叫。而树木的根系，就像夹着泥沙的头发一样盖在形状奇怪的人头似的鹅卵石上。一切都是如此和谐。

　　水、鲜花、岩洞散发出的淡淡气息使这个避世的居所弥漫着馨香，几乎快要勾起拉斐尔的情欲。这片林地或许被收税官之类的角色遗忘了。统治这里的庄严的寂静突然被两只狗的吠叫打破。几头牛转头看向山谷的进口，潮湿的鼻子正对着拉斐尔。它们呆滞地看了他一会儿，又重新开始吃草。一只母山羊和它的小山羊像是被施了魔法，好像吊在岩壁上。它们蹦跶着跳了下来，来到拉斐尔身边一处花岗岩石板上，像是在质问他。

　　犬吠声将一个胖孩子引出了屋子。他吃惊地张大了嘴。接着，一个头发花白、中等身材的老人也走了出来。这两个人物也和风景、气氛、鲜花和屋子十分相配。在富饶的自然之中，生机勃发，老年与童年都一样美好。总而言之，不管是怎样的存在，在这里都有一种原始的自由自在，都过着幸福的日常生活。这种幸福揭穿了哲学家的道德说教，治愈了因欲望而臃肿的心灵。老人是施内茨 [1] 遒劲的画笔偏爱描绘的那类形象，棕黑色的面孔上布满硌手的皱纹，鼻梁挺直。高耸的颧骨上是红色的纹路，就像枯老的葡萄叶。面部轮廓棱角分明。他的所有特征，哪怕是那些表明力量消失的特征，都象征着力量。尽管他已不能再劳作，但那双手依然长满了老茧，还长着稀疏的白色毛发。他的神态表明他是个

---

[1] 让－维克多·施内茨（Jean-Victor Schnetz，1787—1870），法国画家。

真正自由的人，让人觉得他要是生在意大利，为了珍爱的自由，或许已经去做了强盗。那孩子是个真正的山里人。他漆黑的眸子能眨也不眨地直视太阳，他有棕黑色的皮肤和蓬乱的棕色头发。他敏捷又果断，一举一动都像是鸟儿般自然。他穿着破烂的衣裳，从衣服的裂缝中，可以看见白皙柔嫩的皮肤。这两人并肩站着，一言不发，受到同一种情感的驱动，他们脸上的神情充分说明了，他俩的生活都同样闲适。

老人和孩子一起嬉戏，孩子继承了老人的脾气，在两个虚弱的人之间，在走到尽头和即将生长的力量之间，缔结下了类似契约的东西。没过一会儿，一个三十来岁的妇人出现在门口。她一边走，一边还纺着线。这是个典型的奥弗涅人，面色红润，牙齿洁白，神情愉悦，自然率真，她有着奥弗涅人的长相和身材，梳着奥弗涅人的发型，穿着奥弗涅人的裙子，还有奥弗涅女人的丰满胸脯，口音也是相当地道。她就是这片土地的完美代表：勤勉的传统、无知、节俭、真挚，这些都体现在她身上了。

她同拉斐尔打了招呼，两人聊了起来。狗不再狂吠，老人坐在长凳上晒太阳，孩子粘在母亲身旁，走哪儿跟哪儿，他很安静，但仔细听着陌生人说话，打量着他。

"和善的女士，你们住在这里不害怕吗？"

"先生，我们有什么害怕的呢？我们要是把山谷的入口挡住，谁能进得来？哦！我们什么也不怕。再说了，"她一边领着侯爵进入屋子里的大房间，一边说，"小偷到我们家能偷什么呢？"她指着那面被柴火的烟雾熏黑了的墙，墙上仅有的装饰是用蓝、红、绿三色绘制的图画，分别是《信用之死》《耶稣受难图》和《帝国卫队的士兵》。房间中还散乱地放着一张老旧的胡桃木四柱床，一张桌腿弯曲的桌子，几张椅子，放面包的箱子，还有挂在房顶上的腊肉，一罐子盐和火炉，以及放在壁炉上的发黄的和彩色的石膏像。

走出房子，拉斐尔看见岩石之中有个手拿锄头的男人，正俯下身子，好奇地望着房子。

"先生，这是我丈夫。"奥弗涅女人露出了个乡下女人常有的笑容，"他在那上面种地。"

"那位老人是您的父亲吗？"

"不好意思，先生，这是我丈夫的祖父。您看看他的样子，他都102岁了。哎呀！他最近还带着我们的孩子步行去了克莱蒙费朗 [1] 呢！他曾经是个强壮的男人，现在也只能吃、喝、睡了。他总是跟我们的孩子一起玩。有些时候小孩子把他领到山上去，他也跟着去。"

瓦朗坦立即决定要和老人孩子一起生活，要和他们呼吸一样的空气，吃一样的面包，喝一样的水，像他们一样睡觉，要让血管中流淌着和他们一样的血液。死到临头的人就会像这样突发奇想！他想成为山石间的一只牡蛎，多保存几天它的壳，像这样来麻痹死亡。对他来说，这就是个人道德的典范，是人类生活真正的公式，是美好的理想生活，是唯一的、真正的生活。他打心眼里有了个自私的想法，想要吞没整个宇宙。在他眼中，宇宙不存在了，全都转移到了他的身上。对病人来说，世界从枕边开始，到床脚结束。而这片风景就是拉斐尔的病床。

在一生中，谁不曾窥伺过蚂蚁的足迹和爬行方式？谁不曾将稻草插进唯一能让金黄的蛞蝓呼吸的孔洞中？谁没有研究过纤细

---

[1] 法国中南部城市。

的蜻蜓的奇怪行为？幼年橡树的红树叶上遍布着无数叶脉，像哥特教堂中的玫瑰彩绘玻璃窗一样多彩，谁又不曾欣赏过这样的叶脉呢？谁不曾长时间入迷地看着被雨水冲刷或是被阳光照射的棕色瓦片屋顶呢？又或是凝视着晨露、花瓣，或是形状不一的花萼齿状边缘呢？谁不曾慵懒而专注地沉浸在这些有形的幻梦中，开始时漫无目的，然而却被引向了某种思想呢？总而言之，谁不曾有过放下工作，去过孩童的、懒人的、野人的生活的时候呢？

拉斐尔就像这样过了好几天，无忧无虑，无欲无求，感到自己在好转，体验到了超凡脱俗的安逸。这种生活平息了他的焦虑，减缓了他的痛苦。他爬上山岩，坐在山巅之上，将宽广辽阔的风景尽收眼底。在那儿，他像是太阳下的植物、巢穴中的兔子一般，一待就是一整天。又或者，他为了熟悉和植物相关的现象，以及天象的变化，于是观察着天上地下和水中一切事物的进展。

他试图加入这儿的大自然内在的运动，想要完全地服从它，和它化为一体。自然的律法是专制而守旧的，管辖着一切凭本能存在的生命。他想要臣服在这一律法之下。他不再想自主地活着，对自己负责任了。就像是那些曾犯过罪的人，正受到法庭的追捕，但如果他们匍匐在祭坛的阴影之下，就能得到救赎。他试着溜进生命的圣殿。他终于成了自然结出的苗壮硕果的一部分：他适应了多变的气候，在所有的岩洞中住过，知晓了所有植物的习性，研究出了水是如何流动的、其中包含哪些矿物质，还认识了各种动物。总之，他同这片生机勃勃的土地完美契合，从某种程度上说，他抓住了土地的灵魂，探知了它的奥秘。在他看来，所有物类那变幻无穷的形式都发源于同一种物质，是同一种运动的不同组合，是一个巨大存在的澎湃呼吸。这个存在在活动、思考、行走、成长，拉斐尔想和它一起成长、行走、思考、活动。他神奇地将自己的生命融入了岩石的生命。他在岩石中生了根。

这种神秘的天启思想，这段虚假的康复期，就像是自然给予他的有益的谵妄。正因如此，瓦朗坦在煎熬中得到足够的喘息。最初在这片宜人的风光中逗留的日子，让他体会到了重返童年般的乐趣。他探索看似微不足道的事物，着手要干一千件事，却没有干成一件，第二天就忘记了前一天的计划，而且毫无负担。他过得很幸福，确信自己已经得救了。

一天早晨，他难得地在床上躺到了中午，还沉浸在不知今夕何夕、不知是梦是真的迷幻中，这让他觉得现实有如幻境，而幻想却像是真实的存在。突然之间，他第一次听见房东太太向若纳唐汇报他的健康状况，他一时还分不清是不是在做梦。若纳唐每日都来问候。奥弗涅女人以为瓦朗坦还在睡觉，所以没有压低她山里人的高亢嗓音。

"感觉没有好转，也没有变坏。"她说，"他昨天晚上还是往死里咳。这位亲爱的先生，他咳嗽、吐痰，实在是太可怜了。我们不禁要问，我是说我和我丈夫，他是哪里来的力气像这样咳嗽？简直像是要把心脏剖开地咳嗽。这真是个见了鬼的病！他是一点儿也没有好转！我总担心某天早上起来，发现他死在床上。他简直跟耶稣的蜡像一样苍白！老天，我看过他起床更衣，哎哟，他瘦得就像根钉子。然而他自己却并不觉得有什么问题！他跑来跑去的，把自己搞得筋疲力尽，就好像他健康得不得了似的！他确实是很有勇气，从不抱怨。但是，说真的，他长眠地下比活在草地上好，因为他正像耶稣一样受着难！先生，我也不想这么说，如果他真死了对我们也没好处。而且就算他不给我们钱，我也很喜欢他。啊！上帝啊！”她接着说，“只有巴黎人才会得这种要了命的病！他到底是在哪儿染上的？可怜的年轻人，他肯定好不了了，完蛋了。您瞧，他发着烧，会烧坏他、耗尽他、毁掉他！他完全没这么想。先生，他一点儿也不知道，什么也没意识到。若纳唐先生，您可别觉得难过！要想着他终于可以不再受苦了，他会高兴的。您得为他做九日经。我曾经见过，做了九日经之后，病就大好了。为了挽救一个这么温柔、和善，像复活节的羔羊一样的人，我愿意为他花钱买一支大蜡烛。”

拉斐尔的声音太微弱了，并不能让别人听到他在说话，所以他只能忍受着这可怕的喋喋不休。然而不耐烦最终还是将他赶下了床。他来到门槛前。

“老混蛋。”他对若纳唐喊道，“你想当我的刽子手吗？”

农妇以为看见了鬼魂，吓得跑掉了。

“我不准你对我的健康抱有一丝一毫的担忧。”拉斐尔继续说。

“好的，侯爵先生。”老仆人擦干眼泪，回答道。

“还有，从今以后，没有我的命令，你最好是不要来这儿。”

若纳唐想要遵守他的命令。然而，在离开前，他忠诚而又怜悯地瞧了侯爵一眼。拉斐尔在他的眼神中看出了对自己死亡的判决。突然之间，瓦朗坦就感受到了自己真实的身体状况，他在门槛处失魂落魄地坐下，双臂叠抱在胸前，垂下脑袋。若纳唐吃了一惊，走到他的主人身前。

“先生？”

“走开！走开！”病人叫唤道。

第二天早上，拉斐尔爬上山岩，在满是青苔的岩穴中坐着，在这儿能看到由温泉通向他现在住所的那条窄路。他发现山脚下若纳唐又在和奥弗涅女人聊天。他看着那女人点头，摆出沮丧的姿态，毫不做作但却让人感到阴冷可怖。一股恶作剧般的神力让他理解了那女人，懂得了她的意思，甚至让他听见那些命不久矣的断语在寂静的风中回荡。他恐惧不已，逃去了最高的山峰，一直待到傍晚，却还是没能驱散不祥的想法。旁人对他的残忍的关心，不幸唤醒了他心底的忧思。突然之间，那个奥弗涅女人站在了他的面前；她仿佛是夜色中的阴影。出于一位诗人的奇思怪想，他想要在她那黑白相间的裙子和鬼魂枯槁的肋骨间，找到一星半点的相似之处。

"亲爱的先生，这都下露水了。"她对他说，"要是一直待在这儿，您不折不扣会变得跟烂果子一样。得回去了。像这样喝露水可不健康，而且您从今早上起，就没吃东西。"

"天杀的！"他叫道，"老巫婆，你要听我的，我想怎么过就怎么过。不然我马上就从这里离开。每个早上都在替我挖坟就已经够了，至少别在晚上也给我挖坟了。"

"您的坟墓！先生！挖您的坟墓！那您的坟墓现在在哪儿呢？我们都希望您像我们的父亲一样长命百岁，一点儿都不想您躺在坟墓里！坟墓！我们都认为要到坟墓里，现在还太早哩。"

"够了。"拉斐尔说。

"先生，扶着我的胳膊吧。"

"不要。"

人最难承受的感情就是怜悯，尤其是当他确实值得同情的时候。仇恨是强心针，它能使人活下去，能激发报复的欲望；而怜悯是封喉毒，它会使虚弱的人更加软弱。怜悯是花言巧语的恶意，是轻蔑的温柔，是温柔的冒犯。拉斐尔觉得百岁老人对他有种胜利者的怜悯，孩子对他有种好奇的怜悯，农妇对他有让他心烦的怜悯，而她的丈夫则对他有种利害相关的怜悯。但不管这种情感以什么样的形式表现出来，它都包含着死亡的意味。诗人可以将一切写成诗。是忧伤的诗，还是快乐的诗，取决于击中诗人的是怎样的画面。诗人有激动的灵魂，所以他抛却了浅淡的色调，总是选择生动而鲜明的色彩。这种怜悯使拉斐尔的心中生出一首充满了哀悼和忧郁的诗。当他想要接近自然的时候，毫无疑问，他没能想到自然中的情感如此直白坦率。在他以为自己独自坐在树下，和咳嗽这种他从未战胜过的、总是将他搞得精疲力竭的顽疾斗争时，他看见了小男孩那双闪亮而灵动的眼睛。他埋伏在一丛草中，跟个野人似的，用孩子气的好奇目光打量着拉斐尔，那目光中既有嘲笑，也有乐趣，还有一种我说不清楚的混杂着冷漠的兴趣。特拉普派[1]苦行者经常说的可怕的话——"兄弟，该死了"，似乎一直写在和拉斐尔一起生活的乡下人眼中。这让拉斐尔不知道该更害怕他们天真的话语，还是他们的沉默。他们的言行都让他感到窒息。

有天清晨，他看见两个穿着黑衣的人在他身边，偷偷地打量他、像猎狗似的嗅他、研究他。接着，他们装作是来这里散步的样子，向他提一些琐碎的问题，他都简要地回答了。他认出来了，他们是温泉会所的医生和神父，不用说，肯定是若纳唐让他们来的。他们或许是收到了房子主人的请求，或许是寻着下一个死者的气息而来。于是，拉斐尔仿佛看见了自己的送葬队伍，听到了神父在唱葬歌，计算着葬礼上有多少支蜡烛。他只能透过黑纱观

[1] 拉普派，此派强调缄口苦修。

赏富饶的自然丽景，而他曾以为在这片景象中找到了生机。曾经
向他宣布他可以长寿的一切，现在却对他预言终结即将来临。第
二天，带着房东塞给他的哀婉的祝福和发自内心的哀悼，他离开
此地去了巴黎。

经过整夜的旅行，他在波旁山区景色最好的一处河谷地带醒
来。远山近水在他面前迅速闪过，就像是梦中朦胧的景象一般。
自然在他面前残酷地卖弄着万种风情。时而阿列河像一条闪亮的
缎带，从丰饶的大地上流过；然后是低调地隐藏在黄褐色岩石峡
谷之后的小村庄，但村庄中钟楼的尖顶露了出来；时而，在经过
一片一成不变的葡萄种植区后，位于小山谷中的磨坊突然出现，
然后是漂亮的城堡、悬在山崖间的村庄、或是两旁栽种着挺拔白
杨树的道路。最终，卢瓦尔河和它那狭长的钻石般闪亮的水面在
金色的沙滩上熠熠生辉。这无尽的诱惑啊！六月的热烈和蓬勃无
法被遏制，激昂的自然有如孩童般生机勃勃，牢牢地吸引住了病
人无神的目光。他拉上了马车的百叶窗，重又睡了过去。

傍晚时分，马车已经过了科纳，他被一阵欢乐的乐声吵醒，
发现自己碰上了一个村子的节日庆典。驿站就在广场的旁边。当
车夫给马车更换马匹的时候，他便看着这群欢乐的人在跳舞。姑
娘佩戴着鲜花，美丽又勾人；年轻男人兴奋不已；老农民那粗糙
的面庞神情愉悦，被酒精熏得通红；小孩子在嬉戏玩耍；老妇人
说说笑笑。整幅画面嘈杂热闹。而且，这种欢乐的氛围甚至让服
装和摆好的桌子都变得更加美好了。广场和教堂洋溢着幸福，甚
至村庄中的房顶、窗户和门也像是专门装点了一番。拉斐尔就像
所有将死之人一样，一点点声音就会让他焦虑不安。他忍不住发
出一声不祥的哀叹，也克制不住许下愿望：让乐声停止，使嘈杂

的人群安静，甚至遣散这场纵意恣肆的庆典。他满腹忧愁地回到马车上。当他再看向广场的时候，发现欢乐的人群已作鸟兽惊散，村里的姑娘全逃走了，长凳上空无一人。在为乐队搭建的木台子上，一位瞎了眼的乡村乐师仍旧在用单簧管吹奏刺耳的舞曲。这首没有舞者的曲子，这个衣衫褴褛、蓬头乱发、面无表情、坐在椴树树荫下的孤独老人，就像是拉斐尔许下的愿望的神奇化身。六月间带电的云层突然降下暴雨，又转瞬天晴。这是非常自然的事，拉斐尔看着天空中的几朵淡淡的白云被微风吹散，都没想到要看看他的驴皮。他躺在马车的角落中，车很快便上了路。

第二天他已经回到了家中，坐在卧室的壁炉旁边。他感到寒冷，已经命人将炉火生得很旺。若纳唐给他带来了信，全是波利娜写给他的。他不慌不忙地打开第一封信，展开信纸，就像这是一张收税官寄来的浅灰色的催缴通知单，毫无价值。

他看见信上的第一句话这样写道："我的拉斐尔，你已经离开了吗？但这完全是逃避。怎么回事？！没有人知道你去了哪里！如果我都不知道，还有谁能知道呢？"

他不想再读下去了，冷漠地拿起那堆信，扔进了壁炉。他用冰冷无神的眼睛看着火舌翻卷，将带着香味的信纸拧成一团，使其萎缩、翻转，变成碎片。

信纸的碎片在炉灰上翻滚，让他看见了信上的只字片语，看见了被烧得只剩一部分的所思念念，他不自觉地读起了火焰中的信件，作为一项娱乐。

"……坐在你的门口……等待着……突发奇想……我遵从……情敌们……我，不！你的波利娜……爱……再也不要波利娜了吗？……如果你想让我退出，你就不能像这样抛下我……永

293

远的爱……死亡……"

这些字句让他产生了某种悔恨。他拿起火钳，从火焰中抢救出了最后一块信件的碎片。

"我喋喋不休的。"波利娜写道，"但我这不算是在抱怨吧，拉斐尔？让我远离你，你肯定是想让我不必承受悲伤的重负。你或许有一天会杀了我，但你实在太好心，不忍让我受折磨。哎！别再像这样离开了。只要你在身边，最可怕的酷刑我也能面对。那些因你而起的忧伤将不再是忧伤。除了曾经对你表达过的，我心中还有更多的爱意。我什么都能忍受，除了在远离你的地方哭泣，除了不知道你要做……"

拉斐尔将这张被火燎黑的信笺残片放在壁炉台子上，又突然将它扔进了壁炉里。这纸残片太过生动地说明了他的爱情和他必死的命运。

"去把毕安训先生找来。"他对若纳唐说。

贺拉斯来了之后，发现拉斐尔躺在床上。

"我的朋友，你能帮我调制一种饮料，含少量吗啡，能使我持续地昏睡，但长期使用又不至于损害我的身体吗？"

"没什么比这更简单的了。"年轻的医生回答说，"不过为了吃饭，一天之中总得有几个小时得是清醒的吧。"

"几个小时！"拉斐尔打断了他，"不，不，我起身的时间不能超过一小时。"

"所以你到底有什么打算？"毕安训问道。

"睡觉，但仍然活着。"病人回答说。

"别让任何人进来，哪怕是波利娜·德·费乔小姐。"在医生写医嘱的时候，瓦朗坦吩咐若纳唐。

"哎，好吧！贺拉斯先生，还有没有什么别的办法？"老仆人一直将年轻的医生送到大门前的台阶处，向他问道。

"他或许还能撑很久，或许今晚就会死。他这种情况，生存和死亡的概率是一半一半的。我毫无把握。"医生做了个表示怀疑的手势，"得让他分分心。"

"让他分心！先生，您是不知道。前些日子他决斗死了个人，可是连哼都没哼一声！什么都不能使他分心。"

拉斐尔沉浸在人为的昏睡所带来的虚无之中，就这么过了几日。由于药物将其物质化的力量施加在了非物质的灵魂之上，这个想象力如此丰富的人，自甘堕落成了蜷缩在森林之中的惫懒动物的样子。那些动物用枯枝腐叶般的外形作伪装，就算有能轻易抓住的猎物，也不愿意挪动一步。他甚至将所有的天光都挡在了外面，日光无法照进他的房子。快到晚上八点的时候，他从床上起来。他并没有"还活着"这种清醒的意识，只是为了进食饱腹，然后立刻又再度陷入昏睡。这些清醒的时辰对他来说是冰冷的，有如涟漪般布满褶皱的，带给他的不过是漆黑画布上令人困惑的画面，以及痕迹和昏暗的光线。他沉溺在深邃的寂静当中，在一个不需要任何运动和思考的境界里。一个晚上，他比平日里起得晚了许多，没找到端上来的晚餐。他招来若纳唐。

"你可以走了。"他对若纳唐说，"我让你发了财，你尽可以安享晚年了。而且我不愿意再让你来玩弄我的生活。怎么回事！卑鄙的家伙，我饿了。我的晚餐在哪儿？回答我。"

若纳唐露出一个正中下怀的笑容。他拿起一根蜡烛，烛火在宽敞宅子的幽深黑暗中颤动。他领着又变得像是机器的主人走过宽阔的走廊，然后突然间打开了门。光明突然涌向拉斐尔，使他目眩神迷，然后他被眼前难以置信的景象惊呆了。他所有的枝形吊灯上插满了蜡烛，他的温室中最为珍奇的花卉被极具艺术感地摆了出来，餐桌上堆满了金银器、螺钿餐具和瓷器，闪闪发光。这席媲美宫廷的盛宴热气腾腾，美味佳肴惹得人垂涎欲滴。

　　他看见了被召集来的朋友们。席间还有盛装打扮、巧笑倩兮的女人，她们裸着脖颈，露着香肩，发间点缀着鲜花，双眼闪闪发光，环肥燕瘦，各有千秋。她们都打扮得性感诱人，充满了挑逗的意味。有人穿着爱尔兰式的收腰上衣，勾勒出迷人的身形；有人穿着安达卢西亚的半裙；有人穿得像女猎神狄安娜那样有韵味；有人穿得像瓦里埃尔小姐[1]那样朴素又多情。所有人都一副不醉不归的样子。所有宾客的眼神中都闪耀着喜悦和爱情，显得兴致勃勃。当拉斐尔行将就木的身形出现在敞开的大门口时，一阵喝彩声突然爆发出来，喝彩声来得如此迅疾、如此嘹亮，像从这场临时筹办的宴会中射出的光芒似的。声音、香气、光线，还有这些美得摄人心魄的女人，刺激着他的感官，唤醒了他的胃口。一阵悦耳的音乐传来，那是由旁厅中藏着的乐队演奏的，和谐的音符盖过了这阵令人恍神的嘈杂，于是眼前这幅光怪陆离的场景便被补足了。拉斐尔感到自己的手被另一只娇嫩的手握住了。这是一只女人的手，而握他的女人正张开两条又白又嫩的胳膊想要拥抱他。那是阿奎丽娜的手。他明白过来，眼前的这幅画面并不是他那些褪色的梦境中一闪而过的场景，并非是朦胧的幻境。他发出一声森冷的惨叫，猛地阖上房门，给了老仆人一耳光作为斥责。

---

[1]露易丝·德·拉·瓦里埃尔（Louise de La Valliere，1644—1710），法国贵族，路易十四的情妇之一。

"怪物，你是不是不把我弄死誓不罢休？"他喊道。然后，他想到刚刚面临的危险，禁不住浑身颤抖。他用尽力气回到房间，喝了一大口安眠药剂，再度睡去。

"见鬼了！"若纳唐回过神来说，"但是毕安训先生交代说要让他分分心。"

快要到午夜。由于生理上的变化、震惊的情绪和医学的束手无策，在这个时候，睡梦中的拉斐尔光彩照人，俊美极了。他白皙的双颊泛着鲜艳的玫瑰红色，他的额头秀美如少女，表露出他天资卓绝。从这张平静而舒展的面容上看，他正值风华正茂的岁月。你甚至可以说他就像是个在母亲的庇佑中安睡的小孩。他睡得香甜，朱红色的嘴唇中吐出均匀而纯净的气息。他露出个心醉神迷的笑容，毫无疑问正做着关于幸福生活的美梦。或许在梦中他是个百岁老人；或许他的孙子们正在祝他长命百岁；或许他正晒着太阳，坐树荫下的乡村长凳上，像先知一般，在高山之上看见远方乐土上充满了希望的原野！

"你在这儿啊！"银铃般的嗓音说了这样一句话，驱散了梦中那些模糊不清的影像。

借着台灯的微光，他看见他的波利娜坐在床上，而且是被分离和忧伤变得更美的波利娜。他见到那张有如水莲花花瓣似的白皙面庞，不由得呆住了。她那黑色的长发包裹着面孔，深重的暗影将皮肤衬得愈发白皙。眼泪在她的面颊上冲刷出闪闪发光的泪痕。泪珠挂在两颊，只要微微一动，就会落下。她穿着白色的衣服，垂下的脑袋几乎就要压到床上。她坐在那儿，就像是落入凡间的天使，也像是轻吹一口气，就会飘散的幽灵。

"啊！我全忘记了。"当拉斐尔睁开双眼的时候，她叫道，"我只想对你说：我属于你！是的，我的心里全是爱意。啊！我生命中的天使，你从未像现在这样俊美。你的眼神摄人心魄。我什么都猜到了。去吧！你背着我去治疗身体，你害怕我……哎，好吧。"

"走吧，走吧，留我一个人。"最终，拉斐尔用喑哑的嗓音叫道，"你快走吧。如果你留在这里，我就会死。你难道想看着我死吗？"

"死！"她回复道，"你难道想留下我去死吗？死，可是你还这样年轻！死，可是我爱你！死！"她像疯了似的抓起他的手，从喉头挤出这样一句话。

"你的手好冷。"她说，"这是我的错觉吗？"

拉斐尔从枕头下抽出那一小块驴皮。它已经变得如长春花的叶子一般脆弱和窄小。他将驴皮给波利娜看，说："这就是我美好生命的美丽象征。我们道永别吧！"

"永别？"她神色震惊地重复道。

"是的。这是一道可以实现我愿望的符咒，也象征着我的生命。看看我还剩多少日子。如果你再看着我，我就会死……"

少女认为瓦朗坦发疯了，她拿起符咒，起身去找灯。摇曳的烛光同时照亮了拉斐尔和符咒，她全神贯注地观察着情人的面庞和所剩无几的魔法驴皮。拉斐尔看着爱人在恐惧和爱情之中，显得愈发美艳，再也控制不住自己的思想。此刻他回忆起了一幕幕温存的场景和激情带来的狂喜。记忆在他沉睡了许久的灵魂中苏醒，就像是死灰复燃的炉火。

"波利娜，来吧！波利娜！"

年轻女孩从嗓子里发出一声可怕的叫喊，她瞪大了眼睛。曾经因为刺骨的痛苦而紧锁的眉头这时因为恐惧而展开。她在拉斐尔的眼中读出了激烈的情欲，曾经她为此感到骄傲；然而随着他的欲望变强，驴皮在缩小，使她的手发痒。她来不及思考，逃进了隔壁的房间，关上了门。

"波利娜！波利娜！"濒死之人一边叫喊着，一边追着她跑，"我爱你，我喜欢你，我想要你！你不为我开门，我就诅咒你！我想要死在你的身上。"

拉斐尔用一股奇特的力量将门推倒在了地上，那是他生命力最后的爆发。他看见自己半裸的情人正在沙发上打滚。波利娜想要剖开自己的胸膛，给自己一个痛快的死亡，然而却是徒劳。她又企图用披肩绞死自己。

"如果我死了，他就能活。"她一边说，一边徒劳地想把用披肩打成的结绞紧。

她披散着头发，裸露着肩膀，衣衫凌乱不堪。在这场与死神的搏斗中，她双目含泪，面色通红，因绝望至极而不停地扭动着身躯。她这副样子，落在正沉醉在爱欲中的拉斐尔眼中，却是千娇百媚，让他更加兴奋了。他如同鸷鸟一般，敏捷地扑到她身上，撕开披肩，想将她拥进怀中。

这临终之人寻找着能够表达自己欲望的措辞，而那欲望已经耗尽了他的所有精力。然而他只能从胸膛中挤出嘶哑的喘气声，而且每一次喘息都愈加进气少、出气多了，就好像这些气息都是从他的五脏六腑中挤出来的。最终，他发出不了任何声音，只能在波利娜的胸膛上乱咬。若纳唐听见尖叫的声音，惊骇莫名，连忙赶了过来。他看见在角落里，年轻的女孩趴在拉斐尔的尸体之上。他想要把尸体接过来。

"您想要干什么？"她说，"他是我的。是我杀了他，我不是向他预言过吗？"

尾声

波利娜怎么样了？

"啊！波利娜，好吧。您曾经有过这样的时刻吗？在一个宜人的冬夜，坐在家里的壁炉前，凝视着火焰在栎木木材上烧出的焦痕，愉快地沉湎在关于爱情和青春的回忆之中。在这里，火焰烧出了如同棋盘格一样的一个个红色方格；在那里，火焰又像是天鹅绒一般柔软而闪耀；蓝色的小小火苗在炽烈的炭火火场中心奔跑、跳跃、嬉戏。这时，来了个陌生的画家用这炉火作画。他有一项独门绝技，能够在这片燃烧的姹紫嫣红中，找出一个超自然的身影，一个秀丽绝伦、转瞬即逝、只会出现这么一次的影子。这是个女人的身影。她的秀发被风吹起，她的侧影流露出甜蜜的热情，她是火焰中的烈焰！她微笑，然后消逝。您再也见不到她。永别了，火焰之花。永别了，这尚未形成珍宝的炭材。永别了，这出乎意料，来得不是太早就是太迟，总之无法成为恒久钻石的珍宝。"

"我问的是波利娜？"

"您还没听明白吗？那我再说一遍。让开！让开！她来了，幻象的女王到来了。这个女人像吻一样，一触即逝；这个女人的一生像一道闪电，像是从天上涌现的火光。她是永恒的存在，是纯粹精神性的，是完全属于爱情的。我不知道她以什么样的火焰为躯，又或许，火焰在那瞬间也因她获得了生命！她身形的线条都流露着纯洁，正是向人宣告她是自天堂而来的。她难道不正像天使一般，灼灼其华吗？你难道没有听见她在空中的振翅声吗？她比飞鸟更加轻盈，停在了你的身边，那双勾魂的眼睛引人着迷，那有力而香甜的气息如有魔力般吸引着你的嘴唇。她又飞走了，却还勾着你，使你渐渐感受不到大地的存在。你想用发痒的、燥热的手抚摸这具冰肌玉骨，想要弄乱她金色的秀发，亲吻她善良的双眼，哪怕只有一次也好。一阵香雾熏得你心醉神迷，一阵仙乐勾得你神魂颠倒。你所有的神经都在颤动，你身心皆沉湎在欲望当中，都在受苦。啊！无法形容的幸福！你触碰到了这个女人的双唇，然而突然之间一阵剧痛将你唤醒。啊！啊！你的头碰到了床角，你正抱着一根棕红桃花心木，抱着镀金的床饰和青铜雕像，抱着一个铜铸的爱人。"

"但是，先生，我们在说波利娜！"

"还没听懂！听好了。一个晴朗的清晨，年轻男人挽着美丽女人的手，登上了'天使之城号'轮船，从图尔出发。他们就这样形影不离地航行在卢瓦尔河宽阔的水面上，久久地欣赏着一个白色的身影。那身影像是河水与阳光结出的果实，又像是乌云与空气造出的幻象，她神秘地诞生在薄雾之中。她时而是水神，时而是空气之神，这个流动的人形在空中飞舞，仿佛是在记忆中乱窜的某个单词，当人们想要找到它、抓住它时，却总是徒劳无功。她在岛屿间漫步；她摇晃着脑袋穿过挺拔的白杨树；然后她又变高大了，她要么让长袍上无数的褶皱泛着辉光，要么让太阳照在她的脸上，为她的脸镀上一圈灿烂的光晕；她盘旋在村庄和山岗之上，似乎是在护卫着蒸汽船从于赛城堡前经过。你可以说这是'漂亮表妹'[1]的幽灵在保卫她的家乡免遭现代文明的侵袭。"

"好吧，我知道了，这就是波利娜的结局。那费多拉呢？"

"哦！费多拉，你会遇见她的。她昨天还去了滑稽剧剧院，今晚上会去歌剧院。她无处不在。"

于巴黎，1830—1831

---

[1] 法国15世纪作家安东尼·德·拉萨尔的小说《小让·德·圣特和漂亮表妹的故事》中的人物。

驴皮记

作者 _ [法] 巴尔扎克　　译者 _ 魏映雪

产品经理 _ 陈悦桐　　装帧设计 _ 小雨　　产品总监 _ 李佳婕

技术编辑 _ 顾逸飞　　责任印制 _ 刘淼　　出品人 _ 许文婷

营销团队 _ 果麦经典营销组

鸣谢

Prajna 凰

果麦

www.guomai.cn

以　微　小　的　力　量　推　动　文　明

图书在版编目（CIP）数据

驴皮记 / (法) 巴尔扎克著；魏映雪译 . -- 济南：
山东画报出版社，2023.11
书名原文：*The magic skin*
ISBN 978-7-5474-4615-7

Ⅰ . ①驴… Ⅱ . ①巴… ②魏… Ⅲ . ①长篇小说—法
国—近代 Ⅳ . ① I565.44

中国国家版本馆 CIP 数据核字（2023）第 206319 号

lvpiji

驴皮记

［法］巴尔扎克 著 魏映雪 译

责任编辑 李双
封面设计 肖雯

主管单位 山东出版传媒股份有限公司
出版发行 山东画报出版社
　　　　　社　　址 济南市市中区舜耕路517号 邮编 250003
　　　　　电　　话 总编室（0531）82098472
　　　　　　　　　 市场部（0531）82098479
　　　　　网　　址 http://www.hbcbs.com.cn
　　　　　电子信箱 hbcb@sdpress.com.cn
印　　刷 北京盛通印刷股份有限公司
规　　格 140毫米×200毫米 32开
　　　　　　 9.75印张 5幅图 195千字
版　　次 2023年11月第1版
印　　次 2023年11月第1次印刷
印　　数 1—8 000
书　　号 ISBN 978-7-5474-4615-7
定　　价 49.80元